前妻来袭

风为裳 著

长江出版传媒 长江文艺出版社

北京长江新世纪文化传媒有限公司
www.cjxinshiji.com
出品

目 录
contents

Chapter 01

你走你的阳关道，我过我的奈何桥

幸福的灯火就像萤火虫的尾巴，我以为可以取暖，某一天突然醒来，骤然发现：其实那只是一点没有温度的光亮。

01

林朵渔没有看黄历的习惯，那天出门前却破例翻了一次。

阴历七月十五，鬼节。

窗外倒是阳光明媚。

换好衣服、鞋子，站在玄关处的镜子前照了又照，虽然见过她的大学同学都说她一直没变，但是朵渔知道自己改变了多少。

看旧时的相册，土气、青涩，眼睛里却有着现在怎么也找不回来的清纯。时光是个大手，悄无声息地就把一些东西给抹去了。

目光哀伤怨怼，朵渔吸了一口气，在心里轻轻告诉自己：今天是个大日子，从今而后，你就是个离婚女人了。要习惯一个人，要靠自己。

出门前，朵渔又抬头看了一眼这个被称为“家”的地方。从今而后，它还能被叫成“家”吗？没有了所爱的人，它不过是个栖身之所罢了。这样想，心里的悲凉又厚了一层。

韩彬早早等在了民政局的门外。朵渔的心里还是不舒服了一下。他就这么迫不及待吗？

工作人员絮叨着要谨慎的话，朵渔的余光瞄了一下韩彬，韩彬几乎没犹豫就很顺畅地签下了自己的名字。朵渔手一画，“林朵渔”三个字就落到纸上，像三个丑陋的娃娃，愁眉苦脸地对着朵渔。

一切无可挽回。朵渔的心里空了一大块。她站起来，走到门口，听到工作人员喊，半天才反应过来是在叫自己，把包忘在里面了。

从民政局出来，阳光水银似的明晃晃地洒了一地。林朵渔的动作也像是灌了水银，透明滞重。

她回头瞅了一眼民政局，这真是个奇妙的地方，六年前，她跟在韩彬后面走进去激动又兴奋，又略有些忐忑不安，出来时，从女孩变成了人妻。六年后，她走在韩彬前面，悲伤弥漫，心境复杂，出来时，她从妻子变成了前妻。

六年的光阴仿佛就是攥在手里的阳光：握着时，满满的，觉得世界都在你的手心里；一松开手，就什么都没有了。

韩彬拖拖沓沓从后面追上来，额上有了细小的汗珠。

六年，他不再是那个清朗帅气、满目深情的年轻人。不对，三十二岁，也还是年轻人。只是微微发了福，小肚腩探头探脑地隐藏在衬衫里。他的脸色虚虚浮浮，落着一层灰似的，他昨晚没睡好吗？这不是他想得到的吗？

林朵渔一夜未眠，早上倒很仔细地用冰块敷了眼袋，化了淡妆，她不想以失败者的面目站在他面前，她甚至不想让他知道自己的留恋与不舍。那是她最后的自尊，无论如何，她得保住。

韩彬说：“吃个饭吧，我在大府订了个桌。”

林朵渔横了一眼：“你觉得还有这个必要吗？”

韩彬往前走了两步，按遥控打开车门：“你不能安安心心听我一次吗？林朵渔，不是我说你，就你这臭脾气不改……”

韩彬是什么时候开始嫌她的臭脾气的？从前，两个人生了气，他不都不吭声让着她的吗？哦，原来委屈着，现在终于说实话了。

林朵渔的目光抛了飞刀过去：“请注意你说话的语气，从今天起，哦，不，从现在起，我的一切都跟你没半毛钱关系了，我死我活，我乐意！”

不小心还是带出了情绪，林朵渔心里顿了一下，自己反应太过强烈，会让他觉得自己还放不下。吃顿饭又怎么了，或者他还有话要说，听听也无妨。

韩彬举手投降，再说下去，肯定就得吵起来。到了这时候，韩彬实在不想再吵一架，转身替朵渔拉开车门。他提醒自己：即使心情再坏，也不能对朵渔发脾气，绝对不能，是他欠她的。

林朵渔也适可而止，从给她拉车门的韩彬身边走过，坐在了宝马 X5 里。

倒车时，林朵渔又看到了民政局的大牌子，有男人和女人手牵着手满脸幸福地从里面走出来，恍然那是六年前的自己跟韩彬。

很多东西突然漫上心头，她说："韩彬，我们连七年之痒都没来得及……"这句话还是不小心溜了出来。

怨总归是怨的，一个女人最好的十年光阴甚至是一生对幸福的期待都要画上句号，装作若无其事，那样的演技林朵渔不具备，纵然她努力在心里说服着自己，别做怨妇状，怨气却还是显露了出来。

他其实什么都知道，只是假装视而不见，或者已经不关心她的心情和想法了吧？

林朵渔是那种很难爱进去，爱上又很难拔出来的女孩子。当初那么多追求者，最壮观时，是她下了晚自习，走廊里给她递情书的男生"一"字排开，朵渔的脸红成一只大樱桃，低着头，迅速地从男生手里接过情书，飞也似的跑回宿舍。情书的下场都很惨，打都不打开，扔在装衣服的柜子上接灰。

颜樱一边嫉妒一边替她急得跳脚，只有她不紧不慢地没事儿人似的，直到遇到韩彬。

韩彬的余光瞄了一下林朵渔，林朵渔穿着一身紫色荷叶袖真丝连衣裙，有些眼熟。韩彬想起来了，是去年夏天一起去大连时买的，林朵渔喜欢，还给小丹带了条宝石蓝的。

朵渔瘦，胳膊、腿细长，平常的披肩长发此时绾成了庆龄髻，额头宽宽的，一双大眼睛此时深成了无底的洞，唇刻意抹红了些，衬得皮肤透明地白，整个人素净得像一张杨飞云的油画。

韩彬记起第一次见朵渔时，也是长发，眼睛静水无波，接触很久，韩彬都怀疑自己是否能走进她的心里。

缘分是个奇妙的东西，当初你侬我侬时，谁曾想会走到今日？韩彬的拳头紧紧攥在了一起，仰头看看蓝得不清不楚的天。城市里就是这样，再晴朗，天也是浑浊不清的。

不是饭口，大府里冷冷清清，主多客人少，见了朵渔跟韩彬，服务生们个个过来打招呼，朵渔恨不得一时走掉。

朵渔跟韩彬无数次来大府吃饭，这次大概是最后的午餐吧！这样一想，心里的悲伤又弥漫了一层。

她转头对他说："早知道可以订个蛋糕，时髦一下。嗯，那种离婚蛋糕，鸡飞蛋打的那种！"朵渔努力说得轻松些，这些话说出来，却像是给凝固的气氛又添了一层厚度。

韩彬目不斜视地看着菜单，不知道是没听到朵渔在说什么，还是他突然不知道怎么消化朵渔这样的玩笑。

天热，两个人也没心情吃什么，但韩彬还是点了一桌子菜：干锅腊肉茶树菇、黑椒螃蟹、元贝煲土鸡、西芹腰果、粉蒸南瓜盅。都是林朵渔喜欢吃的。

韩彬给林朵渔夹菜，他说："多吃点，人是铁，饭是钢。你的胃不好，以后少吃米饭，多吃些面食。"

朵渔还是感觉出了不同，相爱四年，结婚六年，在这近几年的时间里，韩彬有多久没给自己夹菜了？这位置一变，身份一变，立马就显出生分来了。见过谁家夫妻俩一桌吃饭要夹菜的？无论什么事，林朵渔都要在心里绕上几个弯，敏感的天性死不悔改。

"你放心，谁离了谁都能活，我林朵渔还不至于离了你韩彬就吃不下饭，活活饿死！"

韩彬沉默不语，从知道自己跟小丹的事开始，朵渔便没心平气和地说过话，反倒是夹枪带棒的功夫越来越好。有时，韩彬简直不能相信那些硬邦邦的话是从清秀文静的林朵渔嘴里说出来的。朵渔的个性里有骨头一样硬的东西，平时都在睡着，只有遇到危难时，它才醒过来，成为朵渔身上最明显的特质。

韩彬从来不知道朵渔会这么尖刻地对自己。由此可见，男人脑子再好使，对女人的认识还是一叶障目，不见泰山。

那是他不认识的朵渔，但是，他分明是有些欣赏这样的林朵渔的。只是，他不敢把这欣赏表达出来。

话不投机，两人闷头吃饭。手机响了，他的铃声是凤凰传奇撕云裂帛的《自由飞翔》。既然是想自由飞翔，又为什么要从一个女人身边到另一个女人身边呢？他需要小丹的崇拜吗？朵渔怀疑自己从来没意识到韩彬的肤浅。

她的铃声是张靓颖的《我们说好的》：我们说好决不放开相互牵的手/可现实说过有爱还不够/走到分岔的路口/你向左我向右/我们都倔强地不曾回头/我们说好就算分开一样做朋友/时间说我们从此不可能再问候。

这是决定跟韩彬离婚那个晚上，朵渔从网上下载的。听一遍她哭一遍，然后把它链接到博客里，下载到手机里。仿佛唯有这样虐待一下自己，才会好过一点点。

说好的话就像扔在过去里失水的花瓣标本，记得，也已变了颜色。当真，真真是万劫不复了。就像唱了“最浪漫的事，就是和你坐在摇椅上慢慢变老”的歌手赵咏华最终还是走出了婚姻。那晚，朵渔坐在电脑前看赵咏华访谈那期，泪如雨下。也就是那晚，她决定像赵咏华一样跟韩彬离婚，无论心有多痛，也要一个人勇敢地走下去。

各自抓起手机，侧身到一边，耳朵却都向另一边支棱着。

林朵渔听到韩彬压低声音说：“办了，吃饭呢，事情先别忙着办，我回去再说！”

电话是纪琴打来的，她小心翼翼地问：“办了吗？办完来我家吧。”

林朵渔扣了手机，心情坏到了极点，起身拎起包。韩彬站起来，说："再坐一会儿吧！"明摆着客气，林朵渔这次没刺他，她说："颜樱和纪琴要给我庆祝重回单身，以后，她们对我比你更重要！"

说到最后一句，林朵渔的眼睛一热，立即转身离开。从提离婚到今天，她从没在韩彬面前掉过一滴眼泪，她不想功亏一篑。

韩彬从酒店里追了出来，站在阳光下，两个影子被拉得很长，在某一处重叠在一起。

韩彬的额上仍有汗，他说："朵朵，你可以恨我，但是，你别伤害你自己。有什么过不去的关，我还希望你能找我！还有，遇到合适的，也别撑着！比我好的男人多得是……"

林朵渔像不认识似的盯着韩彬看："说完了吗？"

林朵渔低了下头，忍住眼泪，然后抬起头，怒火还是喷发出来："说完了，那就滚远点，别弄得跟多深情似的，让弃妇对你余情未了。我林朵渔今天对天发誓，我就是要饭也不会要到你韩彬门前。还有，至于将来我怎么过，那是我的事，我不会为你立块贞节牌坊！你就等着吧，你不是分我钱了吗，我找个'90后'又当孩子又当老公哄着玩也跟你没关系！"

这些话像一支支箭沾着毒液射中韩彬，韩彬的脸一阵白一阵红。

林朵渔觉得自己也中了箭，胸口疼痛异常。

但是，她没哭，一滴眼泪都没掉。

转身时，她走得昂头挺胸。

她背后，韩彬一直站在那儿，直到那个他那么熟悉的身影消失在人群中，他才觉得人像被抽空了一样，轻得像羽毛，来一点风，就能吹走。

坐在出租车里，朵渔的手机里挤进一条短信："房产证、存单，还有银行卡、你的身份证都在床头柜的红木雕花首饰盒里，密码我也写好放旁边了，你记一下，别放一起！"

朵渔很想骂句什么，可是脑子里和手里都空落落的。她不想在外人面前哭，那些呼之欲出的泪水蓄在心里，几近决堤。

02

眼泪是见到纪琴时淌下来的。

纪琴家住兴园小区 B 单元十二楼，两室一厅。纪琴海螺壳里做道场，把她学的设计的巧思全铺排在家里。鹅黄色的墙纸，手绘的蒲公英撑着小伞飞翔的电视背景墙，赭石色的窗帘与沙发……颜樱、纪琴和朵渔，三个人里，纪琴最适合做贤妻良母。

林朵渔一屁股坐在纪琴家的沙发上，身体像绷紧的弦一样松懈了下来。她说："我没有家了！"那些蓄势已久的眼泪奔流而出。

纪琴端了杯热茶给林朵渔。

朵渔体寒，就是七月流火的天气，手脚也常常是冰凉的。她接过来，握在手心里，眼泪一路流过面颊，落进杯子里。

纪琴拉过林朵渔的一只手，说："朵朵，难过就哭吧，哭出来就好了！"说着，她的脸上也已经泪水狼藉。

朵渔擦了一下脸，还是把茶杯攥在手里，喝了一口热茶，林朵渔的眼泪越发如脱缰的野马，恣肆地往外流。

天就那样暗了下来，直到颜樱按的门铃把两个人唤醒。

之前，林朵渔好像一直在说话：说如何认得韩彬；说韩彬在婚礼上当着亲友的面说这辈子只有林朵渔负他的份，没有他负林朵渔的份；说自己如何引狼入室，傻子一样幸福着；说自己一直想要个孩子来着，现在想多亏没有孩子，不然连个完整的家都不能给他……说得口干舌燥也没再碰手里那杯茶，好像碰了那杯茶，情绪就断了！

这些，纪琴怎么会不知道呢？她一路看着朵渔跟韩彬爱过来，韩彬把她捧在手心里怕摔了含在嘴里怕化了，不像老墨，一进家门就把自己变成了"千手观音"，不断地伸手支使纪琴干这干那的！自己跟颜樱暗地里无数次羡慕朵渔的好福气。可谁想到会这样？颜樱一身红闪到了林朵渔面前，搂住她的肩膀，“哟哟哟”地叫，她说：“这是上演怨妇连续剧呢？朵，要我说，你就是很傻很天真，把颗原子弹摆自己枕头边上，这早晚要炸啊！别说你家韩彬，就是我，这轨也不出白不出，白出谁不出啊？”颜樱话密，蹦豆子一样。

“朵都够难过的了，你还说这些干什么？”纪琴急忙拦着颜樱，不然她嘴上挂着一条河，指不定说出什么来！

颜樱这才注意到眼睛红红的纪琴：“妈呀，纪琴，你还帮着哭？有什么好哭的！三条腿的蛤蟆不好找，两条腿的男人满街跑！咱朵要才有才，要貌有貌，没了他韩彬，回头咱就找好的！”纪琴和朵渔被颜樱逗乐了。

颜樱却意犹未尽：“朵，说真的，我早就看不上你家韩彬，暴发户心态，早先见着谁都点头哈腰的，现在人五人六的了。哭啥哭，早离早好，你现在也算一准富婆，明天姐们儿就给你找个标致小伙子，活儿不好的，咱还不要呢！”

朵渔知道颜樱是故意贬损韩彬的，韩彬不是她说的那样的，朵渔心里仍禁不住替韩彬辩护。是的，在朵渔心里，韩彬还是亲人，她不希望任何人说他的坏话。

他是她曾经爱过的人，就是分开，她也不希望他在别人眼里是无耻小人。她还不习惯。

纪琴掐了颜樱一下：“樱子，你这是从哪儿来？这大热天，你穿这么红，不怕把谁点着了？”

“点着？点着一个赚一个，老娘我现在算是想明白了，这日子哭哭啼啼过，谁可怜你？我最看不起为情寻死觅活的人。你死了，别人照样换个伴儿大被同眠，夜夜嘿咻到天明。如果不死，那才有可能你也找个人大被同眠，夜夜嘿咻到天明。朵，你听我的，咱得怎么舒坦怎么过，可着劲撒欢儿。从今儿起，咱是单身贵族，一没婆婆，二没老公，没收没管，自由着呢！”话一出口，颜樱想起自己这话对了纪琴的心病。果然，纪琴吃了味儿接口说：

“是啊，你俩结了婚，也没婆婆管着，我命怎么就那么苦呢，弄得跟童养媳似的！”纪琴是故意想拉开话题的，生怕颜樱再扯出什么话来，引得朵渔心里堵。

“得，咱们别在这里弄得凄风惨雨的，我今天搞定了一个客户，有笔提成，走，我请你们俩吃海鲜，然后咱们去K歌，把所有的痛苦都溺死在吃喝玩乐中！”

纪琴瞅了瞅表，面露难色：“我婆婆病了，我就不去了！”

“就你没劲！”颜樱抢白了纪琴一句，拉起林朵渔，推着让她去洗手间洗脸化妆，然后抄起纪琴茶几上的苹果啃了一口，“我说琴，你也离了得了。你离了，咱仨整间大房子，住一块，像上大学时住宿舍似的，多好！”

“嘁，哪有劝人离婚的？你这嘴啊，就该找个厉害婆婆治治！”纪琴笑着给林朵渔找化妆品，原本就是很少化妆的人，能拿得出手给林朵渔的也只是面霜和口红而已。

“治我？哪个婆婆摊上我这么个媳妇，不得哭都找不着调门啊？”颜樱一摆手，把自己麻袋一样的大包扔过去，“算了，算了，用我的！”颜樱大包里的化妆品都赶上商场里的专柜齐全了。

纪琴转过身压低声音对颜樱说：“樱子，你别没深没浅地乱说，出一家进一家哪那么容易，再说他俩感情那么好，朵朵这心里的伤不知道什么时候能好，想当初你跟老方不也是……”

颜樱举起手：“姐们儿，打住打住，我都不想当初了，你还给我回忆，打算把我的鼻涕眼泪也勾出来啊！”

“就你，心比铁还硬，现在你会为老方掉眼泪？我的耳朵没毛病吧？”纪琴打趣颜樱。

林朵渔从洗手间出来，眼睛虽然还是红的，但已经平静了许多，纪琴指着颜樱跟林朵渔说：“朵朵，你看樱子，日子过得乐乐呵呵的，咱就应该这样，有相爱的人就好好爱，没相爱的人就爱自己。有爱情，锦上添花；没爱情，咱自己也要做一块最美丽的锦。”朵渔拍了纪琴的手一下，点了点头。

人都是说别人时明白，到自己就怎么也转不过来那个弯，纪琴这样劝朵渔，到了自己，却怎么也化不掉心结。

颜樱把吃剩的半个苹果扔进果盘里，问纪琴："琴，你真不去啊？我跟你家老墨请假行不？你也别太惯着老墨和老巫婆，太贤妻良母，把男人当靠山，有一天山倒了怎么办？"

纪琴无奈地笑了一下，说："真不去，今天我们要去端端奶奶那儿，端端奶奶腰不舒服！"

"那个老巫婆就缺男人，找个老头儿，立马腰不酸了腿不疼了，吃嘛嘛香！"颜樱习惯了满嘴跑火车，纪琴也不跟她计较。

林朵渔拉颜樱快走："你不是真想咱们仨都成离婚女人，都做人家的前妻吧？人家的家事，你少掺和！"

"哟哟哟，朵姐，前妻怎么了，没听李敖那老流氓说吗，前妻是这世界上最凶猛的动物，惹谁都别惹前妻，惹了前妻，前妻的破坏力可是摧枯拉朽。为了庆祝你变成世界上最凶猛的动物，今晚咱俩不醉不归！"

两个刚刚还哭得一塌糊涂的女人再次被颜樱给逗乐了。颜樱就有这本事，嘴里像含了刀片，走哪哪热闹。

送朵渔和颜樱出门时，纪琴不忘叮嘱颜樱小心开车，照顾好朵渔。

03

三人中，纪琴最大，一向扮演老大姐的角色。朵渔老二，颜樱老三。当年工大设计系的三朵花一起落在328寝，寝室原本有四张床，但那张床始终没人来住。三个人个性不同，却正好互补。纪琴性子柔，如水般温婉恬静；朵渔外柔内刚，像玉般纯粹不掺杂质；颜樱泼辣张扬，美得有侵略性，似花样绚丽。用工科男的话讲：朵渔是碱，颜樱是酸，纪琴是盐。用颜樱自己的话说：朵渔偏冷，像冰；自己热情，像火；纪琴中和冰与火。

三个同样出色的女孩成了难得的闺蜜，当年动不动 328 寝室就会上学生会的白榜，理由只有一个：深夜聊天。三个女人一台戏，三个女孩在那些沉醉的夜里，畅想着未来的爱情与婚姻，结局自然是完美的，是公主与王子式的童话。纪琴和朵渔像些，要天长地久、细水长流的爱情；颜樱更想要轰轰烈烈的爱情，她说爱过，就算烧成灰，也值了。

朵渔很羡慕她的勇气。如果可以选择，她却不想那样冒险，在一份爱里，把自己心无旁骛地交出去，而后在余生独自终老，暗自悲伤。

颜樱说："我才不那样，没有爱，我还可以游戏人间，阅尽美男啊！"另外两个小女生都笑了。

三个人感情好到没话说，这在女孩中极为难得。更难得的是这份友情居然从大学延续到了参加工作以后。

三个人除了跟各自的男朋友在一起，在这座城市没啥亲人。于是把彼此当成是最亲的人。而朵渔更是，本就不爱交际，朋友不多，除了韩彬，纪琴跟颜樱就成了亲人。

这跟韩彬一离婚，自己又没孩子，纪琴和颜樱在朵渔心里的分量又重了一些。

坐在颜樱的破捷达里，朵渔接到了朵汐的电话。她说："姐，手续办了？"

朵渔知道朵汐避着那个"离"字，她故意装作很轻松的口气说："汐，从今天起，你姐我又是自由身了，身边有好男人想着你姐点！"

电话那端朵汐又叫了声"姐"，好半天不说话。颜樱接过朵渔的电话说："小汐，我跟你姐在一块呢，你就放心吧！"

放下电话，颜樱问朵渔："小汐肯定内疚死了！你别怨她！这年头儿，好人不能做，都是农夫怀里那条蛇，它醒过来，就给你一口。"

"我知道，就算她没带小丹来，韩彬有了那样的心思，也还会有别人！"

颜樱瞟了一眼朵渔，她的脸上已没了在纪琴家那种痛不欲生的样子。朵渔总是把自己的感情藏得好好的，之前，她跟纪琴有什么不痛快都会在三人聚会时说出来，朵渔冷静理智地细细开解，自己却从来不说。恨得颜樱说："朵渔，你知道嫉妒这东西很厉害的，你不说，我们就当你幸福，然后……"颜樱伸出一只手去，"动手抢！"

"抢什么，要，直接拿去！我好换新的！"

"真的？""当然是真的？"

"我要试试他的床上功夫！"颜樱此话一出，红了脸的倒是朵渔。朵渔一直有种跟她年龄不相衬的纯真。就像自己有种天然的风尘一样，气质这种东西是没办法学出来的。颜樱知道，在朵渔心里韩彬很重，只是她不善于表达而已。

那家叫"大丰收"的东北馆子藏在一个很小的胡同里，七扭八歪的。

显然颜樱总来，路很熟悉。进了小馆子直接找老板要了个包间，包间里居然是一铺小炕，上面放着一个小方桌。

朵渔一下子想到了小时候在外婆家的情景。外婆家在小兴安岭脚下，出门就有一片白桦林，雨过天晴，就可以去山里采蘑菇，美得跟世外桃源一样。

外婆过世很多年了。

不知道为什么，朵渔现在能想起来的每件事都沾染着悲伤。泪水像是急切地等待泛滥的洪水，随时准备把她冲垮。

"我跟老方常来！"颜樱给林朵渔解释。林朵渔很想知道是从前常来，还是现在常来，但是，又不好那么八卦，只好把到嘴边的话咽了回去。转念一想，就是颜樱这样放得开的女人，也还是念旧的。前夫生活的痕迹那么深刻地影响着她。

一个婚后女人通常是磨灭了自己的生活圈子，融入了老公的生活圈子，习惯了他的习惯。自己又何尝不是如此？

他在她的生命里出现过，没有人能抹掉那些痕迹，无论怎么努力。

要了一瓶东北小烧。"喝白的？"朵渔问了一句。

"对，整白的！痛快！"颜樱用玻璃杯给朵渔倒上，也给自己满上，说，"来，为庆祝重生，干杯！"

朵渔不常喝酒，酒量倒也并不比颜樱差，且酒喝得多，脸也不红。

两个失婚女人，两个别人的前妻，喝着喝着酒，眼泪还是流到了一处。

颜樱说："男人没他妈一个好东西，有机会都想上别的女人的床，有一个算一个！"

朵渔说："我不贪心，我不想大富大贵，我只想和一个人平平静静地过到老。只这样想，这过分吗？"

酒真辣，但是，好像唯有那酒的辣劲能安抚被伤透的心。

04

送朵渔和颜樱出门，纪琴在客厅里站了好一会儿，有点六神无主。煮乌鸡人参汤时，又悄悄掉了几滴眼泪。当年一起在大学时那么快乐，怎么也没想到会过上现在这种日子。

三个人里，她最没想到朵渔会离婚。朵渔条件那么好，漂亮，有才气，当初工大追她的人都有一个加强排，系主任也开玩笑说："林朵渔，你千万不能在学校谈恋爱，不然会影响学校的安宁团结！"她跟韩彬的爱情当时在学校一度成为传奇。

当时，工大的西北角有个跳蚤市场，有人去那里卖不用的旧物，也有人突发奇想去卖情书，居然生意不错。也难怪，虽然是电子时代，但是收情书这种老土的事女孩特喜欢，而写情书又实在是件技术含量很高的工作。那段时间颜樱总爱去跳蚤市场转，有时就买回来几封情书，读给两个姐妹听。有的男生写得酸得让人倒了牙，有的文采好，句子却东一句西一句的，不知是照徐志摩还是普希金的诗拼凑过来的。

当然，三位女生收的情书也不少，收了，大家就当成文学作品念。有个给朵渔的情书写得很特别，并不是有多夸赞朵渔，而是讲自己看了什么书，有什么心得，像汇报一样。最让人不解的是，这人没有署名。于是颜樱就叫他无名氏。

无名氏的信写得断断续续，没有一定的规律。时间久了，朵渔也暗暗期待着无名氏快些现身了。

可是，一直没有消息。朵渔都怀疑他是不是真的喜欢自己。他信上提到的书，朵渔没看过的，都会去图书馆找来看。图书馆的借书签上有借过这本书的人的名字，朵渔会看很久，猜测着哪一个是他。

颜樱说："这人手段挺高的，这样，人还没出场，先把我们林大美女的心给征服了！"朵渔掐颜樱的脸蛋嚷："胡说！"

入学的第二学期，颜樱突发奇想，说："咱仨这么出色的女生，到现在还没名花有主，眼前的苍蝇嗡嗡着也难受，咱们这样，每人拿一件东西，悄悄把联系方式放在东西里面，到跳蚤市场上去卖，有缘人有心人出现那就……"

两个女生也被颜樱的主意打动了，挺好玩的，试一试也无妨。

林朵渔拿了本村上春树的《挪威的森林》，在第三章的第 11 页上用铅笔写下了自己的名字。只是小小的两个字"朵渔"，边上画了一朵小花，一条小鱼。三月十一日是她的生日。那个小小的标志如果不仔细看书肯定会忽略过去的。做这些时，朵渔的心有小小的期待，又像是做恶作剧怕发现的孩子。

纪琴拿了把旧口琴，没处写字便用胶布写了名字粘在角上。颜樱拿的是一张旧碟，不知从哪个男生那儿顺来的，碟里到底是什么，颜樱也不知道。

三个女生在跳蚤市场蹲了半小时腿就酸了，干脆把这三样东西送给邻摊卖东西的愣头男生："一定要帮忙卖掉，卖掉钱归你！"

愣头男生以为三位美女没事消遣自己，死说活说，怎么也不愿意无功受禄，颜樱索性把东西往他的摊子上一扔说："我们反正给你了，爱卖不卖，卖给钱，实在不想要，那就捐希望工程！"说完三个女生笑成一团溜掉了。

好几天，三个女生的话题都围绕着这件事，纪琴突然想起了什么，跟颜樱说："你忒大胆了，那碟也不看看，万一是 A 片，人家追本溯源……"

“妈呀，我该不会招来一色狼吧？”那时颜樱还没那么大胆，还真不安了好些天。

然后日子很平静地过了下去。偶尔颜樱会念叨几句：“白马王子是不是走错路了？咋还没找来呢？”

纪琴说：“我猜那男生就没帮着卖，咱仨美女的丘比特之箭被他扔进垃圾箱了也说不定！”三个人一番唏嘘，却也并没当回事。

也只是游戏而已。

一个月后，有人敲328寝室的门。寝室里只有朵渔在看书，朵渔以为颜樱又出门不带钥匙，穿着睡衣开了门，门前站着个清朗的男生，那人说：“我找林朵渔！”

那人就是韩彬，他买了那本旧书，看到第三章的第11页上朵渔的签名和画，他的心怦怦直跳，难不成真是天意？新生见面会上，他一眼就喜欢上了唱《枉凝眉》的朵渔，那之后，他给她写过许多信，只是不敢表白。现在这本书出现在自己面前，是个千载难逢的借口，韩彬兴冲冲地循迹找来，也并不知道那是女生抛绣球的游戏，只是他想，终于有个因由可以站在朵渔面前了。

韩彬很优秀，是建筑设计系最出色的男生。只是人内向沉默些。朵渔一直记得那天站在自己面前的韩彬，白衬衫，发白的牛仔裤，脚上穿着一双郑重其事的皮鞋，脸涨得很红，手里拿着自己的那本《挪威的森林》。

两个人慢慢相处下来，林朵渔还挺喜欢韩彬的，虽然是工科男，但读的书挺多的，他喜欢看村上春树，也知道吉本芭娜娜。不像很多工科男，只知道日本的AV女优。但也仅限于做朋友。

两个学期后，朵渔才把韩彬当成男友正式介绍给两个姐妹。那时，颜樱已经谈了N次恋爱，纪琴刚刚跟付北兴进入恋爱状态。

两人确立关系后，韩彬成了328的常客，颜樱狠狠地敲了韩彬一顿，她说：“我可是大媒人，若不是我这么冰雪聪明的人，出那么聪明绝顶的主意，朵渔能飞鸽传书吗？你能在众多追求者中脱颖而出吗？”

韩彬只是很憨厚地笑，他说："是该感谢！"好半天又说："其实，我给朵渔写过很多信，一直没信心表白，没想到在跳蚤市场看到这本书……"

三个女孩简直被这样的姻缘巧合给惊住了。朵渔红着脸翻出那些信，她说："不信，你写几行字我看看。"

韩彬真的找了半页空纸，一字一句写出来，字是漂亮的小楷，跟那些情书上的一样。朵渔的脸立刻红了起来。

颜樱哄着要韩彬请客，韩彬带着三位美女进了学校近处的面馆，请客时不算大方，四个人，要了四菜一汤，两个茄子：一个红烧茄子，一个炸茄盒儿。

那天晚上颜樱就在林朵渔耳边碎碎念："说真的，我觉得韩彬不太配你，小地方来的，家穷，一起吃苦还好，将来发达了……"

林朵渔也是从小地方来的，听不得颜樱这种居高临下的话，一转身，给了颜樱一个背。颜樱自讨没趣，叹了口气："唉，看来重色轻友是真理啊！以后我再不说韩彬坏话了！"

那是林朵渔第一次跟颜樱闹个半红脸。后来还是纪琴和稀泥，两个人才好的。

纪琴私下里跟颜樱说："樱子，咱们姐妹好，什么事都可以说，唯独恋爱这回事，父母都管不了的，咱们只能祝福！"

颜樱问纪琴："如果将来有一天，你看到我老公搂着别的女人，你告不告诉我？"

纪琴想了半天，说："这是另外的事，这种事，我会告诉你的！"

颜樱搂着纪琴的脖子一通乱亲，她说："琴，你要说不告诉我，我立马跟你断交！"

纪琴没想到很多年后，这个问题变成了现实，只不过主角儿不是颜樱，而是朵渔。为告不告诉朵渔，纪琴挣扎了好多天。

纪琴的胡思乱想被老公的开门声打断，纪琴的老公老墨的脸色不太好看，一手提着端端的小书包一手拉着端端："想什么呢，打电话也不接！我看你是在家越待越傻了！”

纪琴赶紧接过端端的书包，给端端换衣服，却发现厨房里煮的乌鸡人参汤溅了出来，手忙脚乱地收拾，老墨又是一通唠叨。纪琴有些无力，从厨房里出来时，她说：“老墨，朵渔今天跟韩彬离了！”

老墨有些意外，“哦”了一声，说：“离就离了呗，干吗跟丢了魂似的？哦，对了，以后你少跟林朵渔和颜樱来往，我们单位的离婚女人聚一起就骂男人，好像这世界上就没好男人似的，其实个个都犯着贱呢，有男人给个笑脸，立马上床！”

颜樱跟朵渔为纪琴跟婆婆闹矛盾的事找过老墨，这让老墨很不爽，他觉得那是他的家事，家丑不可外扬，她们简直是多管闲事。因此，他并不喜欢纪琴跟这两位闺蜜多交往。

“武文涛，当着孩子，你说的都是什么？”老墨叫武文涛，人长得黑，大家都管他叫老墨，纪琴跟他处对象时，还以为他的名字里有个“墨”字呢！两个人结婚后，平常纪琴不叫他什么，一旦连名带姓叫，就表示纪琴很生气了。

武文涛最大的特点是心细，事无巨细都想得很周到，当然，管事管得也就很宽。纪琴把这理解为是从小没父亲，跟母亲长大，个性里的阴柔成分。

偶尔，纪琴还是会想到付北兴，如果真的嫁给了他，现在会是什么样呢？付北兴是你生了气，他都不会看出来的大条的人。

日子就是日子，没有如果，倒是鸡毛蒜皮、柴米油盐很现实地摆在面前，网上不是有那样一句话吗：理想很丰满，现实很骨感。当初跟老墨相亲八个月后就嫁给他了，也没有说多爱。这么多年也过来了。

端端抬头看着剑拔弩张的两个人，嘴一撇一撇的，老墨看纪琴真的动了气，也不想因为这点事不能回去看老妈，赶紧缓和脸色，转换话题：“端端，把今天学的儿歌给妈妈背一遍！”

“吃枪药了还是怎么了？”纪琴嘟囔着。

“青萝卜，大白菜，小朋友吃了跑得快！”端端稚声稚气背儿歌时，纪琴笑了，弯腰亲了亲端端："真聪明！"什么气到孩子这儿就一片云彩都散了。过日子不就过一个孩子嘛！

老墨也并不是没来由地心情不好，而是在电话里被老妈一通骂，心里也憋屈着呢。回来纪琴又挂着一张脸，这才夹枪带棒地说了几句。

纪琴装好了汤，又把给婆婆洗好的床单衣物装进大塑料袋子里，婆婆李金玲动不动就拿待在家里说事，纪琴心里也委屈，自己待在家里，伺候老的，伺候小的，跟保姆差不多。保姆还拿工钱呢，自己就像是吃了这家的白饭似的。想想真是憋屈，能跟谁说呢？颜樱一听就要大闹天宫给纪琴出头，从前倒可以跟朵渔唠叨唠叨，渐渐地也觉得没劲，现在朵渔泥菩萨过江，自己这沾了灰尘的生活不过下去又怎么办呢？自己跟颜樱和朵渔还不一样，她们都没孩子，轻手利脚的，还可以重新开始，若让她扔下端端，那不如杀了她。

这一段，纪琴失眠得厉害，整晚整晚地睡不好，白天又困，心思东一下西一下的，老墨也叹气："人家在家待得满面红光，一看就是福相，你倒像是抽大烟的受气包！"

纪琴懒得跟他理论，说多了就得吵，吵来吵去也吵不出个所以然来，还不如闭嘴。想起不知道从哪里看来的一句话，婚姻里最可怕的不是争执，而是厌倦。如果连吵架的力气都没有了，这死气沉沉的婚姻大概也离死亡不远了。

纪琴也想出去工作，不是没出去找过工作，只是那么久没上班了，人家提出的问题都答不顺溜，再说去一个新单位，还真是打怵，就这样一天一天混了下来。

凑合过呗，纪琴就这样安慰自己。老墨是磨叽了些，但他没有花花肠子，心肠软；婆婆刁是刁，但是说句不好听的，她再长寿还能活多少年？再说也不在一起住，为了端端这日子怎么都得过下去。

纪琴还是太天真了，生活并不是她想做鸵鸟逃避着过下去，就可以过下去的。

05

那晚林朵渔和颜樱都喝醉了，不仅喝醉了，还借酒劲闹事了。

此前，林朵渔唯一一次喝醉是韩彬赚得了第一桶金的时候，当初倾家荡产似的囤积了两车皮大豆，那段日子，一提到“黄豆”两个字，韩彬的眼皮就跳。好在，没过两个月，大豆价格疯涨。

韩彬把大豆出手后,两个人很“嘚瑟”地去五星级酒店开了间豪华套房，价格贵得让林朵渔心惊肉跳，韩彬很豪气地搂着林朵渔说：“钱是啥，钱就是王八蛋，花了咱再赚！”

那天，两个人在房间里叫了餐，喝了一杯红酒，两个人就都趴下了。林朵渔把自己最好的一套蕾丝内衣都穿上了，原本打算良辰美景，激情一番呢。

第二天早上醒来，头疼欲裂。拍着韩彬看几点，韩彬睁开眼，瞅着朵渔犯腻：“老婆，在这么高级的地方爱爱……”林朵渔笑着往身上拉被子，韩彬泥鳅一样从被子角钻进来，先吻的是朵渔的脚，朵渔身上沉睡的细胞迅速醒了过来。朵渔的身子往下滑，身体跟身体相遇，电光火石般。

那个清晨醒在林朵渔的很多个夜晚里。她清晰地记得韩彬说：“朵朵，我爱你，这辈子爱不够下辈子，下辈子爱不够就再下辈子！”

林朵渔不明白男人说过的话怎么会像吹过水面的风一样，生命里最美好的时光都在一起度过，早就把彼此融进生命里，怎么说喜欢上别人就喜欢上别人，说把心抽出去就抽出去了呢?

颜樱抱着林朵渔说：“朵朵，都什么年代了，你还犯傻，男人都是下半身支配上半身的动物，他们需要用青春的、有活力的肉体来证明他们自己还年轻，他们不需要一同奋斗的黄脸婆，黄脸婆知道他们所有不光彩的过往，他们为一分钱而斤斤计较，他们寒酸得不认得LV是只包……他们要的是小女孩向日葵对太阳般的崇拜！”

林朵渔第一次喝东北小烧，辣得伸不开舌头，酒进了肚子里，胃也火烧火燎的。但是想喝，还是想喝。

她卷着舌头问："那……那怎么办，我们这些老女人就这样像旧衣服一样被扔掉？他妈的，不公平！"

颜樱的头发长到腰，烫着栗子色的大波浪，身材保持得很好，脸上也不见岁月的痕迹。林朵渔觉得自己真的老了，眼角都能见到细纹了。颜樱把杯里的酒喝了进去，脸红扑扑的。

颜樱说："我的傻二姐，我不是跟你说了吗，男人也是人，是人，激情落了脑子里还会想事，会想起从前，男人越老越怀旧。还有，现在家花变成了野花，前妻变成小三，有多难？到时候守空房的是她，夜夜红绡帐里纸醉金迷的是你！"

林朵渔的脑子有点浑："樱子，你说的啥意思？你说我们去给前夫当小三？你说我去跟袁子丹抢韩彬？"林朵渔很大声地笑了起来，东北小媳妇样的服务员被看起来文文静静的林朵渔那么狂放的笑给吓着了，放下小鸡炖蘑菇一溜小跑出去把门关上。

"袁子丹，她根本就是个原子弹、肉弹，你们那么牢固的婚姻都被她给拆了，这口恶气你就吞了？朵渔，你太老实了，当初就是引狼入室，哪有在自己的床头放个小妖精的？她把你变成前妻，你就可以把她变成摆设。你这么好，韩彬都能跟你离，我就不信他一直对她有激情！"颜樱一脸不屑。

"人家不是说过嘛，能抢走的都不是爱人。我不怪袁子丹，如果韩彬还爱我，他就不会那么做！"朵渔看着杯子里的酒无奈地说。

"屁，男人都是动物，动物你懂不？我告诉你吧，老方又上我的床了！"

"啊？"林朵渔实在看不清颜樱到底唱的什么戏了，她跟老方都离婚这么久了，又不缺男人追，干吗还跟那熊一样的老方纠缠？

颜樱掏出一根烟，点着，吐了个烟圈儿，说："朵朵，我跟你说，女人有时候还真就是犯贱，我颜樱不缺男人，但是，想的，还是老方那一口儿！还有，我也要给田菲菲那小妖精点颜色看看，兴你做初一，就兴我做十五。

现在，她可比我更痛苦！”

“那你们怎么办？他再离，你们再复婚？”

“复婚？没想过。睡一回算一回。你知道在床上，偷来的快乐才让人疯狂！我算明白了，那些小姑娘为啥争着抢着当小三了，特有成就感！”颜樱做了个很黄的动作，林朵渔笑趴在桌子上。

“我做不了你那样，我有洁癖，自从知道了他跟小丹那点脏事儿，我一想到他心里就……前妻，我变成了他的前妻，过去时……”

颜樱抱住林朵渔，紧紧地抱着，开始还安慰两句，后来索性也跟着哭了起来。

“人家都说吃着碗里的，看着锅里的，你不知道老方根本就是守着锅吃，他改不了的。花心就他妈的是种病，有时恨起来，我恨不得阉了他！但是我抗拒不了他，跟谁上床我都找不着感觉，疯了一样，中了毒一样。有时候，我自己也搞不清自己是在报复还是在贪恋……”

林朵渔又喝掉一杯酒，居然没那么辣了，她说：“我们怎么就到了这步田地？”

颜樱没说话，吐了一个烟圈儿，烟圈儿在空中聚成一个圆，然后散出去。再一个烟圈儿出来，聚成一个圆，再散出去。隔壁传来男人们称兄道弟的劝酒声，偶尔有莺莺燕燕的女孩撒着娇：“喝嘛，再喝一点嘛！”

颜樱说：“我靠，我去把妖精捉出来！”没等朵渔反过味儿来，颜樱已经冲出包间。林朵渔再见到颜樱时，她已经被几个人老鹰捉小鸡一样提着，酒桌被掀了，酒桌的一侧站着茫然而又愤怒的男人和青春欲滴的女孩。没错，是青春欲滴。

林朵渔不知哪来的勇气，弯腰拾起了门边的一只啤酒瓶：“你们放开她，不然我跟你们拼了！”

林朵渔浑身发抖，血往头上涌。从小到大，她连跟人吵架都很少，更别说打架了。可是现在，真的很痛快。

颜樱被人按在那儿，却努力抬起头来，像个搞恶作剧被大人抓到的孩子一样兴冲冲的。她使劲冲林朵渔眨了眨眼睛，林朵渔的酒劲一下子散了大半，头疼。颜樱说：“找老方！朵，打电话找老方！”

06

老方赶到派出所时已经快夜里十二点了，跟在他后面的是他后来娶的妻子田菲菲。田菲菲个子不高，丰乳纤腰，浓眉大眼，此时一脸寒霜。打电话给老方时，老方大概正跟这位寒霜小妻子亲热，电话里哼哼叽叽的声音刺激得林朵渔不由得冲着电话喊：“方为纲，你前妻进派出所了，赶紧来！”电话那端老方骂了句娘，接着是女人的尖叫声。

林朵渔懒得看那张脸，径直奔向老方。老方劈头盖脸说：“颜樱多大岁数了，怎么还像小孩子似的这么没头脑？把人打伤了没有？不会被关进去吧？”

林朵渔冷着一张脸说：“承您老恩惠，只是醉酒闹事，给担个保就可以出来了！”老方讪着一张脸，从前三家人也常在一起聚，后来老方被捉奸在床，就再没见过了。

田菲菲细着嗓子冲林朵渔说：“谁都可以担个保，干吗深更半夜的找我家老方？我们家老方跟她还有半毛钱关系吗？前妻是个什么词啊，职称还是权利啊？”田菲菲不合时宜地计较着关系。她不知道前妻和前夫之间并不是一个绿证就能割断的关系吗？

“这要问你家老方才知道！以后你们离了，你变成老方的前妻，老方这么仁义，也照样保你！”林朵渔平常不爱多说话，嘴厉害起来不比颜樱差。

“你算哪根葱哪头蒜啊，在这里面说这些嚼舌根子的话！”田菲菲气得脸都白了。

老方的面色上有些挂不住，说：“姑奶奶们，赶紧捞人了事，别在这儿斗嘴了！”

派出所小民警不认识老方，倒是东北菜馆的老板跟老方熟，过来跟老方说："你看，你跟嫂子在我这儿都不是外人，怎么能出这事儿，对方也是横主儿，不然哪至于到这来。"老方嗯嗯啊啊翻着手机找人，电话一个接一个打过去，很快找到熟人，写下担保书，同意赔偿损失，把颜樱从派出所里带出来时都已经快夜里三点了。

颜樱第一眼见到老方，两眼放光；第二眼见到老方身边的田菲菲，两眼泛绿光。她把胳膊搭在老方的肩膀上说："老方，你还行，我就知道咱俩那些觉没白睡！"

气得一旁的田菲菲直瞪眼。

老方指着自己的车子说："好人做到底，送佛送到西，你们俩去哪儿，我送你们！"

颜樱的一身红衣在路灯下格外刺眼，她手插在兜里，说："新欢旧爱共乘一车，老方，你挺有福啊！"

说完转头问朵渔去哪儿，朵渔犹豫了一下，说："去你那儿吧！"

"好，那就去我那儿！"

离婚后韩彬净身出户，房子存款都给了林朵渔，林朵渔没看存款上有多少钱，也没再计较韩彬的公司值多少钱，她相信韩彬不会亏待自己，即使他背叛了她，也不会在钱上亏了她。颜樱说她傻："那公司每一分钱，你都有份！男人，心都不在你这儿了，还会替你着想什么！"

当初公司初建时，朵渔是从娘家拿过几万块钱的，也就是囤积黄豆那次，韩彬让朵渔也在公司里入一股，朵渔说："你的我的有什么分别！"后来到底是怎样弄的，朵渔也没再问。谁想到会有离婚这一出？小汐和颜樱都劝朵渔跟韩彬掰扯明白，他都这样伤你了，还有什么可留恋的？在这件事上，纪琴保持了沉默。若是纪琴，她也一定会像朵渔一样不计较的，哀莫大于心死，人都没了，再提钱伤感情，她和朵渔都是做不出的人。

果然，朵渔心灰意冷，她说："人我都放了，要再多的钱有啥用！"颜樱便抽烟不再说话了。

到这会儿，林朵渔还是不愿意回到自己的家里。回到家，会闻到他的气味，会撞到他的东西，一个人孤孤单单的，她不想，能逃避一会儿是一会儿吧！

田菲菲一屁股坐到副驾驶的位子上，把车门摔得山响。林朵渔拉了拉颜樱，示意她赶紧上车。颜樱喝了酒，不能开车，两个人往哪儿去啊？

颜樱跟林朵渔坐在后座。颜樱的嘴仍不让人，她说："老方，这前妻跟后妻的待遇就是不一样啊，坐你一回车都得看人脸色！"

老方从倒车镜横了颜樱一眼，田菲菲说："知道自己是外人了就好，以后别有事没事就找老方！"

"哟，你还真有妇德啊！当初是谁有事没事就勾引人家男人的？现在坐了正宫娘娘也别心气太高了，有新就有旧，谁笑到最后还说不定呢！还有，就老方……"颜樱的眼神跟老方的眼神在倒车镜里交汇了一下，意味深长一般，颜樱微微含笑，老方无可奈何。

"老方，你说她这是什么意思啊？"田菲菲使劲推搡老方，前面灯光一亮，林朵渔心里忽悠一下，老方一脚刹车踩下去，车子蹿了一下停下来，静了三秒钟，老方吼了一句："不要命的都给我滚下去！"

田菲菲闭了嘴，颜樱却不甘寂寞，打电话给纪琴，眉飞色舞地说自己的"英雄壮举"。老方一眼一眼从倒车镜里瞪颜樱，颜樱就像没看见一样。

林朵渔看着窗外迅速向后退的路灯，问自己：以后遇到同样的事，会第一个打电话找韩彬吗？尽管他说了那样的话，谁知道是不是客气呢。婚姻里的一方移情别恋，便不再是血肉器官，如同挤掉一颗青春痘，剥掉愈合后的一块痂。纵然是痂好了，看不出来，那份疼痛的记忆也还是在的。男女之情，有时就这么残酷。

林朵渔有些累了，闭着眼睛，今天这一天，一幕幕像戏一样在脑子里闪来闪去，一会儿是民政局那道门槛，一会儿跟韩彬一起坐在车上，一会儿是手握着啤酒瓶……

07

林朵渔和颜樱不知道，同一个夜晚，纪琴正在收拾端端的房间，接她们的电话时，她的心里已经翻腾了几百个个儿，这日子没法过了，真的是没法过下去了。

老墨来唠叨过："我知道你不愿意，但是我妈……"

"行了，你不用说了，我知道你十二岁，你妈守寡，这么多年一个人带着你长大，把你供上大学、娶妻生子不容易，我说什么了吗？"纪琴打断老墨的话，心里乱成了一团麻。每次一跟婆婆有矛盾，老墨就拿这一套话来压服纪琴。纪琴不是不明事理的人，但是，就算是李金玲吃过很多苦，她也不能让自己当受气媳妇吧？

老墨抽烟，纪琴又心疼起他来，婆婆过来，最不舒服的也许是做了夹心饼干的老墨。她冲他笑了笑，让他去阳台抽烟，她说："放心吧，我没事儿的。我会尽量对妈好的！"

老墨出去了,纪琴的心情还是像颗放了半个月的猕猴桃,糟糕到了顶点。

但是接到颜樱的电话，她还是静静地听了下去，用适当的情绪配合着颜樱，她就是那样一个温水一样的人，只会在心里折磨自己。

这样下去，早晚有一天，自己会疯的。纪琴这样对自己说过很多遍，但能怎么办呢？真的像林朵渔那样不管不顾地离婚吗？

每个人的内心都住着一支叛军：不肯吃饭，不肯睡觉，不肯听话，不肯服输，不肯关机，不肯开工，不肯循规蹈矩，不肯泯然众人，不肯接受现实……但是，另外一种习惯的力量总能平复这支叛军。纪琴就是这样用个性一次次平叛,不停地说服着自己接受、忍受,就算是难受又能怎么样呢？

人参乌鸡汤熬好后，一家三口带了吃的喝的穿的用的一大堆去端端奶奶那儿。

走到端端奶奶家楼下碰到邻居王阿姨，她瞅着纪琴老墨手里的大包小包说："瞧这媳妇一来就大包小包的，你婆婆好福气啊，她刚回去，我们俩一起去公园遛弯儿了！"

"不是腰疼吗？"纪琴小声嘟囔了一句，老墨横了她一眼，她赶紧按电梯。

敲了半天门，婆婆才一身睡衣手拄着腰站在门前，开了门，脸冷着。纪琴赶紧说："端端，快叫奶奶！妈，你腰好点了没有？"

端端叫了声奶奶，婆婆这才露出一点笑容："乖，进奶奶屋看动画片去。"

端端跑进屋去，婆婆再一抬脸看了老墨一眼，目光落到纪琴脸上，说："都说养儿防老，养儿防老，我这都快死在屋里没人问了！"

纪琴赶紧提着东西往厨房走。老墨说："妈，瞧你这话说的，这不好好的吗，老死死的，你才多大岁数，像你这样的，在联合国那都叫中年！"

纪琴的耳朵支棱着听客厅里母子的对话。婆婆李金玲说："我这都多少天没下楼了，吃点东西都是你王阿姨给带回来，我也不愿意给你们添累赘，不到不行，我哪会叫你们啊！"

纪琴的嘴角向上翘了翘，做出很不屑的表情。婆婆从前是小学老师，平常教育孩子不能撒谎，自己却扯这样的谎。因为讨厌婆婆李金玲，纪琴表面温顺，心里却很刻薄。

一恍神间，老墨喊："纪琴，你进来，妈有话跟咱俩商量！"

纪琴赶紧洗了手进屋，端端正正坐在婆婆左侧的沙发上。她说："妈，有话您说！"

李金玲也并不瞟纪琴一眼，从这个媳妇过门起，她就看她不顺眼，她做什么、说什么，她都觉得不对劲儿。乡下来的丫头，哪能跟从小在城市里长大的女孩一样懂规矩又大气呢！他们结婚时，李金玲都不敢跟同事说媳妇的老家是郊县的，只含混着说是外地的。还有，纪琴的眉眼也是她不喜欢的。李金玲喜欢浓眉大眼的女孩，纪琴细眉细眼的，看着就小家子气……喜欢人只要一个理由，不喜欢却可以找出无数理由来。总之，李金玲掐半拉眼珠看不上这个儿媳妇。

“我想上你们那儿住住。一来呢，我可以辅导端端学习，帮你们教育孩子，这孩子现在一点规矩都没有。二来呢，把这房子租出去还能赚点钱。你一个人上班养一家人，还要还房贷，你又不是骆驼。知道的呢，说是你们有志气，不愿意跟我一起过；不知道的呢，还以为是我这个妈太刁，不帮衬你们。所以，我把这房子租出去，租金给你们还房贷。三来呢，我这腰也是啥也干不了了，那天晚上我做梦梦见你爸来接我了……”

老墨叫了声“妈”，打断李金玲的话。纪琴的脑子嗡嗡响，婆婆睡衣上的小碎花一朵一朵的，晃得她头都晕了。不愧是做老师的，一条一条的，话说得要多漂亮有多漂亮，可是，拿谁当傻子糊弄呢……

不是没一起住过，刚结婚那会儿是住一起的，婆婆规定睡觉不能锁门。她说：“别整得一个家里，我这个婆婆像外人似的！”

新婚之夜，她突然穿着一身白站在门边，老墨腾地坐起来，声音都是抖的：“妈，你有事儿？”

李金玲没吭声，转头回了自己的屋。

纪琴让老墨掐自己一下，证明刚才确实有事发生，不是做梦。老墨长长地喘了一口气，趴在枕头上，一动不动。

新婚之夜后，吓得纪琴跟老墨亲热总要先看门锁了没有。锁了，还要再问，总是不放心似的。

几天之后，李金玲便问纪琴跟老墨床上的事，纪琴的脸成了一张红纸，她说：“妈，这事怎么说啊？”

李金玲却说：“你也是念过大学的人，这有什么不好启齿的！”

那也不能什么都跟婆婆说吧，纪琴本来就是老实的人。李金玲便恼了，说：“色是刮骨刀，别贪着那一口好吃，就天天晚上做妖精！”

话说得很难听，纪琴偷着哭过，但又没办法跟老墨说。老墨却是初尝云雨，正在兴头上，有事没事就涎着一张脸腻歪着纪琴，纪琴只得往外推。也有推不掉的，都是正当年，身体尝了新鲜，巴不得你侬我侬的。可两人屋里的门只要一关，李金玲就或咳嗽、或摔杯子敲碗弄出些动静来，纪琴赶紧正衣冠开门出去。

李金玲的脸已经成了三九天松花江的冰面，冻得化也化不开了。

纪琴忍不住偷着跟老墨说："咱妈是不是太长时间压抑，有些……变态！"老墨的一张脸立刻黑了下来："纪琴，你怎么能这么说我妈呢，她不过是关心咱们，想尽快抱孙子！"因为这句话，老墨一整天没理纪琴，弄得纪琴也觉得自己跟罪人似的。

那是段很折磨人的日子，跟老墨处对象时，朵渔就提醒过纪琴：守寡养大儿子的婆婆是把儿子当成私有财产的，不容别的女人来抢夺。纪琴那时跟付北兴闹得一点心思都没有了，只想快点找人嫁了，老墨人老实，国家公务员的工作也很稳定，还有在纪琴心里，人心换人心，婆婆是小学教师，她相信她知书达理，总会对自己好的。林朵渔说："我父母都是老师，我知道老师都是以自我为中心的，在他们的世界里，自己就是权威，说的话不容别人质疑。"

那时纪琴只想结婚，没太把朵渔的话放在心上，却没想到婆婆连床上的事都要管，老墨的态度也明显是向着母亲的。

老墨从小对母亲言听计从，动不动就上演孤儿寡母的苦情戏。纪琴常常觉得在这个家里，老墨和李金玲才是一家人，自己是个外人，是个保姆样的角色，要看主人的脸色。

开始，老墨还哄着纪琴，背地里说些好话，时间长了，大概也烦了，回家就奔打游戏，对两个女人的话都左耳进右耳出。

纪琴无奈，脚上的泡都是自己走的，谁叫当初选了这样的人家，选了老墨，事到如今，只得就着黄连吃饭，苦往肚子里咽了。

事情的结果是在两次流产后，纪琴成了纸片人。医生说，再有一次，恐怕就很难怀上孩子了。李金玲摆脸色给纪琴看，话说得很难听，说什么是鸡连个蛋都守不住。

林朵渔跟颜樱去看她，纪琴半吞半咽地把事情大致说了说，颜樱立马火了，要找老墨理论。后来还是林朵渔跟老墨谈了一次，老墨回家跟李金玲不知道怎么谈的，反正那次之后，他们先租房搬了出来，一年后付了首付买了这套五十平的两室一厅。

日子过得磕磕绊绊，但是纪琴总是往好处想，婆婆这辈子过得也很辛苦，一个人怪孤单的，有事叫儿子回去或者做一做，也就算了。纪琴在自己的博客上写的一句话是：降低心灵的敏感度就会多很多幸福。什么事，她尽量不多想，但事情往往是，你退一尺，它进一丈。现在，想维持原状都不可能了。

一想起要重新跟婆婆生活在同一屋檐下，纪琴的心就往无底深渊里掉。

表面上婆媳两个人和气客气，但谁都知道内里波涛汹涌着。这住在一起，两个女人每天四目相对，日子怎么过呢？

08

颜樱住在一套六十几平方米的精装修房里，那是离婚后颜樱自己买的。离婚时，老方给了颜樱四十万，颜樱没要房，倒是要了那辆破捷达。她拍着车子跟朵渔说："当初老方一穷二白我嫁给了他，没指望他能怎么样。当初我俩省吃俭用攒了快一年买了这车，乐疯了，对这车爱得不行……现在，人走了，总得留点念想！"

林朵渔握着颜樱的手，心里很替樱子难过，但也仅仅难过而已，她从来都不看好老方，觉得颜樱早离开他才是明智之举。她那时还不知道失去爱人是一种怎样痛彻心扉的痛，她命好，初恋遇上韩彬，然后一帆风顺进入婚姻，她只是心疼颜樱。

三个人中，颜樱是最晚结婚，也是最先离婚的。从结到离，不过二年零三个月。

颜樱当初跟了老方时，朵渔跟纪琴都大跌眼镜：彼时的老方五大三粗像只熊，小眼睛，东奔西跑地忙，连个住的地儿都没有，而且花名在外。用林朵渔的话说是：拥有湿抹布的气质和银行小职员的外表。林朵渔都不知道颜樱看上了他哪点，按颜樱的脾气，二十九岁，也不应该是恨嫁的年纪。多少条件好的拿颜樱当宝的男人都被颜樱 PASS 掉了，怎么到了其貌不扬的老方这儿就折了呢？

林朵渔特意找颜樱谈了一次，林朵渔说在韩彬看来那老方就是一投机分子，人精似的，在女人的脂粉堆里打转，这样的人怎么能做结婚对象呢？

颜樱很不屑地笑了，说："我的傻姐姐，这年头谁结婚还指着白头偕老啊？我现在喜欢他，他也喜欢我，我愿嫁，他愿娶这就 OK 了。"

林朵渔还记得颜樱说了段很有意味的话，她说："爱一个人并不是一定要跟他一辈子的。我喜欢花，你摘下来让我闻；我喜欢风，你让风停下来；我喜欢云，你就让云罩着我；我喜欢海，难道我就去跳海？"

女人总是口是心非，从愿意结婚的那一刻起，谁会想着半路做逃兵？谁不愿意拥着风守着云看着海一生一世？

林朵渔辩不过颜樱，每个人有每个人的想法和生活，既然她认定了这个男人，自己当朋友的义务也已经尽到了，就算了。

倒是纪琴紧张兮兮地先找了林朵渔，问会不会是咱们俩都结了婚，樱子觉得太孤单了。林朵渔拍了拍大姐的脸蛋说："我的好大姐，你别什么事都先往你自己身上找原因行不行？她成天风风火火的，身后等着约的男人一大排，饭局都顾不过来，哪至于现在这样随便找个人自暴自弃？"纪琴"哦"了一声，半晌，她说："我也还是要劝劝她，不能眼瞅着她往火坑里跳！"

林朵渔笑了："现在人家当热火盆，哪里是火坑！"

后来她俩谈没谈朵渔没有问。颜樱还是高高兴兴做了老方的新娘，还嚷着要做老方的情史终结者，到头来……

老方把颜樱跟林朵渔送到小区楼下，田菲菲的脸上乌云密布，就快大雨倾盆了。颜樱搂着林朵渔，很暧昧地问老方："不上去鸳梦重温一下？"说完伸手帮老方把折在里面的衣领翻了出来。

老方不睬颜樱，只问朵渔："不用我送了吧？"

林朵渔赶紧摆摆手。

颜樱一通折腾恐怕是累了，进了家门，把自己摔到床上就睡。

倒是林朵渔头疼，洗了澡，换了颜樱的睡衣，又给颜樱收拾停当，却怎么也睡不着。坐在客厅里看电视，一眼看到门前那双大号的男式拖鞋，想起颜樱说老方又来睡的话，心里不知道是什么滋味，如果韩彬真的向自己低头，自己会原谅他吗？

最初，朵渔是想着原谅的。他不过是犯了全天下男人都会犯的错，更何况温香软玉摆在家里，要说自己也是有责任的，纪琴跟颜樱都提醒过自己，是自己太过自信，也太粗心……可是，韩彬错过了认错的机会，再或者他根本就没有要回心转意吧？

像老方这样又算什么呢？让小三登堂入室，然后把前妻变成情人？这样的事情，朵渔万万不能接受，打死也不能接受。

但是，朵渔还是无法避免地会想到韩彬，每时每刻。做每件事情，都会拐几个弯想到韩彬。这样的日子，会持续到什么时候呢？

这样长的夏夜里，韩彬会睡在袁子丹的温柔乡里，他不会想起自己吧？男人都是喜新厌旧的动物，身边换个人，日子一样快活地过下去。

这样想，心又剜肉一样疼了起来。

手机屏幕闪亮，是朵汐。她说："姐，如果太难过，回老家住些日子吧！"

朵渔回道："怎么还没睡？"

"跟班做了个手术，刚吃完饭回去！"

虽然在一个城市，但是姐妹俩也并不常见面，医院工作强度大，朵汐又独立。想到这些朵渔有些心疼，这些年，自己把精力都放在韩彬和自己的小世界里，对朵汐，对纪琴和颜樱都远了很多。可是，自己真的了解韩彬吗？他在做什么，他在想什么，自己怎么就都不知道了呢？

朵渔以为日子是一碗清澈见底的水，每天都一样，却不知道那碗水早已变了味道，只是自己不知道罢了。

偶尔跟纪琴、颜樱见见面，颜樱说外面的世界，纪琴说自己的婆婆，朵渔基本只是倾听。虽然表面上大家还都是一样的，但是朵渔知道在自己的心里，朋友、父母、小汐都已经不是最重要的人了，最重要的人是韩彬，自觉不自觉地会以“韩彬说”开始自己的谈话。他在很大程度上改变着她，只是她不自觉而已。

“找一天，出来吃个饭吧！”

“好！”

“叫上佟童！”佟童是朵汐的男友，两个人的感情很好，朵渔一直觉得佟童很像韩彬，现在却不敢这样想了。

朵汐索性打来了电话：“才不叫他，咱们姐俩好不容易约一次会，干啥拉他当电灯泡？”

朵渔笑了：“那好，听你的！早些睡吧，明天还要忙呢！”

挂了电话，朵渔的眼睛仍亮成了一盏灯泡，脑子异常活跃，突然想起有个设计稿这周之内要交的，赶紧开了颜樱的电脑，沈家宁还在线。

朵渔一时想不起什么借口，倒是沈家宁先开了口，他说：“林，设计稿可以延后一周交！”

谢天谢地，这是一天里，唯一让林朵渔感觉轻松的消息。

林朵渔想问句为什么，难道他知道自己的事了？迟疑了一下，放弃了，实在是懒得说些什么。

无论怎么样，新的生活都要开始了。林朵渔像韩剧里的那些女主角一样，在关闭电脑前握紧拳头对自己说：“林朵渔，一切都会过去的，加油！”

那个夜晚，纪琴跟林朵渔都失眠了。失眠像狰狞的野兽，带着逝去日子里的新仇旧恨一起在这个夜晚汇成千军万马，让人无路可逃。

如果再套用韩剧里女主角无可奈何时常说的一句话，那便是：这就是人生啊！

这样的人生不是她们想要的，但是，除了见招拆招，有别的办法吗？

Chapter 02

众生相碰，梦到剧终

一方转身离开，便不再是血肉器官，如同挤掉一颗青春痘，剥掉愈合后的一块痂。男女之情，有时就这么残酷。

01

那夜大雨，凌晨一点，林朵渔刚刚完成设计稿，打算洗洗睡了，门却响了。这时间会有谁来呢?

从猫眼里一看吓了一跳，纪琴浑身湿透，双眼又红又肿，林朵渔急忙拉开门。

自那日跟韩彬办了离婚手续，林朵渔已经一周没出家门了。没日没夜赶设计，也许是心情影响了灵感，几次推倒重来，整个人都像是脱了一层皮一样。

朵渔心里咯噔一下，却没问纪琴怎么了，只是赶紧拿了毛巾，找了自己的衣服给她换，自己也脚踩棉花似的，拿了两包方便面煮上，冰箱里只剩了一个鸡蛋，打好，放进碗里，端给纪琴。自己把剩下的盛在碗里，坐在纪琴对面吃。

纪琴拿着筷子，眼泪汪汪的，林朵渔大致能猜到是怎么回事，她说:“什么事也得先吃了饭再说！”从前，这一向是纪琴说的话。

纪琴没客气，一口气吃完。林朵渔收拾碗筷的当儿问 :“又跟你婆婆吵架了？”

纪琴的眼泪下来了。她说 :“朵渔，我在街上走了七个小时……”

朵渔看了一眼墙上的石英钟，凌晨三点。她出来这么久，老墨竟然连通电话都没打来！“王八蛋！”朵渔在心里骂了一句，走到纪琴面前，轻轻地把她揽在怀里。

纪琴浑身发抖，断断续续地说 :“她……来跟我们一起住，她要跟……她儿子……住一个房间……”

“她是不是有病啊？”朵渔气得手脚冰凉,起身冲了热咖啡。握在手里，人暖了一些。纪琴擦了眼泪 :“刚才，好几次我都想从桥上眼一闭跳下去算了！”

朵渔这才看清纪琴的一边脸又红又肿 :“老墨打你了？”

纪琴的眼泪顺着脸颊淌了下来，点了点头。

李金玲搬进来，纪琴理所当然地让端端跟奶奶一起住，但是李金玲沉着一张脸说 :“我觉轻，再跟孩子一起住，肯定睡不好！”

纪琴赶紧说 :“那让端端跟我们睡！”

“那怎么行？那么小的床，你不上班，怎么都行，文涛可是要挣钱养家的！”李金玲的话让纪琴愣在那里。

武文涛赶紧拉了拉纪琴，小声说 :“妈的意思是你陪端端住！”

纪琴没吭声，转身进了厨房。

卧室里李金玲在挑剔纪琴品位差，床单买得太花哨，质量也次。还有，卧室里怎么都没盆绿植呢？她要喝上好的日照绿茶，而非含混不清的花茶……

这些纪琴都忍了。只要她能说出来的要求，都尽力满足就好了，重新铺上李金玲带来的床单，买上绿植，放上绿茶。可是，婆婆得寸进尺，居然要跟儿子一起住……

纪琴的眼泪啪嗒啪嗒往下掉，厨房的门开了，端端闯进来 :“妈妈，怎么还不开饭，我要饿死啦！”

纪琴赶紧择菜做饭，老墨也破天荒地进了厨房帮着收拾鱼。一条鱼刚刮了鳞，李金玲就喊："文涛，文涛，你过来！"

老墨洗手的工夫对纪琴说："我妈这几天不舒服，你别计较，过两天会好的！"纪琴咬了下唇，没言语，老墨的一只手放在她肩上几秒钟，李金玲的喊声再次响起。"来了，来了呀！"

一顿晚饭倒吃得相安无事，李金玲除了嫌纪琴的土豆丝切得不够细外，也没挑出别的毛病来。纪琴想，也算了，她爱跟谁住就跟谁住吧，将心比心，她是有文化的人，会慢慢醒悟过来的！

吃过饭，端端睡得早，老墨守着电脑，客厅里只剩下了婆媳俩，李金玲把着电视遥控器，好几次翻过纪琴正在看的连续剧，李金玲都翻了过去。纪琴急，却也无可奈何，看了一会儿法制频道，李金玲倚在沙发上睡着了。纪琴轻声叫妈，说："您困了，进卧室休息吧！"

李金玲一睁眼握了遥控器："谁说我睡着了，我听着呢！"

纪琴倒是看得哈欠连天，又不好先去睡，陪着撑，李金玲倒是一路睡，直到快十二点了，才起身进了纪琴跟老墨的卧室。

纪琴进了另一间卧室，搂着端端倒睡不着了，心里堵得喘不过气来，这都是什么事啊？

这几年磨下来，纪琴对床上那点事早就可有可无。不过是老墨起了兴子，纪琴配合一下。新婚时落下的病根，纪琴总是咬唇咬得紧紧的，生怕弄出一点动静来。有时，败了老墨的兴，老墨骂："你就不能像个女人啊，跟死人似的！"说完扔个背来对着纪琴。

纪琴除了掉眼泪没别的能耐。有时跟颜樱聊天，听颜樱荤的素的一起说，纪琴就想自己跟付北兴在一起时，想着想着，心里就难受得厉害。

天渐渐亮了，纪琴刚眯了一会儿，就听到很响的敲门声，迷怔怔地开了门，是李金玲。李金玲劈头盖脸说："都啥时候了，还不做饭！"说着一平底锅砍下来……

纪琴忽地坐起来，一身冷汗，是场噩梦。清晨的阳光透过窗帘照进来，房间里朦朦胧胧的。端端睡得香甜，纪琴抓着小闹钟看了看，五点三刻，真要起床做饭了。

林朵渔给纪琴续上咖啡，反正天快亮了，也睡不成了。她问："后来怎么就吵起来了呢？老墨还动了手？"

那天早上，纪琴一共做了三样饭，先是给老墨用前一晚剩的米饭炒了个蛋炒饭，做了蛋花汤，后给端端煮了猫耳面。伺候他们爷俩出门，李金玲才起床去洗手间，纪琴收拾完客厅，问婆婆早上想吃点什么，李金玲说："我想吃蒸饺，用虾仁和鸡蛋韭菜包的，吃不了几个，三五个就行！"

纪琴犹豫了一下说："韭菜和虾仁家里都没有，早上我给你煎两张鸡蛋软饼，喝杯牛奶吧，中午我给你包蒸饺！"

李金玲眼皮也没抬一下："啥啥都没有，还摆出架势问我吃什么干啥？"

纪琴没吭声，转身进厨房打鸡蛋。

纪琴觉得自己像是童养媳，每天婆婆出了菜单，然后一样一样买回来做好。中午老墨和端端都不回来吃饭，从前纪琴就对付着自己吃一口。现在婆婆来了，纪琴就按照李金玲的想法做，可是李金玲大概胃口不大好，纪琴费了半天劲做出来，她有时只尝一口就不吃了。

这也算了，纪琴晚上失眠，白天补一补觉。可是纪琴只要一躺下，李金玲就来事。

那天吃过晚饭，纪琴收拾完，头有些昏，就回房躺床上眯一会儿，刚刚迷迷糊糊睡着，就听到李金玲喊。老墨一玩起电脑，就两耳不闻窗外事了。纪琴起身跑过去，问妈有什么事，老太太端坐在沙发上看电视，说："给我倒杯水来。"

纪琴端了杯水过来，有点没好气，转身回卧室时又转了回来，说："妈，我晚上失眠，这刚刚睡着，您这一喊，觉全跑了！以后……如果是倒水的事，您能不能自己来！"

李金玲梆一声把水杯蹾在茶几上，没说话。

纪琴回了卧室，刚和衣躺下，老墨就进来了，问："妈怎么了？"

纪琴说："没怎么啊！"

“那她为啥哭着要搬回去住？”

纪琴开了那间卧室的门，问：“妈，我一直把你当成知书达理的人，你拍着胸脯想一想，自从我跟文涛结婚，我对你怎么样？我对我自己亲妈都没这么恭敬过，你还想我怎么样？”

李金玲不理纪琴，而是对着纪琴后面的武文涛说：“养儿子有什么用，老了老了，让人帮着倒杯水都要给脸色！”

纪琴再老实，火也冲上了头顶，她说：“妈，你老了，还不至于糊涂吧？这左邻右舍打听打听，谁家婆婆跟儿子睡在一张床上？”

李金玲挂不住脸，嚷：“武文涛，你问问你媳妇，她这话是什么意思？”

“我的意思很明白，变态！”

老墨一巴掌差点把纪琴扇倒，纪琴扶住墙，人倒是清醒的，她甚至笑了笑，说：“武文涛，你真有本事，都会打老婆了！好，打得好，你跟你妈过吧，咱们离婚！”

纪琴连件外套也没穿就冲出了家门。

从家里出来时，天还是阴的，走着走着就下起雨来，也不知道要到哪里去，就只是不想停下来。

好几次想从很高的桥上跳下去，却终究没那个勇气，她还有端端，她不能让端端没有妈妈……

纪琴的眼泪不停地往下淌。林朵渔起身给纪琴拧了个热毛巾让她敷脸，帮她把头发往耳后别了别，去铺床：“什么都别想，睡一觉吧！睡一觉醒了，就好多了！”

两个人躺在床上，纪琴问：“朵渔，我们都是很好的女人，也很努力地生活，怎么就离幸福越来越远了呢？”

林朵渔没有回答，这也是她的问题，她也不知道该怎么回答。

一时间两个人都没了话，突然间，林朵渔家又响起了急促的敲门声。

这么晚了，会是谁呢？

02

来人是鼻青脸肿的颜樱。林朵渔和纪琴看着颜樱龇牙咧嘴的样子，不约而同笑了起来。颜樱一边换鞋一边指着她们俩 :“你们这两个妖精，看我惨成这样，还有心思笑，还有没有人性？”

什么事到了纪琴那儿肯定演成悲剧，到了颜樱这儿就闹成了喜剧。颜樱也笑，一笑，脸上的青肿疼得像推不动的一扇门。她捂着脸嘶嘶哈哈的。

林朵渔赶紧去找热毛巾。纪琴给她倒了杯热水，问 :“谁干的？老方？你怎么还吃这亏？”

“妈的，还不是田菲菲那狐狸精，还玩捉奸在床的把戏。她一个小三，亏她能干出来这事儿，我是大老婆，没天理了！”

颜樱一骂，又逗得朵渔与纪琴笑了起来。朵渔很细心地给颜樱擦脸，找了半天才找出家里的医药箱，还好里面有红药水，小心翼翼地帮颜樱涂上，颜樱俊俏的一张脸立刻像个滑稽的小丑。

朵渔抿了嘴，半天说 :“还大老婆，是前妻。前妻不是妻，还往一张床上凑，活该！早就让你别蹚这趟浑水了，我就没看出老方哪点好！”

“那是你没跟他上过床！”颜樱是“欲女”，从来不掩饰，“老方的活儿的确好！”

朵渔用手指戳了颜樱的脑门一下 :“看你那点出息！”

“就那点好，值得他背叛了你，你还……”纪琴把“不顾廉耻”四个字生生吞了下去。

颜樱一手按着脸上的毛巾，一手掏烟 :“我早就说过，从跟老方结婚那天起，我就没指望着地老天荒。说真的，我以为会是我甩了他，没想到男人到底是占便宜，我正打算改邪归正做贤妻良母呢，他那边先出了轨。出轨也找个让我颜樱瞧得上眼的啊，就那田菲菲，不是我说，安上十斤肉就是一芙蓉姐姐，男人真是见了母的就没智商……”

“得，得，得，你们都离了，再没啥关系了，你还纠结这个干啥，赶紧睁大眼睛找个好的，气死他！”

“唉，如果能找到还说什么。这不一直空床空得人都快干黄了，有水喝总比渴死强嘛！那田菲菲真够剽悍的，她妈的，下了死手，老方那王八蛋……”

颜樱索性扔掉毛巾，狠狠地吸了一口烟，咳了起来。朵渔走过去，把烟接过来，按灭。那烟头兀自冒着淡淡的青烟。

颜樱从小在单亲家庭里长大，有时候朵渔都不知道她到底想要什么。

颜樱抱膝坐在沙发上，说：“我现在不爱老方，真的，一点都不爱，但是一想到我被那个田菲菲打败，看着她趾高气扬地以胜利者的姿态跟老方去领证结婚，我就生气。男人就是贱，你跟他在一起，他不理不睬的，你离开他，恨着他，骂着他，他反倒是上赶着。这回田菲菲成了妻，咱也做做小三，我受过的罪也都让她田菲菲尝尝。年轻有什么了不起，总会老的。老娘二十五岁那会儿，一掐都出水！”

纪琴跟朵渔也不说话，就听着颜樱说。

有句话说得好，没有拆不散的婚姻，只有不努力的小三。颜樱说：“前妻变小三，知己知彼，哪是软肋，哪是动情点，抓得紧着呢！现在，我是老方眼里的宝，田菲菲，且守着空床呢！”

之前纪琴跟朵渔无数次听颜樱这样说过，不过都当成是她阿Q，老方都那么伤她的心了，再抢回来干吗？

颜樱说：“干吗？唐僧肉啊，好玩就玩玩，不好玩就吃掉！”

万没想到她真的摇身一变，成了老方的情人。

颜樱盘腿坐在沙发上，两眼放光：“今天我就好好给你们讲讲我的夺夫大战！”

朵渔看了一眼纪琴，心想：这一幕怎么看怎么像很恶搞的话剧。

03

如果不是田菲菲太过高调，恐怕颜樱没有那么强的报复欲望。

人总说冤家路窄。这城市那么大，美容院那么多，偏有一日，颜樱敷着一张脸躺在美容床上，听到娇滴滴的声音在讲自己的“奋斗史”——如何嫁给有钱人。“这世界上的东西你看好了，就伸手拿，你不拿，谁知道你想要啊？”美容院里的小女孩附和着她。

颜樱骂了句人，不用看脸她也知道那是田菲菲，得了便宜卖乖，这才哪到哪，到最后，谁哭谁笑还不一定呢！

偏偏田菲菲得意过头，大概也寂寞过头，这种事，熟人是不能说的，再好的朋友，也会在心里鄙视，抢人家男人，再有钱再富贵，算什么英雄好汉。只有在陌生人面前，在涉世未深对财富有着无知崇拜的发廊妹面前，才可以满足田菲菲这种人的虚荣心。于是田菲菲嘴上挂了一条河，说起来没完没了：“前人栽树后人乘凉，从小算命的就说我是富贵命，十指不沾泥。我老公跟他前面那女人时，一穷二白的，这跟了我，生意顺风顺水，现在把我当观音娘娘供着呢！”

颜樱实在忍不住了，起来揭下面膜，说：“田菲菲你脸皮这么厚实在不该再护肤了，应该做个揭皮磨骨手术，揭下去十层八层的还能让美容院多挣点！”

田菲菲也没想到那张白面膜下面是老方的前妻，做贼总归心虚，赶紧闭嘴装哑巴。

事有凑巧，在美容院遇到田菲菲一周后，颜樱接到报社让她去无锡参加个广告推广活动的通知。原本她是不想去的，但是在那份活动通知上，她看到了老方公司的名字，她找到报社的头儿打听了一下，原来是老方公司赞助了这个活动。颜樱打电话给老方公司里的人，颜樱人大方，从前做老板娘时，总请那些人吃饭，所以转弯抹角很快问出老方也会去无锡参加这次会议。

“OK 了！”颜樱的手打了个响指。

为了无锡之行，颜樱下了本钱，买了香奈儿的香水，又买了 GUCCI 束腰短裙、性感内衣。准备这些时，心里只是想报复田菲菲，她要狠狠地把田菲菲向外人炫耀的幸福夺回来踩在脚下……

参加活动的多是各地的代理商，颜樱是个漂亮的单身女子，又是主办方报社的，所以有很多男人恭维搭讪。颜樱便花蝴蝶一样很小萝莉地瞪大眼睛跟那些男人周旋：“真的吗？别开玩笑了！我还美少女？我可是标准熟女。”男人们便盯住颜樱胸前说：“对，对，熟女，绝对熟女！”

她有意忽略老方，却能敏感地觉察到老方的眼睛在她的背后，好几次，老方走过来，想跟她打招呼，都被她闪身躲开了。

当初老方选择跟颜樱结婚，其中的一个理由就是颜樱不纠缠。对一个不纠缠的女人，男人是不会想放过的，更何况是前妻，原本就是在一个锅里搅糨糊的，现在再睡到同一张床上，顺理成章得大概连艳遇都算不上吧？

颜樱从老方的眼睛里读出了自己猫捉老鼠的把戏很有用。他像个发情的老虎，欲望和激情都快到了极限。

他给她发短信：你比从前更漂亮了。

颜樱连个谢字也懒得回。

那日游完樱花谷，颜樱回到住处，电话很快跟进来：“你能不能不跟那小南蛮子打情骂俏！”

“你是谁？打错了吧？”

“我们别这样好不好？”

“那我们要哪样？恩爱夫妻？鸳梦重温？我的前夫同志，你是出门没吃药还是吃错药了？请注意你的身份！”

颜樱挂了电话，门铃很快响起，老方竟然提了只蛋糕过来：“今天是我们认识的纪念日！”

“我们认识需要纪念吗？我可后悔认识你！”

颜樱把蛋糕随意往桌子上一扔，蛋糕立刻丑了脸。

屋子里的空气有点冷，颜樱突然哭了起来，人往床上坐时，裙子一侧的肩带滑落下来，老方急吼吼地上来抱她："宝贝，别哭，你一哭，我的心都碎了！"

"你他妈的还有心？"颜樱心里骂着，人却娇滴滴地举起粉拳一下一下捶老方，捶着捶着就抱到了一起。

身体是熟悉又陌生的，颜樱脑子里的某些记忆像被唤醒了一样，每个细胞都呼喊着渴望着。

颜樱有位女同事，离婚后，有一次跟她说："三年了，我家的马桶圈都没掀起来过！"跟老方离婚后，颜樱告诫自己绝不能做那样的女人，大不了做女流氓也没什么了不起的。

颜樱有过几次一夜情，也有条件不错的，颜樱动过心的，但是颜樱要先过身体这一关，上过床，颜樱怎么都不能说服自己接受。

她一直以为自己是太过挑剔或者是没遇到真正喜欢的人，身体再次荷叶一样铺在老方的身下，她骤然明白：她是在等他。

那一晚，两个人像两只不停转动的齿轮，不断地奔跑在温山软水间，直到她在他的身下唱出曼妙的余音绕梁的歌，直到彼此身上都有了黄昏的味道。

电话，不接；敲门声，不理。这世界只有他们两个人。他，不是她的前夫；她，不是他的前妻。他们，只是男人和女人。只是彼此可以给对方带去快乐的男人和女人。如此而已。

颜樱侧身躺在老方怀里："记得那次在黄山吗？"

老方当然记得。那时他们还只是彼此的艳遇。

那次说好跟些朋友出去玩，原本两个人并没有什么，老方的一个大款朋友追颜樱报社里的一个姑娘，五一节，约着一帮人去黄山玩。叫了颜樱，颜樱也正愁着过节没处去，搂草打兔子，闲着也是闲着，便跟着几男几女混着去旅游。

颜樱一向是视觉系色女，见到帅哥眼睛才亮，所以最初老方并没有入颜樱的眼。只是别人似乎都有眉来眼去的，只有颜樱跟老方单着，所以，老方也就明里暗里口头上犯犯贱，占占便宜。

在火车上玩牌，颜樱坐他对面，他的腿在她的腿上蹭啊蹭，然后手也落上去，颜樱借着牌势骂老方两句，腿却也是不老实的。

到了黄山，也不知道是良辰美景起了化学作用还是怎么着，两个人竟然都有些把持不住，索性各自找了借口说有事回去。像私奔一样从朋友群里逃出来，找了间小宾馆住了进去。

彼此都是人间美味。房子外面的奇松、怪石、云海、温泉又算什么，她便是他的胜景，他便是她的高峰，两个人在黄山住了一周，却连一步山路都没走，那也只是一场艳遇而已。

回来后，两个人各自消失在播草的生活里。那时的老方，实在还是入不了心高气傲的颜樱的眼。颜樱也还有着一个不错的正牌男友。

直到一年后，老方以犯罪嫌疑人的身份走进颜樱的报道里。颜樱并没有因为那次的床上之“谊”笔下留情，相反，两人像陌生人一样。老方有些恼怒，最终上演了欢喜冤家的戏码。

在无锡，颜樱和老方又提起那年的黄山之行，不禁唏嘘命运的无常。

美好的事物往往是短暂的，譬如烟火又如朝露。世间最无可奈何的，一个是落花，一个是往事。

颜樱的眼泪真的掉下来了，这回捶打老方，是真打。她说：“你在外面有谁都可以，干吗非要离婚不可？”

老方好半天才说：“田菲菲说怀了我的孩子。你知道，我家三代单传，你又不肯给我生个孩子，我朋友都说你没打算跟我过长！”

颜樱一脚把老方踹到床边上：“你的孩子呢？田菲菲说她是王母娘娘你也信吧？不知道在外面给你戴了几顶绿帽子了呢！”

这样的男人，颜樱恨得牙根痒痒。

从无锡回来，老方竟要离婚，跟颜樱复婚，颜樱拒绝。她要好好想想。老方也许只是说说，找个来颜樱这儿住的理由而已。反正，两个人重新在一张床上混，老方享齐人之福，颜樱也便得过且过。

“樱子，你在玩火，知道吗？万一田菲菲一冲动，你知道她费那么大力气把老方抢到手……”纪琴担忧地说。

“田菲菲抢了你老公，你就要抢她老公？那你不成了跟她一样的人了吗？”朵渔不赞成颜樱以牙还牙，以眼还眼。

颜樱没回答。

好半天，颜樱吸了一口烟，笑着说：“田菲菲那妞一定是气疯了，你没看她披头散发冲进来那样，五官都乾坤大挪移了！”

“亏你还能笑得出来，这脸，明天怎么出去见人啊？”

“那有什么不能见人的，被猫给挠了嘛！”颜樱的性格一贯是这样，我行我素。纪琴现在开始羡慕颜樱了，不管不顾，心里不会藏那么多艰难，便会轻快很多。

天亮了。细细密密的阳光透过轻薄的窗帘照进朵渔的客厅，是个好天气。

屋子里的三个女人在晨曦里，面容平静，无悲无喜，只是忧伤仿佛从她们身上流淌下来。

林朵渔接到两个电话。一个是老墨打来的，问纪琴在不在。林朵渔一向好脾气，这次却没搂住，没好气地说：“如果她不在，你让她雨夜蹲过街天桥吗？你这当老公的也太没心了吧，她那样一个人跑出来，你到天亮才想起来问……”

另一个是朵汐打来的。她说：“谢天谢地，你的电话开了。姐夫……他说你的电话总也打不通，怕你有事，让我来看看你！”

“他竟然还有空管我！转告他，我林朵渔活得很好，睡得着，吃得香，不劳他惦记！还有，以后别再姐夫姐夫地叫，他跟咱们没关系了。”提到韩彬，朵渔仍没办法做到心平气和。

“姐，你别那样！我下午去看你吧，想吃什么，我带去！”

哦，下午，下午林朵渔要去见沈家宁。

04

拿着设计稿约沈家宁在购物中心的大厅见面，林朵渔图方便，交完稿要买几件衣服。这个夏天一直没心情，连条裙子都没买。最近太郁闷了，想换换心情。

林朵渔远远地看到沈家宁，白色西装裤，浅蓝色竖条短袖衬衫，干净明朗，见到林朵渔急忙起身摆手。

林朵渔给沈家宁的公司做室内设计已经两年了。通常是网上交接设计稿，电话提要求和修改意见，偶尔重要的 CASE 见一面，一起喝杯咖啡，聊一会儿闲天，把设计稿拿出来讨论。

沈家宁是海归，据说家世优渥，不愿意做“富二代”，出来弄了个室内设计公司，几年的工夫做得风生水起，在业界有很高的声誉。

跟沈家宁的合作让林朵渔很舒服，他给她很多空间，也很欣赏她的才华。沈家宁是个成熟的年轻人，很职业。林朵渔觉得自己能遇到这样的上司很幸运。并不需要多说些什么，客户不满意时，他会来听一下她的意见。他耐心听完她的陈述，然后说：“我去跟客户沟通！”他这样的好脾气，让朵渔觉得自己的坚持有些无理。后来她学会妥协说：“如果不行，你可以动一动，别让我看到就行！”后来，朵渔去过一间自己设计的餐厅，里面有几处让她拍案叫绝的巧思，她想这一定是沈家宁的功劳。

打电话过去问，她说：“你还真挺实在的，说不让你告诉我，就真不告诉啊！”沈家宁先道歉：“应该经过你同意的，是我疏忽了！”

朵渔明白那不是疏忽，他只是不想约束限制她。

有一次见过沈家宁，韩彬接她回家，在路上说：“看你跟沈家宁在一起，我很嫉妒！”

林朵渔不以为然，仰头问吃味的老公：“你是对自己没信心，还是对我没信心呢？”

韩彬感叹说：“人跟人真不能比，比如我一拳一脚到今天，沈家宁却不费吹灰之力。”朵渔不同意他的说法：“沈家宁很努力，他的成功跟背景没多大关系！”

韩彬意味深长地看了朵渔一眼：“再比如，有些人条件那么好，偏偏长得还是我老婆喜欢的类型！”

“呸，你到底想说什么！”朵渔作势推了韩彬一下。韩彬笑：“反正我是危机四伏啊！”

沈家宁有女朋友，朵渔见过，模特身材，也是海归，林朵渔总觉得他们的气场不太合。她的美艳太过耀眼，而沈家宁是那种性子温温的，应该有个秀外慧中的女孩配他才好。不过，那是他的私事，朵渔觉得自己这样想想已是不对了。

跟沈家宁坐在购物中心的小咖啡厅里，拿出图纸，讲解自己的设计意图，好几处，林朵渔居然思路接不上。

沈家宁索性收起图纸，说他回去慢慢看，哪儿不明白再打电话问，然后说：“朵渔姐，我请你吃饭！”

这是沈家宁第一次叫林朵渔“姐”，林朵渔愣了一下，然后嘴角扯出一缕笑来，说：“好！”

沈家宁点了好些菜，林朵渔拦了一下没拦住，索性由他去了。

两人聊了会儿天气、新闻，说到罗大佑李宗盛的纵贯线，沈家宁说：“据说演唱会就到这里了，到时弄张票去看看吧！”

林朵渔说：“好啊，带票时，多带两张，我还有两个朋友！”

沈家宁做了个 OK 的手势。

他吃东西很香，很清淡的菜居然把林朵渔许久不佳的食欲勾了起来。

趁着心情还不错，林朵渔去买了两套衣服。没忘给纪琴带了件小开衫，给颜樱买了套内衣。回到家时，颜樱一个人在摆牌，脸上的肿消了不少，没见纪琴。林朵渔就知道纪琴肯定是回家了，就算老墨不来接她，她也忍受不了一天看不到端端。

果然颜樱说:“纪琴回家了，老墨一个电话她就回去了！这个没出息的，拉都拉不住,一点谱儿都不会摆,教都教不会。”颜樱一副恨铁不成钢的样子。

朵渔拉开冰箱，是满的。

颜樱说小汐来过了，这丫头生怕把她饿着，她倒像是姐姐。朵渔的心暖了一下。这些年，自己让韩彬给惯坏了，事事依赖韩彬，自己连银行都没去过。

一把牌摆乱了，颜樱索性收拾起来，拿着朵渔新买的内衣比画：“我都穿丁字裤的，这个，也太老土了吧？”

朵渔白了颜樱一眼:“人老珠黄的，不风骚，能死啊？”颜樱哧哧地笑：“真的能死！”

朵渔端了水果坐在颜樱面前。

颜樱揪了一粒葡萄放进嘴里说：“琴这回真的要离婚！”

林朵渔的心咯噔了一下：“怎么说？”

“她说她活得太累了。婚姻里最害怕的不是冲突，而是厌倦。连说都不想说了，生活含混不清的，除了把自己拔出来，还能怎么样？”

“她离不了，你看这才离开多一会儿。”

林朵渔盘腿坐在茶几边的地毯上。颜樱问有酒吗，林朵渔指了指另一间屋的书柜，那里边可能有韩彬留下的红酒。

两人从冰箱里扒拉出几样小菜，对酌。颜樱说：“有时我想，有你们俩可真好，即使将来老了，没有了男人，还有你们俩，不至于太孤单！”

三人中，只有林朵渔有个妹妹。她握住颜樱的手，颜樱的手温热：“咱们老了，找个山清水秀的地方，住在一起，三个绝色老太婆每天畅想从前啊……”

颜樱叹了口气：“早知道这么辛苦，我当初一咬牙出柜，你跟琴都是美女，我近水楼台先捞一个！”

林朵渔笑着拍打颜樱一下,把手抽出来,说:“我呸,别人我还信,就你？

见了男人眼都放光，女色狼似的！”

朵渔摸了下颜樱脸上的伤，肿消了好些，睡觉前再做次冰敷，会好得更快，然后突然想起："你们俩女人打架，老方啥态度？”

颜樱侧着头想了想，说："他在一边穿裤子！”

两个女人放声大笑。

颜樱说："这戏码他原封不动地给演回去了，上回我把他跟田菲菲堵在床上时，他也是这个动作，不过那次好像动作不利落，我们都打完了，他皮带还没系上，这回我跟田菲菲打完，他人影儿都没了！我倒觉得你家韩彬不错，坦白交代。而且就是离婚，也对你深情厚谊的。”

“婚都离了，狗屁深情厚谊？”

“不是还关心你嘛！对你也还不薄，存款房子都给了你……还让小汐来看你。我和琴下午还说，韩彬到现在这地步，让人生疑！”

“那是我应得的！没有很多爱，有很多钱也是好的！”

“你能这么想，让我觉得自己小看你了！当初听说你要离婚时，说真的，我一宿没睡着。你跟韩彬是我们一路看着走过来的，你们的婚姻都出问题？！朵儿，你别看我大咧咧的，其实我心里都懂，你比谁都难过，你会放在心里……”

林朵渔一口一口地喝酒，她也知道自己现在这样若无其事，其实是在麻醉期。就像刚刚被人捅了一刀，不会觉得有多疼，慢慢地，疼便会弥漫上来，漫至全身，五脏六腑。但是又能怎么样呢？

林朵渔一点一点收拾韩彬的东西，除了他带走的，这房间里到处是他的痕迹。他爱看的汽车杂志，他爱喝的绿茶，男用的洗发水，他的刮胡刀，他穿旧的皮鞋……朵渔用一只纸盒把它们都收起来，放到门口，想了想又拿回放到阳台上。

朵渔，念旧，那些东西舍不得扔，就好像留在那里，他随时都会回来……

朵渔收拾自己东西的时候，看到了那本微微泛黄的《挪威的森林》，还有那一沓没有署名的情书，那是她跟韩彬的“媒人”，当初有多甜蜜，现在就有多疼。那些曾经的“信物”现在都成了证据。

那条鱼和那朵花的墨迹都淡了。朵渔把书合上，然后把它塞到书架的最里面，又不放心似的把它翻出来，重新把它埋到很久不动的书堆里。

朵渔猫一样躺在床上，半梦半醒之间，恍然听见韩彬在书房里用电脑，她起来，站在空空荡荡的书房门前，眼泪不知不觉流了满脸。

朵渔干掉杯子里的酒，淡淡地笑了：“再难过，也要过；再难忘，也要忘。”

05

袁子丹是朵汐带到朵渔家里来的。袁子丹个子不高，细眉细眼的，长发及腰，一笑，腮边有两个小梨涡，目光却是活泛的，偷偷看人时，颜樱说暗藏杀机。

人跟人是要有一点缘分的，林朵渔第一眼见到袁子丹就喜欢上了这姑娘。

她是朵汐的老师的女儿，朵汐的老师夫妻俩都有慢性病，家境窘迫，迫不得已托朵汐带袁子丹出来打工。

朵汐大包大揽在自己身上，带着袁子丹回城，发现住处是个问题。朵汐住的是医院的宿舍，只好把她带到朵渔这里来。

袁子丹只念完高中，朵渔问她想找份什么样的工作，她说：“我没啥文化，也就是去饭馆端端盘子，或者去发廊……”

朵渔皱了皱眉，好好的女孩在那样的环境里混下去，可惜了。她说：“在我家帮我做做家务，然后学点什么行不行？”

袁子丹脸红了：“朵朵姐，那多给你添麻烦！”

“有什么麻烦的，你还这么小，无论怎么样，得再学点什么才行！”

林朵渔说着便抓起电话打给韩彬，让他打听一下哪有进修班什么的，或者考个自考也行。

林朵渔一向不是个对人对事很热心的人，这次对袁子丹这么上心，韩彬也觉得奇怪，他说："当初小汐毕业时，也没见你这样操心过！"

朵渔说："小汐那丫头比我还有能耐，哪用我操心！小汐不吃这醋，你倒吃！"那边韩彬乐了。

晚上回来时，带回了一个财会进修班的报名表，可以旁听。林朵渔兴奋得什么似的，一个劲撺掇袁子丹："小丹，学这个好，哪个公司不得管钱啊，管钱就要会计。再不行，就去你姐夫的公司，这个我做主。"

韩彬"哎哎哎"地假咳嗽，他说："老婆大人，公司老总在这呢！"

朵渔很拉风地白了他一眼："管不了你了，是吧？"

韩彬赶紧举手投降："管得了，管得了！"

袁子丹笑得脸通红。

韩彬在家的时间不多，家里通常都是朵渔跟小丹一起吃饭。大概是从小照顾生病父母的原因，小丹的饭做得很好。从前，韩彬不在家，朵渔只是对付着吃泡面，或者是炒饭，胃一直不好。

小丹去超市买来了各种米、豆子，煮粥，还包大包子、小馄饨，吃得朵渔直喊："小丹，再这样，我得把你辞了，要不然我就得成肥婆了。"

小丹笑："朵朵姐，你就是再胖上十斤，才正好！"

每晚韩彬回来，朵渔总是跟他炫耀小丹又做了什么好吃的，闹得韩彬也跟馋猫似的，再回来，先奔厨房。

朵渔说："小丹，将来谁娶了你肯定不得了！"

"为啥？"

"有福呗！还有，你拴住了他的胃，他就被你套牢了！"

小丹娇嗔着叫了声"朵朵姐"。韩彬说："小丹，你来我们家，你朵朵姐脸上都笑开花了！"

"还说我，你看看你的皮带，没见过天天吃酒店不胖，吃小丹做的饭要松皮带的！"朵渔跟韩彬拌嘴打趣，小丹笑着收拾碗筷。

朵渔第一次对一个人有那么大的耐心，她教小丹穿衣打扮，教小丹用电脑，带小丹去喝咖啡，甚至和小丹一起去看小剧场话剧。偶尔跟颜樱和纪琴见面时，也带着小丹。颜樱说："朵朵，现在出门都带跟班了！"

朵渔赶紧叫颜樱别乱说，她叫小丹管这两位叫姐姐，小丹甜甜地叫姐，两个人也就安然应了。

只是小丹去洗手间时，颜樱对朵渔说："别说我没提醒你，你把这么个标致的姑娘弄到家里，就不怕你家韩彬有啥想法？"

朵渔转动着面前的杯子，巧笑嫣然："就你心眼儿多，韩彬有啥想法正好，我就踹了他，再找好的！"

纪琴接话茬儿："现在这样说得风轻云淡，真到了那时，你怕是哭都找不着调门！"

朵渔放下手里的杯子，这次是很郑重地说："如果韩彬真是那样的人，那我也趁早知道才好。不然，就是现在没有小丹，将来也会有小双！"

纪琴无奈地摇了摇头："你太犟了，不知道男人是不能试的！就像让一个孩子守着一块好吃的蛋糕，你不让吃，能行吗？"

这个问题韩彬也问过朵渔："你就不怕引狼入室？"彼时，朵渔刚刚洗完澡，凑到韩彬身边，靠着他的肩膀："如果那狼进了屋，也是因为屋里有一只狼。你是吗？"

韩彬的手不安分地伸到朵渔的睡衣里，他说："我是！色狼！"朵渔嘻嘻笑。

春色无边，朵渔在韩彬的身下融化成了一块大白兔奶糖。她的脸贴在他的胸口，轻轻地说："我一直记得咱俩结婚时，你跟我说的那句话：一流的爱人，既能让一个女人爱一辈子，又能一辈子爱一个女人！我相信你说的话！"

韩彬无比怜惜地把朵渔揽进怀里，吻她的额头："朵朵，我这辈子只想爱一次，爱一个人！"

朵渔没有答话，她想：那就这样一辈子跟一个人过下去吧！

小丹办了旁听手续，每天早上韩彬顺路带着她去上课。那时朵渔还在梦里，她习惯了晚上工作，沈家宁也是个夜猫子，他说他们这是美国工作时间。

有时韩彬早上急着出门，来不及等小丹，朵渔便不依，撒娇拉着韩彬，说："权当送我了！"韩彬无奈，小丹去取书本的工夫，韩彬悄悄问："你是不是把小丹当成小宠物了？对我也没见你这么上心过！"

朵渔捏了捏韩彬的鼻子，说："我的吃醋大男孩，我觉得我特有母性，从前我很讨厌孩子，现在看到端端，看到小丹，都喜欢得不得了！"

韩彬的手滑过朵渔的头发，亲了亲，轻轻地叹了口气转身出门。

人的幸福感往往是来自于与周围的人的比较。颜樱表面上高举自由主义的大旗，身边的男友走马灯一样，但是朵渔知道她并不幸福。纪琴虽然很少说自己家里的是是非非，朵渔却总能从她出来时看表的次数知道她内心的不安。

朵渔觉得自己是幸福的。有个疼爱自己的老公，有自己喜欢做且没多大压力的工作。她只是个小地方出来的女子，对生活的要求并不会很多：能拿得起 LV，她也并没觉得更高贵多少；脸上用的是雅诗兰黛，她也并没觉得自己比从前更好看。只是，那是一种生活方式，她享受它，拥有它，这样一日一日，过到老，朵渔便很知足了。

但是谁说的这句话来着：心脏是一座有两间卧室的房子，一间住着痛苦，一间住着快乐；人幸福时不能笑得太响，否则会吵醒隔壁的痛苦。

朵渔想，自己大概是把痛苦给吵醒了。它揭竿而起，给了她最响亮的耳光。

06

2009 年的夏天，韩彬那一段忙得像只陀螺，脸色不好，总喊累。朵渔心疼，却又束手无策。她只能跟小丹说："在公司多帮着你姐夫点！"小丹答应得很爽快："朵渔姐，你放心，我会的！"

突然有一天的下午，韩彬提早下班，回到家也不说什么，坐在朵渔身边，然后说："咱俩出去旅游吧！"

朵渔的目光从图纸上移了出来，落到韩彬虚白的脸上："你有时间了吗？"

"时间还不是自己的，现在都什么时代了，手机、电脑，在哪还不一样工作！再说，这次咱们也不远走，就去大连看看海，小住一些日子！"

朵渔想想也是。只是从前怎么就没这样呢。她打电话给沈家宁，推掉刚刚接手的一个设计，然后才想起问："怎么想起去大连？"

朵渔习惯了事事都问韩彬，反正有韩彬在，她不用操什么心。

韩彬显然也有准备，他说："只是想看看海，在海边静一静，闲住住就行！"

那不是朵渔跟韩彬第一次旅行。之前他们去过很多地方，但是那时还穷，都像是赶场一样，到一个地，不舍得休息，累得跟老驴一样，不停地走。后来有钱了，韩彬跟朵渔计划了好多次旅行，有次去欧洲五国的签证都办好了，结果临时要投一个地产项目，无论如何韩彬不能离开，弄得朵渔生了好几天闷气。

这次却不一样，韩彬订好了宾馆，靠海，打开窗就能看到远处的船帆和海鸟，当然，还有卷起千堆雪的海浪。

傍晚，朵渔依偎在韩彬的怀里，听着海浪拍打着岩石，眺望远处的海岸线，她轻轻吟道："我以前在地球的光里，在人的爱里，已经见过你。"

这是泰戈尔的一句诗，突然出现在朵渔的脑海里。她不记得完整的一句是：总有一天，我要在别的世界的晨光里对你唱道：我以前在地球的光里，在人的爱里，已经见过你。

韩彬安安静静的，像是睡着了。

朵渔也变得很安静，想象着自己是一朵浪花，依偎在另一朵浪花旁，月光清澈通透，就这样过下去吧，现世安稳，岁月静好。

清晨，韩彬宠溺地给了朵渔一个吻。朵渔赖床，伸个懒腰。韩彬说："再不吃早餐就凉了。"朵渔搂住他的脖子撒娇："我要你抱我！"

韩彬真的抱朵渔，朵渔长手长脚的，一下没抱住，掉到床沿儿上，两个人笑到一处，韩彬说："真不行了，老了老了！"

朵渔的手伸进他浓密的头发里，说："老了我就不要你了！我要精力充沛功夫好的年轻人！"

"什么？你再说一遍！"韩彬威胁朵渔。朵渔嬉笑着在他耳边吐气如兰地说了句更火爆的，韩彬说："好吧，那就让你看看年轻人的厉害！"

朵渔一直是含蓄的，被动的，那个清晨，韩彬的手引领着朵渔探向未知的时空。朵渔瞪大眼睛，像个胆小又好奇的孩子，韩彬在她耳边说："快点，我亲爱的姑娘，老人等不及了！"朵渔的脸微微地红成了一朵桃花，颈间的血管微微泛着青色。朵渔觉得自己像繁花，开了落，落了又开，层层叠叠。一树一树的花开，山一程水一程的追逐，她俯在他耳边，轻轻地问："好吗？"

他没有说话，用深深的一个吻回答。

然后，朵渔发现他哭了。他竟然像个孩子一样哭了。

朵渔慌了，一定是出了什么事，不然进出口贸易正忙着，他怎么能丢下公司跟自己在海边玩乐呢？

"彬，怎么了，告诉我究竟怎么了？"

朵渔慌不择路地吻那些眼泪，眼泪咸咸地进了口里，朵渔发现自己也哭了，自己的眼泪跟他的眼泪混在一起。

她说："无论发生什么事，只要我们在一起，就都没事儿，知道吗？我什么都不要，只要你在我身边！"

韩彬竟然笑了，说："傻姑娘，你不知道老人太幸福了也会哭吗？"

"讨厌！"朵渔的拳头风卷残云般落到韩彬身上。韩彬大叫："谋杀亲夫啊！"

朵渔仍不放心，吃鲍鱼粥时还问："告诉我，真的没事吗？"

韩彬换了热带风情的沙滩服正在臭美，他夸张地扭臀做草裙舞的样子，他说："你看你老公这样，像有事吗？"

朵渔噘嘴："那样吓我，你得赔！"

"好，念在你刚才说了那么感人的话的分儿上，想要什么，说！"

朵渔一向不是贪心的人，她买了条紫色的长裙，穿上，戴着草编的帽子出来，韩彬在她耳边说："像海妖！"

往外走时，朵渔想了想又回去买了一条宝石蓝的给小丹。韩彬说："不给小汐买倒给小丹买，究竟谁是你亲妹妹？"

朵渔说："小汐的眼光跟我不一样，小丹是我培养出来的。你不知道，有一天我做梦，梦见自己得了绝症，然后临死前，把你托给小丹，让你娶小丹，醒时我还哭着。然后一整天都不爱理小丹！"

韩彬捏了捏朵渔的鼻子："回去我就让小丹赶紧出去租房子，不然我老婆还不神经了！"

朵渔的嘴噘得高高的："你敢！"

"我不敢。嗯，要不，我就委屈点，纳了小丹当小妾，我享齐人之福？"

朵渔追着韩彬揪他的耳朵："我看你是不想活了！"

金石滩上，卖海蛎子的大妈问："你们是来度蜜月的吧？"

朵渔冲韩彬吐了吐舌头，说："是啊，来度蜜月！"

朵渔拉韩彬跟她捡贝壳，韩彬不愿动，朵渔就满沙滩跑，跑一会儿，再回来拉他。朵渔笑："咱们都老夫老妻了，腻歪得跟狗男女似的，没准还把我当成你的小蜜了呢！"

韩彬啼笑皆非："哪有人说自己是小蜜的！"

"我就是要做你的小情人！一辈子的情人！"

韩彬说："好，好，好！当初追你时，那么端庄的一个姑娘，谁知道这么无赖！"

"后悔啦？晚啦！"虽然朵渔已是三字头，但少女的纯真还在。

韩彬看着在沙滩上玩兴正浓的朵渔，掏出一根烟抽起来。

朵渔捏了个张牙舞爪的小螃蟹回来，恰好看到韩彬抽烟。韩彬没什么烟瘾，只偶尔抽一根。

朵渔放掉那只小螃蟹说："老公，咱俩是夫妻，你心里有事我知道，如果你实在不想告诉我，也别在我面前强颜欢笑好吗？"

韩彬过来抱住朵渔，说："丢了个大单子，可能还要被税务部门审查，不过，相信我，没事儿的！"

朵渔再靠在韩彬身边，有了相依为命的味道。她说："咱们有车，还有房，不行就都押出去，大不了，咱俩从头再来。对了，我还可以逼沈家宁给我加薪！"

韩彬笑了："这么快就打算要养老公了？"

朵渔不是个能记住很多事的人，但是很奇怪，很多东西在韩彬离开后，会像放电影一样在脑子里一遍一遍浮现，赶也赶不走。

所以，朵渔不敢让自己闲下来。做设计，做累了，就玩游戏，但朵渔又不是很会玩的人，进去三下五除二就被人干掉。斗地主，也是被人骂得狗血淋头。索性闯进一个语音聊天室，听人说话。

有一天闯进大连的一个聊天室，听到一个跟卖海蛎子的大妈相似的声音在说："花心，就是有了爱情和面包，还想吃蛋糕……"后面的话朵渔没太听懂，好像是几个女人在说自己的老公。

朵渔关掉电脑，一个人坐在黑暗里，那么久了，自己真的想过韩彬为什么要离开自己吗？

07

那一晚，纪琴似乎把对婚姻的那一点点热度都在七小时里消耗尽了。老墨如果对自己还有一点心疼，怎么能让自己那样冲出家门，那样在雨里走七个小时，一夜都不闻不问呢？

老墨打来的电话是颜樱接的，颜樱张口就说："哟，大孝子还知道找老婆啊！”

纪琴没有让颜樱继续说下去，伸手接过了电话。就是老墨再不好，纪琴也不希望让他在自己的好友面前下不来台。有些秘密能讲给朋友听，有些痛苦只能默默承受，自己还是要靠自己拯救。

纪琴“喂”了一声，老墨说：“在朵渔那儿吧，我一猜你就是去那儿。回来吧，端端的幼儿园下午让家长去一下，我走不开！”

那么轻飘飘的一句话，就好像叫纪琴回家吃饭，那个巴掌算什么呢？那些委屈算什么呢？

纪琴模棱两可地挂了电话。颜樱一通批评：“人善被人欺，马善被人骑。琴，这世界上的事你还不知道，不是东风压倒西风，就是西风压倒东风，你婆婆才五十多岁，你真打算受气媳妇当到老啊？端端是个女孩还好，长大了，总还是个知冷知热的；可是端端是个男孩，长大就跟媳妇走了。纪琴，你这辈子图什么？你欠他们老武家的吗？”

纪琴的眼泪在脸上挂成了两道瀑布。

她不是没想过，她无数次想过离婚。她跟老墨没有多深的感情，当初若不是被付北兴伤透了心，也许不会走到这一步。可是，离了婚，端端怎么办呢？自己一没工作二没房子，又怎么办呢？

见纪琴哭成这样，颜樱又心软了，说：“琴，说来也是我害了你，如果我……不那么多事，也许你现在跟付北兴在澳大利亚了！”

纪琴擦了一下眼睛：“跟你没关系，是我自己命不好！”

颜樱狠狠地吸了口烟，说：“别哭了，没事儿的。别太为难自己，大不了就离，你看朵渔那么好的婚姻都散了，你还有什么想不开的！也别想着离了会怎么样，你还有我和朵渔，有我们俩喝粥，就不会让你喝西北风……”

纪琴叹了口气，她没想到平时那么依赖韩彬的朵渔会那么坚强。朵渔自然不会为生计发愁，但是纪琴一直担心朵渔会承受不住。受宠的女人往往心理更脆弱，更何况是被自己那么信任的两个人伤了心。

她很感激颜樱能说这话，但是，朋友是朋友，日子是日子，生活那么现实地摆在面前，怎么能指望着朋友呢？

林朵汐拎着大包小包进了朵渔家时，很奇怪她们俩都在，自己的姐姐倒不在。纪琴赶紧说：“我也该回去了，端端幼儿园有点事儿！”

因为朵汐在，颜樱也就没好意思拦着她。

从朵渔家出来，纪琴仍有些头重脚轻。她先去了端端幼儿园，原来是报兴趣班。纪琴把端端叫出来，问早饭是谁做的，端端稚声稚气地说：“奶奶做的，很好吃！”然后又说：“奶奶说你是坏妈妈，她说她会带我去吃肯德基！”

纪琴拍拍了端端的头说：“奶奶说笑话呢！”她不想大人间的矛盾影响到孩子。

买了菜回家，家里没人。纪琴在沙发上靠了靠，胸口发闷。一场暴风雨就这样过去了吗？自己说了离婚，又这样一声不响地回来算什么呢？

门开了，进来的是李金玲，手里提着鱼和菜，显然没想到纪琴会这么快回来，有些尴尬，把鱼和菜往门边一扔，沉着脸说：“纪琴，这家上有老下有小，你怎么能像小孩子似的闹脾气，说走就走呢？”

纪琴没吭声，走到门边，弯腰给婆婆拿了拖鞋，把菜和鱼放进厨房，再出来时，婆婆正往端端的房间搬东西。纪琴过去接被子，李金玲一耸，纪琴闪到一旁，手脚冰凉，人虚虚的。

李金玲抱了两趟，坐在床沿儿。纪琴也进去，搭个床边坐着，说：“妈，有些话我想跟您说说。我做您的儿媳妇已经有七个年头了吧！我是不太会说话，不太讨人喜欢，但是凭良心说，这七年里，我对您怎么样？您是有文化的人，我不相信您的心里没有一杆秤。我知道您含辛茹苦把文涛拉扯大，现在退休了，也很孤单，我也愿意您搬过来一起住。但是您想过没有，我也是人家的女儿，我也有苦有病，有尊严，如果你真的希望我跟文涛能好，你要我怎么做，就直接跟我说……”

“你如果觉得这个家委屈你了，那你可以走，没人拦着你！”李金玲拿了枕头靠上去，给了纪琴一个冷硬的背。

纪琴的眼泪在眼圈里打了几个滚，硬生生地收回去，说："我知道您爱您的儿子，我想您也是希望他幸福，如果我的离开，能让他更幸福，那我走，没关系！"

李金玲腾地坐了起来，从刚搬过来的衣箱里掏了半天，掏出一封发黄的信来。她说："纪琴，你别在这儿给我装得楚楚可怜，你做了什么，我给你留着面子不说，你还步步紧逼了！我告诉你，我儿子在，你就别想给他戴绿帽子！还有，女人是不能有污点的，有了，就擦不干净了！本就是破烂货，还装纯进我们武家……"

信是付北兴写的，邮戳上的日期是 2003 年 10 月，那正是她跟老墨结婚的日子，自己跟老墨去青岛度蜜月一周，这信……纪琴的脑子"嗡"了一下炸开了花。

08

颜樱没想到田菲菲会约她出去见面。颜樱对着电话说："怎么着，那天没打过瘾，还想再打一架？"

田菲菲是小骨架丰满型，身高不占优势，加上颜樱有过斗争经验，也不惧她。所以，颜樱被捉奸在床那次，虽然被弄了个鼻青脸肿，脸上挂了彩，但田菲菲也没落着好，头发被颜樱扯下来好大一绺儿，脸上也被挠了好几道。

打着打着，田菲菲就停手了，然后站在颜樱面前失声痛哭。颜樱抓了一根烟，抖着手点着，心里骂田菲菲也骂自己："贱货！"

女人何苦为难女人！这也是颜樱想说的。

谁叫她田菲菲遍地男人不找，一脚插进她颜樱的家里来，这还不算，还非逼着老方离婚另娶。她自找的。

走到太平时光咖啡馆门前时，颜樱在心里骂了一句：妈的，还挺会找地方的，她当了大老婆，来求太平时光了。

三十二岁的颜樱穿着金色罗马鞋，亚麻色的宽腿裤，同色系的紧身上衣，黑珍珠长项链，长卷发披肩，戴着香奈儿的墨镜，背着金色的凯利包，款款走进咖啡馆，优雅地坐在田菲菲对面，气势扑面而来，让人没处躲没处藏的。

点了杯摩卡，眯着眼问田菲菲想谈什么。

二十三岁的田菲菲显然很努力地打扮过，蓝紫色的V字领长裙，胸前波涛汹涌，蓝黑的眼影，猩红的唇。颜樱在心里笑了一下。年轻有什么用，总归会老的；新鲜有什么用，总归会不新鲜的。况且，这身行头，站在夜总会门前，就差一句："先生，进来坐坐了！"

田菲菲的脸色相当不好看，她说："我知道你恨我……"

颜樱做了个暂停的手势："你说错了，我不恨你！恨是在有感情的前提下，是在同一级别的基础上，很显然，这两点，你都没资格！"

说完这番话颜樱也为自己的口才得意了一下，自己利落，有风情，有能力，长双眼睛的人都能看出自己比眼前这个田菲菲好上一百倍，老方那种男人是个女人都想上，妈的，不知哪辈子作孽看上他了。

田菲菲居然一把抓住颜樱的手，说："樱姐，你饶过我吧，是我错了，真的是我错了，我不该跟老方，当初我也不知道他有家的。现在，我肚子里有了老方的孩子，你别再找他了行吗？"

颜樱笑了："田菲菲，你觉得同一招可以用两次吗？你当初逼老方跟我离婚不就是用的孩子这招吗？你赶上哪吒他妈了，一个孩子你怀几年不生啊？"

田菲菲嘤嘤地哭了起来："上回是骗老方，这回是真的！"她的手在包里一通乱抓，掏出一张化验单来。颜樱从包里掏出一根烟，点上。

说真的，她没想跟老方破镜重圆，用朵渔的话说："就你们俩那破镜子越早摔了越好，靠性维持的婚姻能长久，那人还不倒回几千年去！"

但是，她也没想便宜了这田菲菲，就像小孩子玩玩具一样，我不玩给你可以，你破坏规矩动手抢，我就要给你点颜色看看。

颜樱吐了个烟圈儿，说："这事儿，你不应该来求我，应该跟老方那王八蛋说去！当初你们好上时，也没征求我的意见不是？还有，咱俩像两只狗抢一只破拖鞋，这事真他妈的没意思透了……"

田菲菲的脸哭花了："错都错了，到现在，怎么办呢？我不像你，自己也可以过很好的生活……"

颜樱一甩手，抽了张纸巾给她，说："偷吃烫嘴。田菲菲，这回你总算尝到滋味了吧？当初我怎么跟你说的，老方有背叛我的那天，就有不要你的那天！"

"樱姐，只要你不再跟老方联系，他在外面花我都不管，只要他看在孩子的情分上，跟我过就行！"

"嘁，田菲菲，你抢老方的手段挺高，当人家老婆的智商可有点低。老方不算有钱，长得不英俊，我颜樱有眼无珠撞到他的枪口下，你田菲菲还死心塌地陪着他了，他老方哪辈子积的德！不过，田菲菲，你记住，你要防的远不是我颜樱一个人，比你前赴后继不知死活的女人有的是，你要是觉得你能养活你的孩子，能让他过有妈没爹的生活，你就生！"

颜樱的手机响了，是朵渔打来的，已经是哭音："樱子，快点来人民医院，纪琴割腕了！"

"妈的！"颜樱抓起包就往外跑。

09

九月的傍晚，酷热已经退去了很多。颜樱开往医院的路上已经有落叶了。原来这座城市有这么漂亮的秋天，只是，自己每天忙来忙去，连抬头看看天空的时间都没有。那么温柔的纪琴居然自杀了，一想到这个，颜樱的心就疼得厉害。人都回去了，那个老巫婆到底想怎么样啊？

红灯，人们等在路口，颜樱拍着方向盘悲从中来。朵渔、纪琴，还有自己，这都是怎么了？朵渔那么好的老公突然就跟了她的身边人，纪琴那么柔的性子要离家出走然后自杀，自己不用靠男人吃饭，要抢那样一个先扔掉自己又吃回头草看着两个女人为自己打架拍拍屁股一走了之的男人……

颜樱想起了从微博上看来的一句话：恋爱是追求，婚姻是追打，离婚是追问。自己心里的困惑这么多，却只能深一脚浅一脚地往前走，本来都快到岸了，却跟老方往同一张床上睡，结果又回到了沼泽里。

纪琴躺在病床上，脸色煞白，透明的一样。偶尔眉痛苦地皱一皱，脸部又恢复平静。老墨拄着头坐在床头的一张椅子上，朵渔坐在另一端的椅子上握着纪琴打吊针的那只手。

颜樱进来，走到老墨那，只说了两个字："滚开！"老墨站起来，颜樱像要吃了他一样："你是男人吗？你回到你妈的怀里吃奶算了，娶老婆干吗！"

"颜樱！"朵渔低着嗓子叫了一声。颜樱转过身，看到纪琴缠着厚厚纱布的手腕，眼泪噼里啪啦掉下来。

"怎么那么傻呢？都什么年代了，过不下去就离呗，谁离开谁活不了啊，干吗走这条路呢？早就跟你说了，你死了，人家照样娶媳妇过日子；你坟头长草了，人家孩子都打酱油了。值得吗？"

朵渔也站着掉眼泪。纪琴的眉皱了几下，睁开眼，问："我……在哪儿？"

"琴，没事儿了，一切都过去了！"朵渔紧紧地握着纪琴的手，眼泪不停地往下掉。她离婚那天，纪琴就是在朵渔面前这样哭的，没想到这才多久，换了个个。

纪琴的眼泪顺着脸颊淌到耳侧。她说："我吓坏你们了，是不是？别哭，真的别哭！我没事儿！"

"都活不下去了，还说没事呢！"颜樱横了老墨一眼，老墨的目光都在纪琴脸上。

纪琴很虚弱地冲老墨说："有她们俩陪我，你回去照看端端吧！他可能吓坏了！我只想跟她俩在一起说说话！"

老墨的眼睛通红，不肯走。朵渔说："你还是先回去看看老人跟孩子吧！这有小汐和我们，你放心！"

老墨哑着嗓子说："我回去给她拿几件衣服就来！"老墨弯着腰出病房时，朵渔觉得他也是个可怜人，老妈与老婆之间的战争，只能说他的智慧不够或者过于懦弱，他能真正地站在纪琴一边跟李金玲作战吗？

小汐送来白粥，朵渔喂了纪琴两口，纪琴便不再吃了。

颜樱问："你婆婆又刁难你了？"

纪琴的声音像浸了水，问："付北兴回来找过我，你们知道的，是吧？"

朵渔迅速地看了一眼颜樱，颜樱立刻说："我什么都没说！"纪琴让朵渔打开自己的裤子口袋，那里面是一封微微发黄的信，信的边角已沾上了点点血迹。

这世上最不能瞒住的就是秘密。那么久了，没想到此时此刻，付北兴的一封信跑出来，成了压倒纪琴的最后一根稻草。

朵渔看过那封信，说："琴，都过去这么久了，你跟他到底还是错过了！你怎么还这么傻……"

颜樱来了递给颜樱，颜樱看了，好半天眼睛红红地说："都怪我，当初若不是多事，琴哪会落到今天！"

纪琴的泪水铺天盖地漫上来。她说："我不是为了他……只是觉得活着太累了……你们都出去吧，我只是想静一静！"

朵渔跟颜樱面面相觑，大夫来查房了。

10

长得颇像歌星王力宏的佟童穿着白大褂戴着黑框眼镜进来查房，有模有样的。跟三位姐姐打了招呼，给纪琴调了调输液滴管的速度，然后说："朵渔姐，我能跟你说两句话吗？"

颜樱说："你去吧，我陪着琴！"

朵渔跟佟童站在医院的天台上，风吹过来，整个人清爽了不少。

佟童帅气阳光，若不是穿了那件白大褂，那张稚嫩的脸怎么也不会让人想到他是救死扶伤的医生，倒像是偶像剧里走出来的小明星。佟童本来还应该在学校里读书，他考的是本硕连读，结果为了小汐，连硕士学位也不要了，直接跟小汐进了这家医院。当时韩彬还劝过他，说："要美人不要江山最终的结果是把美人也弄丢了！"可是佟童坚持学还可以再上，喜欢的女孩让别人抢走了，可就过这村没这店了。当时，朵渔还暗中跟韩彬说小汐的命不错，遇到了个好男孩。

朵渔妈妈最常跟姐妹俩说的一句话是："人这一辈子，前半辈子幸福不幸福，看父母，后半辈子幸福不幸福，要看另一半。前面只不过二十几年,后面却长着呢！"朵渔虽然不认同把幸福都放在男人身上,但无可否认，一个女人的幸福的确与另一半息息相关。

佟童特意把自己叫到天台上，肯定是与小汐有关，难道他们要结婚？

果然，佟童说："姐，我跟小汐打算结婚了！"

"好啊，打算什么时候？如果没处住，可以先住我那儿，我打算买套小一点的公寓,那房你们先住着……"朵渔就这一个妹妹,父母都没在身边，她理所当然要替他们着想。

"房子不是问题，医院在建家属楼，会便宜些！就是……小汐非闹着……要签协议！"佟童显得很局促。

"签协议？什么协议？"朵渔大惑不解。

"说是《离婚赔偿协议》，在婚姻里出轨的过错方，要补偿给另一方五十万。此外，还要净身出户……还有好多条款，我都没记住！"佟童一脸委屈。

朵渔先气笑了："这丫头，这都哪儿跟哪儿啊！"

"姐，我知道婚姻是要彼此忠诚，这个协议我也可以闭着眼睛签字。但是，这些天，我的心里总是觉得很别扭，我们是因为相爱才想要结婚的，如果彼此不相信，我们又干吗要结这个婚呢？真正能保障我们的不是那个红本本，而是我们内心的承诺，不是吗？”

朵渔转身看着城市里的万家灯火，是啊，原来听得最多的就是婚姻是爱情的坟墓，大概是身边婚姻里的悲剧让朵汐害怕了，她想用另一种方式来约束婚姻。傻丫头，如果一纸合同能保证婚姻不变质，靠那些财产和钱就能让男人不变心，这世界不是简单太多了吗！如果只是因为舍不得钱才跟你勉强过着同床异梦的生活，这样的人跟他过一辈子又有什么意义呢？

朵渔转过身拍了拍佟童的肩膀，说：“佟童，你说得没错，婚姻不是买卖，也不是一纸合同，它是彼此的承诺，对幸福和忠诚的承诺！我会找小汐谈一谈，听听她到底是怎么想的！”

佟童很急切地表达：“姐，我是真心爱小汐的，我不会背叛她的，我不是想给自己留后路才不签那个协议的，真的！”

楼梯上有脚步声，小汐黑着一张脸跑上天台：“姐，你别理他，谁要买他！爱签不签，不签就是心里有鬼！”

“小汐！”朵渔拉长声叫了一句，随手示意佟童先走。佟童抬头看了小汐一眼，欲言又止，急匆匆地转身离开了。

朵渔说：“小汐，在男朋友面前，别太凶，你看把佟童给管的！协议是怎么回事？”

“没怎么回事，闹着玩呢！”小汐咬着嘴唇不肯讲。

“是不是我的事影响了你，你对婚姻不够信任？”

“也没有，现在人跟人的感情这么脆弱，我是想像亦舒小说里的喜宝说的那样，如果没有许多爱，就要许多钱！如果他不变心，一心一意，这个协议有什么用？再说了，这个协议是约束双方的，我出轨，他照样得实惠不是吗？他反应这么大，我倒要考虑要不要嫁给他了！还有，姐，有句话我一直不敢说，去大连回来那次，姐夫就说公司有问题，然后财务紧缩，减小投资规模，你没想过那是他在转移财产吗？如果没有那次，离婚，你肯定得的比现在会多得多！现在房地产商多有钱，你知道吗？”

朵渔不是傻子，她不是没这样想过，但是她又想，人她都丢了，要那么多钱干什么。如果韩彬真的爱过她，了解她，大可不必这样做，他会知道朵渔不会为了钱跟他翻脸打官司。如果不了解，那也就算了，钱是他挣的，她犯不着去争去抢。

“小汐，即便是离婚，我也不想把彼此都搞得很不堪，爱过的那些日子是真的，如果他觉得骗我，还能安心入睡，那他就骗好了！”

小汐说：“姐，你太天真了。人家说，女人只要认清一个男人，就可以了解所有的男人。男人认识所有的女人，却连一个女人也不会了解！你倒好，他这样对你，你还对他抱有幻想！”

“小汐！”朵渔觉得小汐简直变得有些陌生了。

朵渔的目光又落在远远近近的灯光上，那么多的灯光，那么多的男男女女，那么多的家庭，他们真正了解彼此，爱着彼此，为了寻找幸福在努力走向未来吗？

朵渔没再责问小汐，只是说：“相信爱，别太执着！”

小汐搂住朵渔，说：“姐，我正是相信爱，才会想要保护它！”

朵渔觉得自己真的老了，不懂年轻人的想法了。如果可以重来一次，她知道她仍然不会要求韩彬跟自己签一份财产协议。她不愿意给爱情、给婚姻加上任意一条锁链。

朵渔拍了拍小汐的肩膀，说：“从这段婚姻里走出来，我一直在想自己为什么会这么痛苦。从前，我太依赖他了，把自己的生活建立在他的生活之下。现在我明白，一个女人一定要有自己过好日子的能力，要有别人没法拿走的东西，这很重要。从前，我太过依赖他，以为可以高枕无忧一辈子，可是，他给了我一记响亮的耳光，把我打醒。现在，我在努力寻找能让自己过好日子的能力。有婚姻，锦上添花；没婚姻，也不是世界末日。我希望你也能拥有这种能力，而不是想用一张协议把他拴住那样幼稚！”

小汐很郑重地点了点头：“姐，你能这样想，我真为你高兴！我会好好想想的！”

Chapter 03

至明至暗日月，至亲至疏夫妻

我曾以为我会永远守在你身旁，如今却已是人海两茫茫。

01

两点钟的太阳就像是必胜客的下午茶时光，悠然漫不经心又沁着暖意。

朵渔一身休闲装坐在沈家宁的对面，看着手里的一份合同，说："这么重要的设计交给我，你不怕我搞砸了？"

沈家宁温和地笑了一下："怕，所以要盯着你！"

那是乌镇一家酒馆的室内设计合同，酒馆的主人只有一点要求，要与乌镇的自然风光相融合。看似简单，实则很难。朵渔一直只做简单的家居设计，这样的合同已算是很大的挑战。

预算做得很高，沈家宁说："只要设计好，不差钱！"

"国庆节过后，你要去一次那儿，实地看一下，然后拿出设计稿来！如果可能，我希望你监工，看着它完成。"

忙一点倒 OK，省得用大把的时间独自悲伤，朵渔点了点头，继续吃一小块比萨。

沈家宁推过来一个纸盒："东北一个朋友带过来的刺五加，据说对失眠、神经衰弱有疗效，我放着没什么用，你拿着吧！"

很轻描淡写，朵渔仔细看那说明，说："家宁，谢谢你！"

沈家宁没再说什么，只是叮嘱朵渔做好去乌镇的准备，多带上些衣服，带上些书，可以在那边多住些日子。

朵渔从必胜客出来，冤家路窄，竟然看到韩彬跟袁子丹相继从车子上下来。袁子丹已不是刚进城时那个唯唯诺诺一说一笑的小女孩模样，穿着小印花套裙，头发烫成了波浪再束成马尾，脚穿一双银色软皮靴，俨然城中的时尚姑娘。

韩彬瘦了很多，身上穿的仍是朵渔买的一套灰西装，连领带也是朵渔给买的。朵渔的心里说不出是高兴还是心酸，小丹到底是年纪小，不懂得照顾人。唉，罢了，自己这还咸吃萝卜淡操心干什么呢。他只是自己的前夫而已，就是穿成了乞丐模样，也不用自己操心吧。

两个人大概是在边上的咖啡馆约了客户见面，朵渔在心里打量了一下他们，袁子丹可以在生意上帮到韩彬，也算是夫唱妇随，这样也挺好。自己从前太过自我，韩彬让她陪着出席一些应酬场合，她都老大不乐意，能推就推，能躲就躲。

最讽刺的是，自己给他们做了媒人。小汐把小丹送到自己家里来，然后是朵渔做主让她学会计的，学了没多久，朵渔便让韩彬给她个工作，韩彬也同意了，公司是他跟两个朋友合伙经营的，财务能安插自己的人，自然是件好事。

小丹人很机灵，没有仗着自己是空降兵就自命不凡，相反和财务部的上上下下相处得都很好。漂亮女孩的懂事和低姿态很容易让人接受。

朵渔想，这是她一贯的做法，在她面前，也是这样。是性情使然也好，是心机也罢，从始至终，她一直没有很讨厌袁子丹，就算她发现他们在一起的蛛丝马迹，她也没有对小丹发难。朵渔始终提醒着自己：苍蝇不叮无缝的蛋。是自己跟韩彬的婚姻出了问题，是韩彬不爱自己了，小丹才能一脚踩进来。

这让颜樱和小汐都很纳闷。女孩常常习惯于把错归结在另一个女人身上，她是妖精，她是狐狸精，勾引自家男人，却极少有像朵渔这样理智——

只对内不对外的。

在韩彬跟朵渔的离婚过程中，小丹一直有意地躲避着朵渔，朵渔也没刻意去为难她。倒是小汐去找小丹理论，不解气，给了她一巴掌，小丹也不回嘴也不还手，只是哭。弄得小汐回来问朵渔："会不会是韩彬做了什么不光彩的事，强迫了小丹！"

因为这事，朵渔特意去问了韩彬，韩彬矢口否认，他说："林朵渔，我们认识这么久，就凭你问这句话，我们都白做夫妻一场！"

朵渔冷笑了一下："现在还不是白做夫妻一场吗？韩彬，说真的，我还真的不认识你！你的所作所为，让我觉得我这十年都白过了！"韩彬的脸色很不好看，说："朵渔，别这样！"

晚上躺在床上，一想到跟自己过了那么多年的韩彬，自己的爱人，有过那么多甜蜜记忆的男人，说爱上别人就爱上别人，说抽身就抽身得一干二净，朵渔的手脚都是冷的，心更冷。

还好，离掉了，就像是一只烂掉的牙齿，越快拔掉越好，不然，这疼痛什么时候能减轻一些呢？痊愈，朵渔没指望。牙掉了，再换，也不是原来那颗了。

那些痛都埋在心里，可是，他们出现在朵渔面前，所有疼痛的感觉都凛然回来了。

袁子丹跟韩彬显然也都看见了林朵渔。袁子丹走了几步，说："朵朵姐，出来送设计图啊！"

袁子丹是认识沈家宁的，以前她替林朵渔跑腿送过图纸。

林朵渔的嘴角扯出一缕笑，说："是啊！"自己真的很虚伪，若是颜樱，肯定会趾高气扬从他们身边走过去吧，对了，没准还会挽着沈家宁的胳膊。

韩彬站在远处，头是向这边看的，人却没有动。袁子丹打了下招呼，便说："约客户见面，我去忙了哦！"

太阳有些晃眼，林朵渔手遮凉棚向韩彬看去。韩彬跟袁子丹说了句什么，抬脚往咖啡馆走时，林朵渔突然追上去，说："韩总，能给我几分钟说几句话吗？”

韩彬的表情很不自在，说：“进去坐下说！”

林朵渔回头瞅袁子丹，袁子丹很识趣地转身离开。林朵渔倒也没进咖啡馆，只站在午后的阳光中，两个人的影子闪闪烁烁地重合在一起。

“妈给我来电话了，她说过几天要来住些日子，好像她并不知道咱们离婚了，她心脏不好，你跟她慢慢说！”

韩彬含含糊糊：“还是先别告诉她了，她那么喜欢你……”

这叫什么话，朵渔有些来气，但极力控制着情绪。

“过几天我去乌镇出差，如果妈来了，你就搬回去住吧！别忘了多带些衣服回来，在没说之前，别让妈疑心！你要实在说不出口，我来跟她说！”

韩彬的注意力倒没在他妈那儿，问：“跟沈家宁一起去？”

林朵渔瞟了韩彬一眼，转身走出韩彬的影子。

02

纪琴在医院里住了一个星期，每天都是颜樱和朵渔轮着陪她。小汐医院的那些护士都羡慕，说：这年头能有这样的友情，太难得了。

纪琴住院时，颜樱和朵渔去见了李金玲一次。一进门，李金玲先哭，说出了这种事，好像他们武家作了什么孽，让纪琴没活路似的，实际上……

颜樱看不惯老太婆的熊猫脾气，说：“实际上也是你们武家作了孽。那么好的儿媳妇，生生让你作得没了活路！”朵渔急忙拉颜樱。

李金玲抹了把脸，脸拉得老长，说：“颜樱，你这是怎么跟长辈说话呢？”

颜樱本就憋着一肚子气来的，不吵几句哪肯善罢甘休：“你也得做出长辈的样子来，我才把你当长辈。阿姨，不是我说你，你就是守寡时间长了，阴阳失调，赶紧找个老头过过夕阳红的日子，比什么不强，何苦跟着儿子媳妇瞎搅和！”

“你……你……”李金玲气得捂着胸口。

颜樱害怕自己再闯祸，赶紧闭了嘴。朵渔扶李金玲坐下，说：“阿姨，我想给你说说纪琴跟那个付北兴的事儿！”

“别跟我说，脏了我的耳朵！”李金玲侧过脸去。气得颜樱又想接话，朵渔按了按她的手，说：“那好，过去的事就过去了。我只问您，纪琴对您，对武文涛，对端端怎么样？结婚后，她有没有勾三搭四？她有没有好吃懒做？她甚至放弃了自己的工作，伺候你们老的、小的。阿姨，你也是有文化的人，你听听，你看看，左邻右舍，现在还有这样当媳妇的没有？”

李金玲噘着嘴，却没话说了。

“我想您也不希望您的儿子离婚，也不希望您的孙子有后妈，是吧？那么就试着接受纪琴，把她当成女儿，将心比心，这样大家都有好日子过。阿姨，您当老师的，道理懂得比我多，您自己想想！”

朵渔跟颜樱离开时，李金玲竟然送出门来，送到电梯口，说：“纪琴出院，让她回来吧，我这腰疼，也不能去医院看看她！”

出了门，颜樱骂了句脏话：“老妖婆是想纪琴回来伺候她吧，腰疼？我看她腰比我腰都好！”

朵渔说：“她是想找个台阶下，她总不能转弯太快吧，咱们的话她会仔细琢磨的，纪琴要是不离，还得跟她在一个屋檐下生活，话不能说太绝！”

颜樱扳了朵渔的肩膀，说：“今天你要不拦着，我就……”

朵渔横了她一眼：“我怕还跟你进派出所，不拦你，那老太太要是犯了啥病，老墨不拿刀杀了咱俩！”

回来跟纪琴学交涉的成果，纪琴只闭着嘴不吭声，两个女伴也不知道她究竟是咋想的。

老墨每天都来两次，买很多好吃的，基本都是在饭店里买的。朵渔看得心酸，大概老墨是不敢在家里大鸣大放地给纪琴做好吃的。老墨每次也不说什么，坐在沙发上抽烟，一根接一根，纪琴也不说什么，甚至连端端也懒得问。死过一次，很多事都想开了。

老墨帮纪琴倒水，拿药，纪琴都说“谢谢”，客气得不像一对夫妻。

出院后，纪琴跟老墨回了家。朵渔总觉得纪琴的沉默很可怕，她悄悄跟老墨说：“你一定要看好她，再来一次，可就没这么幸运了！”

老墨点了点头，半天说了一句话：“朵渔，实在不行，你们就劝劝她跟我离了吧！她这样，我也很难受！”朵渔看到老墨眼里的泪光。

半个月后，纪琴拎着个大彩条袋子脸色苍白地敲开了朵渔家的门，见到朵渔，说：“朵渔，打死我，我也要离婚！”说着，人软软地倒了下去。

朵渔受的苦是能说出来的，快刀斩乱麻，结束得也不纠结。纪琴的苦却是细细碎碎的渣渣沫沫，也不知道要怎么向外人说，没那么大喜大悲，却是钝刀子割肉。

纪琴回去后的头两天，李金玲还好。纪琴手不方便，她还会做一两顿饭，也还没给纪琴摆脸色看。

纪琴跟老墨睡在了一个房间里。纪琴看得出，老墨努力在哄两个人高兴，吃饭时，先夹菜给老妈，再夹菜给纪琴。纪琴也挺心疼老墨的，在两个女人之间做“夹心饼干”的滋味不好受，还要听李金玲的风凉话。李金玲跟端端说：“养儿子有什么用，养大了，娶了媳妇忘了娘！”端端很稚气地说：“我才不会呢，我不要媳妇，只要我妈！”

李金玲就拿眼斜正在削苹果的儿子武文涛。武文涛假装没听见。

即便是这样，也只好了两天。纪琴血糖低，天天总是昏昏沉沉的，李金玲就不高兴了，高声说：“自杀还自杀出功劳来了，不能提篮不能洗菜了！”纪琴便开始拖地做饭，菜煮得太烂了或者放多了盐，李金玲又是鼻子不是鼻子，脸不是脸的，说自己没福气，这么大岁数，连个顺口的饭都吃不上。

然后骂老墨，骂老墨戴了绿帽子，捡了破烂货回来当宝贝……纪琴学得很平静，没有一滴眼泪。

睡不着觉的晚上，纪琴说自己一次次劝自己忍吧，为了端端忍吧，可是，割了自己的手腕躺在病床上，想端端，端端居然连自己的电话都不肯接，心寒死了。

朵渔说：“孩子还小，不懂事！”纪琴叹了口气：“我倒想明白了，他将来总会有他自己的生活，我把什么都放在他身上，没准又是个李金玲。这样家里天天没个好气氛，对他的成长也不好！离了就离了吧，老墨也算解脱了！”

朵渔不知道该说什么了，夜黑漆漆的，心里也黑漆漆的，朵渔和纪琴辗转反侧，一夜无眠。

老墨来了几次，进来也不说什么，只是坐坐，朵渔留他吃饭也不吃，坐些时间就走。纪琴也不留，送到门口，也不说话。

老墨第三次来时，纪琴说：“哪天去办了吧！”

纪琴没说办什么，但是老墨是明白的。他骤然抬起头，双眼竟然全是泪，他不说话，只是眼泪使劲往下淌着，抬手去抹了一下，眼泪马上前赴后继又涌出来。他索性捂着脸呜呜滔滔地哭起来。

纪琴转过头去，也掉了眼泪。她拿了毛巾，蹲在老墨身边，说：“文涛，别哭，别哭了，是咱俩的缘分到头了。如果有下辈子……如果有下辈子，咱们俩都好好地在一起，谁的话都不听，谁都不认得，只有咱们在一起……”

老墨紧紧地抱住纪琴，哭得浑身发抖。

一个星期后，两个人去了民政局，红本换成了绿本。从民政局出来，老墨的眼睛又是红红的。纪琴跟他做了七年夫妻，他一向少言寡语的。可是站在路边的大槐树下，老墨第一次说了那么长的一段话。他蹲在地上，说：“纪琴，我知道你是为了躲避情伤才找个人结婚的，我也知道你不爱我，一直都没爱过我。这些年，这个家让你受了很多委屈，我都知道，却没办法替你说句话，做点事儿，别怪我！以后，有什么事，如果你还看得起我，觉得我有一点用处，可以跟我说，只要我能做到的……这五万块钱你拿着，别不要，还要供房子，我也拿不出更多的钱给你！去租间房子，别在朵渔那儿挤，朋友归朋友，一起住久了，寄人篱下的……”

“别说了！”纪琴哭成了泪人。有人向他们这边望。两个人枯坐了好久，天色渐渐暗了下来，纪琴拉了老墨一下，两个人一前一后进了附近的公园。

坐在长椅上，纪琴说："妈的胃不好，做饭要软些。端端如果想我，就打电话给我，我去接他！晚上睡觉轻些，他总爱踢被子，你要多看着点，他爱感冒，出来进去，多给他穿点……"

老墨不说话，眼睛直直地看着远方的某一处，半晌才说："纪琴，我这辈子不再找了，真的不找了……"

纪琴没有说什么，目光也定定地望着一处。

秋风起来了，撕扯着黄掉的草，席卷着地上的落叶，萧瑟得一如两个人的心情。

不过才三十出头，纪琴却觉得自己已经是中年那般苍老了。

很久，她站起来，老墨也站起来，两个人拦了辆出租车，纪琴跟在老墨后面回家里收拾东西。

两个人并排坐在出租车的后座上，司机从倒车镜里一眼一眼看两个眼睛红红的人，然后很小心地猜度两个人的关系。

纪琴进门时，李金玲正在拖客厅的地。纪琴下意识去接拖把，走到李金玲跟前，叫了一声"妈，我来吧！"然后站住了。李金玲竟然抬头冲纪琴笑了一下，说："不用，就拖完了！"说完，从纪琴身边闪过去，想必她是知道发生了什么的。纪琴想象着她的心情：终于把不喜欢的儿媳赶出了家门，儿子重新成了她自己的私有财产，高兴吗？恐怕也未必吧！

纪琴在原地立了一会儿，快步走进卧室收拾衣物。纪琴的东西不多，无非是些衣服。三下五除二装进了箱子里，人虚虚地站起来时，眼睛一黑，扶墙站住。

收了端端的几个相框，一想到以后不能天天见到端端，纪琴的心被撕去了一大块。

老墨一直站在门口，无声无息地看着纪琴收拾东西。纪琴收拾化妆品时，在梳妆台的抽屉里看到那枚黄金戒指，那是他们结婚时李金玲给她的，据说是个老物件。

纪琴把它放在明显处，对老墨说："还给妈！"

老墨帮纪琴提着箱子，纪琴在门口换鞋时，李金玲端着杯子出来，脸上讪讪的，说：“纪琴，别恨我！将来端端长大了，你就能理解这当妈的心了。”

纪琴抬起头努力想冲她笑一下，终于没有笑圆满，转身出去，门缓缓地关上。

03

颜樱醉酒K歌回来，一开电梯，看到怒气冲冲的老方，老方人胖，像只要炸掉的鱼膘儿。颜樱很轻浮地伸手捏了捏老方的脸：“想起废后，来临幸啦？”

老方的脸挂在脚面上，一把从颜樱手里抢过钥匙，开了门。

老方有一把颜樱家的钥匙，可是，这把钥匙现在死活也打不开这扇门了。这让老方很恼火，老方很享受这种颜樱跟他离了婚却仍然是他的女人的状态。他手下的人也无比羡慕地说：“方哥厉害，情人老婆乾坤大挪移，同样罩得住！”

可是现在，颜樱不声不响地收回了他的特权，像赶一条流浪狗一样把他关在了门外。这叫老方情何以堪？

“为什么要换锁？”

“因为我要把钥匙给我的男人啊！还有，我常带男人回来，我可不想我们正来劲的时候，你突然闯进来，算怎么回事啊！”颜樱一屁股坐到沙发上，一点一点往下卷黑丝袜。

“别逗了，宝贝，我不就是你男人吗？”颜樱发了火，老方的火就灭了下去，他贴着颜樱坐下，手在颜樱纤长白皙的腿上摩娑着。

颜樱用丝袜抽了老方的手一下，说：“拿开你的手。你是田菲菲的男人，你好好管管田菲菲，别动不动就来找我，一会儿武力，一会儿苦情戏的，我颜樱又不是缺男人缺得揭不开被子，用得着在你这一棵树上吊死吗？

还有，别捡着狗头金就当传国玉玺，嫁个男人也没什么好显摆的！更何况还是姑奶奶玩剩下的二手货！”

老方涎着脸哄颜樱：“小姑奶奶，她是小女人，小心眼儿，你跟她较什么劲！”

颜樱的火腾地蹿上了房顶：“她是小女人，合着就我傻了吧唧，人家把我甩了，我还温香软玉地躬候着你来翻牌子，我太贱了吧！”

颜樱拉开门，让老方出去。老方腻着不肯，颜樱真的火了，掏出手机：“方为纲，咱俩现在可没半毛钱关系了，你到底走是不走，不走我报警！”

老方挠了挠脑袋，站在门口换鞋时突然抱住颜樱就往卧室里走。颜樱使劲闹腾着，手脚并用，又踢又打，但是老方下定决心了似的，死活不放手。到底是男人力气大，老方把颜樱摔到床上的一瞬间，颜樱知道自己的抵抗又失败了。

颜樱跟纪琴和朵渔调侃过，说自己口味重，男人越是用强，越是想征服她，她就越有激情。很显然，老方也知道颜樱的软肋在哪里，他曾经很无耻地说：“我老方睡过的女人，这一辈子都会怀念我的！”

此刻，老方治服伶牙俐齿的颜樱的唯一方法就是身体。颜樱修长的腿在他面前摆弄了好半天了，他身体里的荷尔蒙早就超标排放了。

颜樱带着一点征服的醉意，加上老方害怕失去颜樱的一点恐慌，两个人都不甘示弱，一山更比一山高似的，惊涛拍浪，撕云裂帛，直到老方虚飘飘地把硕大的身躯覆在颜樱奶白色的圆润身体上，只剩下两个人的喘息声。

良久，老方把脸埋在颜樱的胸前，含混不清地说：“你真是个妖精。咱俩不离，我恐怕被你吃干净了！”

颜樱哧哧地笑，一笑，身体活泛成一条蛇，老方按捺不住，重新横刀立马。

激情中，颜樱的手插进老方的头发里，想要抓住些什么。那一刻，她毫不怀疑自己是爱他的，她的身体总是原谅他，她是那么离不开性的女子。

她说："老方，你下了什么毒，让那么多好男人都入不了我的眼？"

老方没有回答，挥师再战，两个人成了汁叶饱满的植物。整个房间都是情欲的味道。

老方沉沉睡去时，颜樱点燃了一支烟，人清醒了过来。她看不起自己，咬了牙决定不纠缠，最后还是这样。

她纤长的手指插进老方浓密的头发里，然后滑到他肥硕的肩膀上。除了做爱的那一刻之外，她还爱他吗？她跟他不会有未来，这样在一张床上纠缠有什么意义呢？

她寂寞时，她无助时，她独自老去时，他会在哪呢？

当初跟老方在一起时，会想到今天吗？

老方是她抢到手的。

大学毕业一年后，颜樱在报社做跑社会新闻的小记者，每天风风火火地出现在各种各样的事发现场。

老方是她新闻里的一个主角，他为朋友出头，参与了一场斗殴。颜樱去派出所采访时，老方很无理，说："你这么漂亮，当记者多可惜，找个导演被潜一下，没准就红了！"

颜樱没含糊，一杯水泼到了老方的脸上。老方倒笑了："小妞还挺辣！"那时老方还没这么胖，只是壮，人痞里痞气的，走路都斜着半边身子。

颜樱在报纸上把老方形容成地痞流氓样的，却没想到老方关系硬，拘留了十五天便出来招摇过市。竟然还请颜樱去五星级的酒店吃饭，颜樱本不屑与这样的人吃什么饭，老方却懂她的心思似的在电话里将颜樱一军，说："颜小姐不会是害怕我报复，不敢来赴鸿门宴吧？"

颜樱冷笑了一下，说："你还真把自己当成黑社会了吧？"

那晚，颜樱穿着条火红的V字形深领长裙翩然而至。颜樱喜欢红色，她有很多身红裙，当然，后来老方给她买了很多条。老方说她是红玫瑰，带刺儿的。

让颜樱没想到的是，老方没有带兄弟，也没有独自前来，而是带了个瘦得麻秆样的姑娘。姑娘梳着一条辫子在脑后，眼睛总是惊悸地瞅着老方或者是颜樱。颜樱突然就坏了心情，老方这王八蛋是想撇清呢！

男人是难做的：你不对她动歪脑筋，她说你木讷不解风情；你对她动歪脑筋，她又说你流氓没安好心。老方原本是想灭灭颜樱的气焰来的，别恃美行凶，老子有人了。

老方介绍说那是他未婚妻戚莹莹。颜樱面无表情地点了点头，算是打过招呼，戚莹莹的目光没有任何变化。

颜樱说："没想到你还挺好男人的，还混上未婚妻了！"

老方朗声笑了，说："做记者的，不能光相信直觉，还要调查研究！"

"研究你？老娘还是省省吧！"

一顿饭，戚莹莹都在对付面前的一盘糖醋鲤鱼，老方偶尔还很好男人地帮她挑掉刺，老方哄女人一向有一套的。

颜樱心里存了一点气，跟老方但凡说话便是唇枪舌剑，互不相让。

吃过饭，老方说要去K歌，颜樱拒绝。老方眯着眼睛把手搭在她的肩膀上，说："女孩总是提反对意见，一点都不可爱，小心嫁不出去！"

颜樱的目光就成利刃落到老方搭在自己肩膀的手上，老方嬉笑着把手拿下去，揽了戚莹莹的腰，戚莹莹回头看老方，目光变得很柔软，像棵水草要把老方捆住一样。

戚莹莹像只温和胆小的兔子，颜樱想：原来孔武有力的老方需要小鸟依人的女孩。又想：自己抢，她会是对手吗？

只是这样一想而已。她是视觉系，喜欢高大英俊的帅哥，老方那样虎背熊腰，入不了她的眼。更何况人家那棵草已经有了"主"。颜樱是不屑于抢的，她对伸出一只脚做小三没兴趣。

但这世上的事，谁都别说满。

没两天，颜樱跟踪报道了一起假酒案，很快收到威胁电话。颜樱的性格自然不会怕，反倒像好斗的公鸡连续三天跟踪报道，做了头条，结果那一晚悲惨了。她在报社加班，接到电话，电话里一东北人威胁她说："算你有种，今晚你出来，我的兄弟会好好招呼招呼你！”

颜樱挂了电话，四下瞅一瞅，同事竟然都走光了，打电话叫当时的男友来接，那人大概睡得迷迷糊糊，说：“听兔子叫还不种黄豆了，没事的，你打个车回来！”

颜樱骂了句脏话就挂掉电话，想来想去还是不敢一个人出去，也不知怎么灵光一现，想到了老方和他的虎背熊腰，她打了电话给老方，说：“有人想找我麻烦，能送我回家吗？”

后来很久，颜樱都想自己那天脑袋简直是被门给挤了，之前跟老方斗鸡似的，没一句好好说的话，那晚怎么就求助到他了呢！万一这家伙落井下石呢？

二十分钟后，老方的破吉普停在了颜樱报社的楼下。颜樱坐上老方的吉普，觉得他脸上有英雄般的光辉，当然，颜樱是先把自己当成落难美人的。

那天颜樱并没有回那个苍白着一张脸的男友的住处，而是跟老方混在了酒吧里。酒吧里艳光四射的女子跟老方打招呼，用敌视的目光看着颜樱。老方没问颜樱便点了很烈的长岛冰茶。老方说那是适合颜樱的酒。颜樱笑了，说东北人想给她颜色看看的话。老方色迷迷地看着颜樱，说：“姑娘，那你算自投罗网了，我也是东北的！”

颜樱媚眼如丝地接住老方黏糊糊的目光，几乎是发着嗲说：“这叫以蛮治蛮！”

老方的手捏了颜樱的脸蛋：“敢说我蛮，不想混了！”颜樱嘻嘻笑，空气里都是暧昧的味道。

天快亮时，颜樱喝醉了，跟老方搂到了一块。老方不知颜樱住哪，把她带回了家。

但是，老方很君子，没有动颜樱。后来颜樱问过他为什么没对她下手，老方说：“我喜欢跟清醒的女人做爱，不然，她享受了，还像是吃了大亏，我不乐意！”

颜樱捏着他的鼻子，说：“装蒜吧，你！”

老方那次英雄仗义出手，后又柳下惠转世，无疑加了很多分。颜樱是说做就做的行动派，迅速结束了与小白脸的恋情，然后横刀立马站在戚莹莹面前，面不改色心不跳地说："我看上你家老方了，我要跟他在一起！"

戚莹莹的一张脸雪白，恼怒起来，暗蓝色的血管若隐若现。颜樱以记者不屈不挠的精神早已查到戚莹莹之所以能成为老方的正牌女友，完全是因为戚莹莹的哥哥替老方背了罪。老方替兄弟照顾老妈弱妹，把老妈当成自己的亲妈，把弱妹当成自己的亲妹，结果这妹喜欢上了老方，老方无以为报，只好"献身"。

戚莹莹一直病怏怏的，查不出是什么病，反正就是哪儿都难受。老方也不在意，在外面花花草草，正宫娘娘的位子一直给戚莹莹留着。

颜樱知道这样的根基很容易动摇。她只是据实以告："他不爱你，你收不住他的心，所以，趁早松手为好！"

04

女追男，隔层纸。那层纸很容易捅破。尤其是对老方这样对女人没什么抵抗力的男人来说。颜樱是这样想的，却不想遇到了老方的顽强抵抗。

老方说："做我的女人可以，但是做老婆不行。戚莹莹把我当成命，我离开她，她会活不成的！"

颜樱眯着眼睛说："你把她当成命吗？你不爱她，一个女人嫁给不爱她的男人，这是最大的悲哀，老方，别把自己当成救世主。你报恩，可以给钱，可以当亲人，唯独不能成为男女关系，男女关系太容易由爱生恨！再说了，就她那一把骨头架子，扛你折腾？要么，你就是没安好心想让她守活寡！"

老方不理会颜樱说的这一套，他坚持着自己的江湖义气。

颜樱想：自己虎狼之师生生地追过来，太过凶猛，男人也会被吓着的。操之过急，欲速则不达，得温香软玉吊吊他的胃口。

颜樱主动撤退了，不再打电话给老方，也不再出现在老方面前，人间蒸发了一样。

从前跟老方的女孩都是直截了当，这回颜樱打着爱情的旗号来的，然后床都没上，人就跑了，男人都是有好奇心和征服欲的，老方本来还为这样强的一个妞追自己沾沾自喜，这边悄没声息地撤了退，他能不心痒吗？欲擒故纵的计谋很快有了效果。

一周后，果然老方沉不住气了，主动打电话给颜樱，说："你这丫头咋说话不算话呢，说要把我当成羊吃掉，结果连人影儿都不见了！这不是玩人吗？"

电话这端，颜樱嘤嘤地哭了起来。不是演戏，是真的。颜樱谈过很多次恋爱，但是来得快去得也快。唯独这次，颜樱辗转反侧，寤寐思服。如果老方真的不联系自己怎么办？如果他是真的爱戚莹莹怎么办？如果戚莹莹死活不放手怎么办？一周，颜樱瘦了八斤。这时，老方来电话了，她怎么能不掉眼泪呢？

听到颜樱哭，老方慌了，开车奔了过来，那时颜樱从男友那儿搬了出来，住在报社极狭窄的宿舍里。

下午两点，太阳是一块化掉的奶油。老方汗涔涔地敲开了颜樱宿舍的门。

颜樱穿着一条浅粉色丝绸睡裙，裙很宽，晃晃荡荡地套在颜樱身上。

四目相对，身后的门缓缓关上。颜樱藤一样攀附上来，老方浑身的血都往脑子里冲，她握着他的手放到她的身上，她像一条滑腻的美人鱼，也是有心机的妖精，她居然真空穿着那条睡裙。长长的波浪发在老方的脸上摇来晃去，老方剥掉颜樱肩上细细的肩带，裙子顺势滑了下去，在地上堆成了雪。而颜樱，亦成了雪人，她的唇轻轻落到老方的身上，先化掉的是她自己这个雪人。

老方变成了在雪地上撒欢儿的雄狮子，就算前面刀山火海，他也不管了。

遇到对的身体，才会知道性爱是件多好的事。老方阅过的女人不应该算少，常常是两种：一种风情万种，手指刚刚落上去，她已经可以按层次表演；

另一种如青果一枚，像戚莹莹，隐忍着，受气包样的，身体木头棒子似的，哪儿都碍事。

颜樱不是，颜樱恰到好处，真的是恰到好处。她不是演技派，但也绝不是本色演出，她只是知道她想要什么，她只是知道她能给对方什么。两个有着那么强生命活力的人，仿佛唯有把生命嵌入彼此的生命才算心满意足。

颜樱要了又要，无尽无休一样。老方把头埋在她的胸口，说："会累死我的，小妖精！"颜樱说："是偷来的，要还，所以贪婪！"

从那个下午到第二天下午，两个人都没离开那间宿舍，都腻在床上，颜樱好像什么话都没说，做梦，醒来，然后做爱。

两个人的电话都关着机，这世界只剩下了他们两个人。某一刻，老方说："姑娘，不兴这样的，你会让我万劫不复的！我从东北出来混，就是个'义'字，你这样，让我方为纲以后怎么见兄弟？"

颜樱说："你可以走，谁绑着你的腿了！"

这一句让老方恨得牙根痒，却又无可奈何。是自己送上门自投罗网的。

老方从颜樱宿舍出来时，脚像踩了一团棉花，心里却是满满的喜悦，感觉很像小时候，家里存着块奶油蛋糕没吃，惦记着，有盼头。

可是颜樱不是那块蛋糕。那天之后，她又消失了。老方去了那间宿舍，宿舍里住上了一个青皮小伙子："樱姐搬走了！不知道搬什么地方去了！"

老方打电话，颜樱匆匆说了句"我在上海出差"便挂了电话。

那些日子老方简直是魂不守舍。晚上，躺在戚莹莹身边，他觉得冷极了。戚莹莹细长的胳膊缠过来，他靠过去，身体平静得像秋天的湖水，任凭怎么折腾，都水波不兴，最后讪讪收场。梦里，都是颜樱的海藻一样的长发和雪人一样的身体。

第六天，老方给颜樱打电话，说："姑娘，你赢了，咱俩结婚，立刻！"

话是当着戚莹莹的面说的。戚莹莹病弱，却也是个聪明的女孩，这些天老方如困兽一样，她早已猜出那个妖精颜樱就要得手了。

老方没什么钱，一身破烂的江湖义气，却是没办法地讨女人喜欢。戚莹莹以为自己会哭，但是她没有，她很平静地坐在床沿儿，说："方为纲，你听着，你和她都会不得好死的！我保证，你和她都不会好死的！"

戚莹莹的眼睛里寒光凛凛。

老方恨不得一口吸掉半支烟，在缭绕的烟雾里，他恶狠狠地说："死我也认了！"

那还有什么好说的。老方把自己手里值钱的东西都给了戚莹莹，然后孑然一身站到了颜樱面前，说："现在除了我自己，我一无所有！"

颜樱很流氓地冲老方嫣然一笑："我要的东西都在！"

那晚，颜樱把自己变成盛宴款待了老方。宴罢，老方长长地叹了口气："再饿下去，真的硬伤了！"

彼时，爱情如繁花般开得正盛。虽然颜樱嘴上说不图天长地久，但是，谁会拒绝跟爱的人天长地久地厮守呢？

人人都相信自己是身边人的终结者，到头来，却发现，自己只是一座客栈而已。

或许，爱上另一个人的那一刹那开始，就获得了最大的幸福与不幸。越爱那个人，就会越不安，越想要得到，越害怕失去……

相信"爱"到什么程度，这就是自己给予自己的战争了。

05

张小娴说：所有处在恋爱年龄的女孩子，总是分成两派：一派说，爱对方多一点，是幸福的；另一派说，对方爱我多一点，才是幸福的。也许，两派都失之偏颇。爱的形式与分量从来不是设定的模式，你遇上一个什么样的男人，你便会谈一段什么样的恋爱。

韩彬一直是个温和的男人，朵渔当初最大的理想就是韩彬能留在大学里任教。然后她宅在家里做做设计，两个人相守在一起，现世安稳，岁月静好。如此而已。

然而现实总不能如人想象的一般单纯。

韩彬是很有机会留校的，可是阴差阳错，不知道是什么环节出了问题，韩彬最终失去了守在象牙塔里的机会。希望就像个肥皂泡，吹得太大，破灭时就格外难过。那一段，韩彬很消沉，朵渔也很失望。但女人似乎更有韧性，她说："塞翁失马，焉知非福，或者你就是要过另外的人生呢！还有，学建筑和金融，在大学里，总是隔靴搔痒，纸上谈兵。"

男人心境不平时，女人的话语会是最好的安抚良药。梁朝伟说：只要回到家，看到刘嘉玲，就觉得自己回到了人间。韩彬也是如此，有朵渔在韩彬身边，韩彬觉得世界都在。他对朵渔说："你放心，我会让你过上最好的日子的！"

在纪琴和颜樱心里，一直是韩彬爱朵渔多一点。朵渔倒有些漫不经心似的，至少在她的两个闺蜜看来，朵渔不那么腻着韩彬，不紧紧地看着他，缠着他。

朵渔说："他的心在你这，用看吗？他的心不在你这，看有用吗？"朵渔的话有些道理，但女人不都那样吗，陷进爱情里便患得患失的。

在朵渔这里真的反了过来。韩彬是小心眼还是大男子主义呢！有一次，朵渔跟系里的一位男生出去做实习调查，回来一道吃了饭，韩彬到饭店门口接朵渔时，脸上明晃晃地写着"不高兴"三个字。为那事，朵渔还跟韩彬吵了一架，她说："我是你的私有财产吗？你跟你们班的女生们打情骂俏，我说什么了？"

韩彬黑着一张脸，说："你不在意我，当然什么都不说！"

那次，朵渔跟纪琴和颜樱抱怨："真是搞不懂，别的男人都害怕女朋友吃醋，他却为我不吃他的醋跟我吵！"

颜樱说："朵渔，你是身在福中不知福，韩彬是紧张你，你看琴会给付北兴织毛衣，会一天给付北兴打八个电话，付北兴一打喷嚏，琴比自己得了感冒还着急……”

纪琴乐了：“好像我特别没出息哦！其实，喜欢一个人，就像喜欢一座山，你不能搬走这座山，最好的办法就是走近这座山。这是林夕说的哦！”朵渔喜欢纪琴这样说。

颜樱却不同意。“其实也不是，他爱你，你总是能通过各种方式感觉到。琴，你感觉到了吗？”这话问得纪琴没了言语。

颜樱继续充当爱情专家：“在爱情里，谁付出多一些，说明谁更在意爱情，付北兴没表现得很明显，那是他没危机感。琴，不信，现在出来个横刀立马抢你的，你家付北兴立马端枪上马！”

两个女孩都被颜樱给逗乐了。颜樱说：“琴，你应该跟朵好好学一学，她这招比较高，男人都是贱皮子，你越端着，他越巴结着你。你越去伺候他，他越拿着腔调！”

朵渔跟纪琴异口同声说：“咦，你就是这样拿捏你的蛋白质帅哥的？”

那时颜樱正在拼命地甩掉一蛋白质帅哥。那帅哥像脑子坏掉一样，死皮赖脸地跟着颜樱，要死要活的。颜樱先跟他说：“我真的不是不想跟你在一起，只是我……得了癌症，我不能拖累你……”颜樱的戏演得很差，可蛋白质帅哥照单全收，他痛苦地回家想了一宿，第二天站在颜樱的宿舍门口：“我想过了，你得了绝症，我更要陪在你身边，陪你走完最后一程！”

颜樱简直要晕倒了。她白了他一眼，说：“你长长脑子再来陪我走完最后一程吧！”

蛋白质男生扯了巨大的条幅在设计系的门外，围观者众多。颜樱气得恨不得拿刀劈了他。

更雷的还在后面，颜樱冲出去扯那条幅，蛋白质帅哥“嗵”地就给颜樱跪下了。颜樱说：“我要是你妈，就给你两巴掌！”旁边的同学在起哄。

那段时间，蛋白质帅哥搞得颜樱几乎快崩溃了，纪琴说：“要不然，你就当学学雷锋，牺牲一下你自己，救救别的女孩算了，他也挺痴情的……”

颜樱把一只苹果塞进纪琴嘴里，说：“我颜樱就是成了灭绝师太，也绝不灭他！”

纪琴笑着说：“别太狠，会现世报，你现在把人甩得痛不欲生的，将来会让你尝尝追而不得的滋味的！”

颜樱修理着手指甲，说：“姐妹们，别灭我威风啊，我颜樱是什么人，九阴白骨爪一出手，还有搞不定的男人？”

谁都不知道后来会遇到什么人，颜樱艳旗高帜，一路被男人们宠着高歌猛进，却独独爱上了貌不惊人的老方；老方在脂粉堆里打着滚，游刃有余，却独独栽在了颜樱的手里。

三个女孩在宿舍里做爱情研讨会，付北兴打电话给纪琴，让她去他的住处找一份材料快递给科大。纪琴挂掉电话起身换衣。

朵渔咬着一只苹果说：“不能再等等吗，这外面下着大雪！”

“付北兴的话就是圣旨，皇上有令，你以为是你家老韩的话吗！”颜樱很气纪琴这样无条件地服从。纪琴好脾气，任凭颜樱满嘴跑火车。

纪琴说：“他急，学校那边又走不开！”

朵渔把韩彬买给自己的纯毛围巾拿给纪琴：“我是男的，我一定追你！”

纪琴匆匆忙忙走了，颜樱接过朵渔吃了一半的苹果，说：“朵，你觉不觉得纪琴这样太危险了？什么都听付北兴的，付北兴跟甩手大少爷似的，惯得他熊猫脾气……”

“爱情这回事，就是周瑜打黄盖，一个愿打，一个愿挨。琴乐意付出，你没看她接付北兴的电话，脸上全是笑。不过是接电话啊！”

“你想过没有，为什么你对韩彬没这样？”

朵渔侧了头，想了一会儿说：“至少到现在为止，我没有遇到比韩彬更让我动心的男人！”

“那万一你跟韩彬结婚了，那个让你石破天惊喜欢的男人出现了呢？”

“嗯，有这种可能，那样的话，我就红杏出墙，这辈子总得轰轰烈烈一回！”朵渔说得风轻云清，颜樱瞪大眼睛像看外星人似的：“你是我认识的朵渔吗？”

“即便是结婚，也有重新选择的权利不是吗？不然结婚后门就堵死，干吗还给人离婚的机会？”

颜樱哈哈大笑，说：“朵，原来你是外表冷漠，内心狂热型的啊！”

在跟韩彬六年的婚姻里，朵渔也一直觉得自己是拿得起放得下的那一个，却不想，事到临头，自己还是乱了阵脚，然后伤得体无完肤。

06

再不在意的女子也会发现自己婚姻里的蛛丝马迹，这是天生的敏感。

朵渔第一次觉得韩彬和小丹不太正常是那次她去见沈家宁回来。那时小丹学了半年会计，去韩彬公司里干了些日子。朵渔问韩彬小丹的表现如何，韩彬说得漫不经心：“就那样！”

哪样呢，他没说，似乎也不愿意说。

那天，朵渔到家已经九点多了。韩彬给朵渔开的门，朵渔问小丹回来没，韩彬说回来了。朵渔带了虾仁烧卖，去敲小丹的门，叫她出来吃，敲了好半天，小丹眼睛红红地出来，叫了声朵渔姐，然后坐在沙发边上。韩彬进了卧室再没出来。

朵渔洗漱完毕，进卧室，问小丹怎么了。韩彬闭着眼，假装睡着了，他的眼睫毛在动，朵渔知道他没睡，没睡为什么要装睡呢？朵渔的心里画了个大问号。

婚姻关系中暗藏的秘密，就如同一件雪白衣服上斑驳的黑点，远看无所影响，但是靠近来看，就会发现真相。

那些日子，小丹有意无意会躲闪朵渔的目光。一周后，吃晚饭时，小丹给朵渔夹了一块鱼，说现在工作渐渐忙了起来，住在这个家里，帮不上朵渔什么忙，反倒添麻烦，所以找了房子，明天就搬出去。

朵渔眼皮一抬，看到韩彬在吃腌的小辣椒咸菜，一口接一口。韩彬平时是很怕辣的，这小辣椒咸菜自从买来，他就没动过一筷子。

朵渔心里沉了一下，自己要说什么呢？沉默了一会儿，她说："那好吧。小丹，在家这段日子，也辛苦你了。以后也就把这儿当成家吧，有什么事儿，回家来。工作上的事儿，找你姐夫！"

"姐夫"两个字朵渔咬得很重。小丹一碗饭几乎是数着粒吃的。那晚，她收拾厨房，打扫阳台，里里外外忙碌个不停。韩彬在书房里斗地主。这很反常，韩彬平常从来都不玩网络游戏。

朵渔的心一点点往下沉，却不动声色。她把自己的一条金项链拿过去送给小丹，那是朵渔结婚时买的，用的是自己的钱。她不喜欢戴首饰，一直放着也没戴。她说："我知道你们现在也不喜欢这种金的，我也没什么别的送你，拿去，手头紧，换点钱应应急也是好的！"

朵渔在小丹的床前坐了好一会儿，小丹突然哭了起来，说："朵朵姐，将来无论发生什么事，你都别恨我行吗？"

朵渔的目光犀利得像要射出一支箭，瞬间却温和下来："真是傻丫头，没听过那句话吗，爱恨不由人……如果你做了让我恨的事，又不让我恨，那岂不是太残忍了？"朵渔拍了拍小丹的肩膀，从她的房间里退出来。

小丹搬走了，家里突然空了许多。朵渔仍然老样子，在电脑前看看新闻，在案头画画图，或者坐在阳台的摇椅上看看小区里抱狗的女人，嬉闹的孩子。韩彬仿佛很忙，晚饭也很少回来吃。纪琴不忙，守着家，难得出来。颜樱鸡飞狗跳地在男人间不得消停。然后是小汐，跟佟童在同一家医院里，除非不打电话，打电话就是两个人吵嘴了，她打一遍，佟童打一遍，各说各的理。

朵渔的心里荒成了庞贝古城，却没办法把迷雾拨开，把荒草拔掉。

夜里醒来，韩彬睡在自己的身边，她会拉开自己一侧的台灯，很仔细地看。他睡得并不安稳，皱眉，或者嘴里喃喃嘟囔两句，她努力想听清他在说什么，却无功而返。他的面庞那么熟悉，看着看着却陌生起来。

朵渔靠在韩彬的臂弯里，心里满是说不清道不明的感伤。跟韩彬在一起的日子里，他极尽所能地给她宠爱。

前一年，两个人开车自驾游去山里，路边有一棵树，树上的叶子红得像是着了火，朵渔随口一说："那叶子做书签肯定漂亮！"

车子停下，韩彬跑了出去，朵渔喊"别去"时已经晚了。让朵渔更没想到的是，那棵树前面是一片洼塘，韩彬深一脚浅一脚向那棵树靠近时，朵渔吓得浑身发冷。她大声喊："韩彬，你给我回来！"

韩彬最终还是折了枝树枝高高地举在手里，快乐得像捡到宝贝的孩子。他的裤角和鞋子上全是泥，十月的天，洼塘的泥有多冷啊！那些红叶看起来也糟透了，很多被虫子蛀过了。朵渔一脸眼泪，不接那树枝，也不理韩彬。韩彬赔着笑脸："是不是特别怕我像过草地的红军一样壮烈了？"

朵渔的拳头捶上去，韩彬抱住朵渔，朵渔泣不成声，说："韩彬，你知不知道你不是你自己的，你那么惯着我，宠着我，我生存能力都废了。我刚才还想，你要是陷进去，我也走进去，那棵披着一身红的树就当给咱们……"

韩彬吻住朵渔，不让她再说下去。

那些叶子被朵渔好好地带回家，洗净，塑封好，做书签。有次小汐看到了，说："姐，这么破的叶子做什么书签，等佟童去香山，我让他给你带回一些好的来！"

朵渔很甜蜜地说："这是金不换的！"

韩彬醒过来，动了一下胳膊，朵渔并不让开。韩彬的唇吻到朵渔的头发上："这些日子太累了！"

朵渔像个任性的怕失去心爱的玩具的孩子一样，手伸进韩彬的睡衣里，她只是想要他的温暖，只是这样彼此依偎着让自己感受到他的存在而已。从前的很多个夜晚，韩彬都是把朵渔的脚搂在怀里，她的脚凉，很难焐热。那个夜晚，韩彬也可以像从前的很多日子一样，把朵渔的脚贴近自己的身体温暖着。

可是韩彬会错意了，他以为朵渔是想要了，他翻过身把朵渔压在身下，但身体是僵硬的，手脚都没处放了似的。他笨拙地拉朵渔睡裙的带子，弄疼了朵渔，一瞬间，朵渔清醒了过来，她推开他，转过身，韩彬尴尬地侧卧在床的一侧。空气里全是冰碴儿。

如果说从前的那一点蛛丝马迹还可以理解为朵渔的敏感，床上的事是最不能瞒人的。

朵渔深呼吸了一下，轻轻说:“睡吧！”韩彬的手搭在朵渔的身上，说:“最近太累了！”他可以不用解释的，他不是第一天做公司，当初创业阶段一天只睡五个小时觉，照样是生龙活虎的。那时韩彬说朵渔是充电器，他说做爱是比睡觉更好的休息。

朵渔正犹豫着要装作什么都不知道还是要跟韩彬谈个清楚时，纪琴来了。

07

三个人当中，朵渔跟纪琴更亲近一些。纪琴比朵渔年长，性格也好，什么事跟纪琴说了，她不会再跟第二个人说。

纪琴极少来朵渔家，三个人见面，有时是朵渔去纪琴那，有时是去颜樱那。朵渔知道韩彬这些年生意做大了，两个姐妹有意无意地回避着一些，不像从前那样跟韩彬熟络了。虽然颜樱见着韩彬也还是极尽挖苦讽刺之能事，但在心理上，钱还是让人惧怕和疏离的。

纪琴端着朵渔的一杯咖啡，说了半天闲话，然后说：“小丹是不是搬出去了？”

朵渔说了小丹搬走的事，纪琴沉吟了一会儿说：“朵，你知道我不是多事的人，这件事我思来想去还是得告诉你，不然我觉得愧对这么些年咱俩的感情！”

朵渔基本知道了纪琴要说什么，就说：“咱俩是什么关系，有话你尽管说！”

“小丹租那房子就在我家小区边上，我好几次送端端去幼儿园，看到韩彬从那儿出来，小丹也坐在车里。头一回我还怕自己是看错了，后来留意了……”

朵渔的嘴角咧出一丝笑纹：“他总去是吧？”

“朵，我知道你跟韩彬感情很好，但是男人……都是经不起诱惑的，小丹那样楚楚可怜的样子，很容易让男人产生保护欲……你别跟韩彬急，先好好问一下，或者是我误会了，他们在一起工作……”

朵渔拍了拍纪琴，说：“我知道的，没事儿的！”

纪琴走后，朵渔一直一个姿势坐在那里。天渐渐黑了下去，电话响了又停了，再响，朵渔都没有换姿势。就好像她一动，这世界就会翻个个儿，她不动，一切就能维持原样一样。

不知什么时候，门锁被转动，韩彬开门进来，打开灯，看到坐得笔直的朵渔吓了一跳，问：“怎么不开灯？”

朵渔说:“咱们离婚吧！”说出这句话,朵渔用尽全部力气似的,说出来,也真的像卸去了个大包袱。

婚姻就好像西餐，每个人选自己的这一盘，等到上来了，有多难吃也就只有你自己知道。处理的方法有两种：一是咽下去，然后难受；二是丢下不吃了，但埋单的时候心会很痛，因为贵得要死。

对有些人来说，心痛到死，也不会咽下去，朵渔就是这种人。

朵渔以为韩彬会对她说些什么，堵他的话她都想好了，她想说：“别让你们的事脏了我的耳朵，这些我可以不必知道！”

可是韩彬什么都没说，他只是闷头抽了两根烟，然后说：“想吃什么，我做给你！”

韩彬的反应大出朵渔的意料，她瞅着进了厨房的韩彬，觉得浑身发冷，想要爆发，却又不知道从哪句说起。

韩彬做了虾仁冬瓜汤，炒了一盘四季豆，蒸了一条鲢鱼，白米饭晶莹发亮。饭菜上桌，朵渔没什么胃口，却很郑重地坐在桌前，一口一口吃下去，竟然吃掉整碗饭。

韩彬没吃，只看着朵渔吃。吃过饭，朵渔洗碗，然后像平常日子一样，韩彬去书房坐在电脑前，朵渔在卧室里看一本小书《有我，你别怕》，是一个智障孩子的母亲写的。书里写：你的出生是一道伤，而我们俩终于成功地筑起了一道爱之墙，来抵御最初的惊惧。

朵渔的眼睛湿了，然后起身倒水，恍然间记得吃饭前自己说了很重要的话，恍然间记起自己是林朵渔，另一个房间里坐着自己的丈夫韩彬，仿佛灵魂出窍了一般。

朵渔哭得更厉害了，整个人就像虚脱了一样，好久才想起自己身处何地。朵渔已经忘了上一次哭是什么时候的事了。

这次没有哭，却是这样艰难地想起自己的处境。朵渔有些怀疑，自己真的说了那句话吗？她也怀疑，韩彬真的听到那句话了吗？他怎么能那么若无其事地给她做完饭，看她吃下去，一句解释都没有？

饭里下了毒吗？这样一想，朵渔的嘴角微微扬起，笑了。自己怎么能这么想韩彬呢？如果不是自己让小丹住到家里来，又让小丹去了韩彬的公司，能有今天吗？

朵渔把长发往后盘了盘，真的没有什么好抱怨的。颜樱不是一直说男人不能考验吗？如果有个孩子就好了，有个孩子陪在自己身边，然后安安静静过完下半辈子。

朵渔头疼，出去找药。听到响动，韩彬出来，打开药箱帮她找了阿司匹林。

朵渔很小就头疼，是神经性头疼，没办法，只能缓解。跟韩彬在一起后，韩彬查了很多方法，也不知道是不是精神作用，朵渔头疼的次数减少了很多。

朵渔拿了药回到卧室，韩彬倒了水进来递给她，然后热了毛巾捂一会儿她的手，再坐在朵渔对面给她捏虎口。不知他是从哪儿看来的“偏方”，捏虎口和揉太阳穴可以减轻神经性头疼，所以，每次朵渔头疼，韩彬都用热毛巾给朵渔做放松，然后给她捏虎口，揉太阳穴。这次，他只给她捏了虎口，大概揉太阳穴的动作太过亲密。

两人的关系已不适合亲密。

韩彬的动作很熟练，朵渔斜靠在枕头上，看着他额前的头发遮住了眼睛，她伸出另一只手给他拨上去，他抬头冲她笑了一下，那一刻，朵渔甚至想：就当什么都没发生，过去就过去吧！

可是，朵渔听到韩彬说："以后再头疼，自己这样按一按，揉揉太阳穴也行，少吃药……"

他的声音不大，却雷霆万钧，每个字都砸在朵渔的心上。

朵渔把手抽出来，声音颤巍巍地说："韩彬，你从前说的话全都被狗吃了是吧？"

说这些还有什么意义呢，他是铁了心要离开自己了，只是他没张开这个口，自己替他说了，他松了一口气吧？

朵渔觉得胸闷，一刻也不能待在这个家里。她拿了件衣服出门。月亮很亮，照得地上一片孤清凉薄。朵渔觉得自己成了一片羽毛，轻飘飘的。

很快纪琴打过电话来，她说："朵，你在哪儿？站那儿别动，我跟颜樱去接你！"

朵渔说不清自己在哪儿，她只说："我没事儿，真的没事儿！"电话挂了，她坐在马路牙子上，有车飞来驶去，远处的一盏盏灯灭掉了，世界变得很安静。

一辆出租车停下来，纪琴跟颜樱飞奔过来，后来的事儿，朵渔几乎不记得了。

后来纪琴告诉朵渔，是韩彬告诉她们朵渔的位置的，那就是说朵渔出门，他一直跟在她后面，却不出面拦着。

朵渔想起了那句歌词：爱到尽头，覆水难收。

08

纪琴去幼儿园接端端时，端端正在挨训，幼儿园阿姨说他又抢小朋友的玩具。端端眼泪汪汪地站在一边，也不理纪琴。纪琴的心里难过得要命。

买了端端最喜欢吃的烤翅、汉堡、可乐，找了位子坐下来，纪琴问端端现在家里都是谁做饭，端端大口啃着烤翅不吭声。再问奶奶身体好吗，端端仍不吭声。纪琴有些生气，提高了一点声音叫："端端，妈妈跟你说话呢！"

端端抬起头，盯着纪琴的眼睛，问："妈妈，你是不要我了吗？"一句话把纪琴的眼泪问了出来。

"妈妈怎么会不要你呢，只是妈妈要先找工作，挣多一点钱……"

"妈妈，你现在是挣着钱才给我买可乐和汉堡的吗？"

纪琴使劲点了点头，说："是啊，端端跟爸爸和奶奶好好的，妈妈挣很多钱回来！"端端听话地点了点头，又说："妈妈，你要快点哦，晚上你不在家，我想你，睡不着觉！"

纪琴扭头擦掉眼泪，转过身冲端端笑："妈妈一定努力加油，咱俩击掌！"

纪琴的大手跟端端的小手拍到了一起。

到了小区门口，纪琴打电话给老墨，老墨出来接端端，端端却死活拉着纪琴的手不肯放开。纪琴的眼泪噼里啪啦往下掉，老墨说："上去坐坐吧！妈去散步了！"

端端嚷着让妈妈回家，纪琴无奈跟着上了楼。家还是老样子，只是乱了许多，端端的玩具和衣服扔得到处都是，纪琴赶紧弯腰收拾。老墨束手站在一边，说："你坐吧，待会儿，我来收拾！"

纪琴手脚不停，那些是她习惯了做的事，不做完，不心安。

端端因为妈妈进了家门，便很安心地开了电视看《喜羊羊与灰太狼》了。

把东西捡拾干净，又拖了地，擦了桌子，纪琴才坐沙发上喘口气。老墨去切了西瓜，纪琴没有吃。

老墨问："找着工作了吗？"

纪琴摇了摇头："有家建筑单位让我周一去面试，多跑跑，总会找到的！"

仿佛就这一点话题，说完，就断了线。

纪琴看得出老墨很想说点什么，便问："端端最近身体怎么样？秋天了，天气时冷时热，多带件衣服去幼儿园！"

端端跑出来，说："妈妈，妈妈，昨天咱家来了个矮胖阿姨，奶奶做了好多好吃的！"说完又跑回去看电视了。

纪琴抬眼看了一眼老墨，老墨的目光躲闪了一下，他说："妈瞎张罗，没影的事儿！"

纪琴明白是怎么回事了，李金玲迫不及待地给老墨介绍对象了。她心里被钝钝地砸了一下，起身拿起包，悄悄指了指门，两人蹑手蹑脚地走到门前，门刚好开了。李金玲见了纪琴，脸上的笑凝固住，继而沉了脸。纪琴叫了声"妈"，话一出口又觉得不妥，却也不知道别的怎么称呼。李金玲用鼻子"嗯"了一声，侧身进了屋。

老墨送纪琴出来，两个人沉默着走了一段，到了公交站，好像真的没话说了。老墨说："一个人，有什么重活，打个电话给我！"

纪琴的眼眶一热，老墨能说这话她就很知足了，她"嗯"了一声。公交车来了，车子上的人下来，车下的人上去，纪琴最后一个跳上去。老墨一直站在昏暗的灯光下，车子开走，他变成了一个黑点，再后来便什么都看不见了。

纪琴的心里五味杂陈。老墨相亲了，这意味着端端要有后妈了，自己得尽快安顿下来把孩子接过来才行。李金玲不大喜欢孩子，跟端端也不太亲，估计到时候不会有什么障碍。这样一想，心里还是千头万绪的。

房子租在离市区很远的地方，二十几个平方，每月要六百多，纪琴心疼，却找不到更低的了。朵渔让纪琴搬去跟自己住，颜樱也说："你们俩正好做个伴儿，我有空也去那儿挤，咱们三个离婚女人一台戏，多好！"

纪琴却不愿意，她说想自己过过轻松的日子，实际上，她是不想沾朋友的光。她一向好脾气，为人着想，自己却什么都不想欠别人的。

坐在兴安公司人力资源部外面等着面试，见到的都是一脸稚嫩生机勃勃的男孩女孩。秋已经深了，女孩还穿着短裙丝袜，纪琴穿的是羊毛套裙，自己看着都觉得又笨又土。

旁边的男孩女孩也时不时地瞅她，她冲他们善意地笑笑，人家却面无表情，可能心里在想：都这年岁了，干吗出来跟我们抢饭碗啊！

之前朵渔把她做的一些设计拿给纪琴，让她找工作时给人家看，或许会容易些。纪琴没有拒绝朵渔的好意，却并没把那些图纸用来找工作，纪琴认为那样得来的工作她自己也会瞧不起自己的。

面试的三个考官显然也对纪琴很好奇："三十二岁，跳槽？"

纪琴摇了摇头，实话实说："之前在家做了几年家庭主妇！"

"那为什么现在要出来工作？孩子上幼儿园了？"一个年纪稍大些的男人问。

纪琴为难了一下，说："我离婚了！"

"哦！"三个人在面前的那张纸上记了什么。纪琴的心里落了一层灰，估计又没戏了，一个婚姻失败的女人，能有什么作为呢？

纪琴很快等来了最后一句话："回去等消息吧，如果录用你，我们会尽快通知你！"

从兴安公司出来，纪琴回头看了一眼那幢很壮观的大楼，头有些晕。

一路往前走，也没什么目标。纪琴看到家政公司的牌子，顺脚就迈了进去，做钟点工一小时十五元。胖胖的经理让纪琴留下电话号码，有活会联系她的。

从家政公司出来，纪琴觉得自己一点力气都没有，身上的毛裙捂得热，整个人像要虚脱了似的。

咬紧牙，纪琴给自己打气："没关系的，一切都会好起来的！"

纪琴没想到的是第二天她接到兴安公司的电话说她被录用了，纪琴更没想到的是上班第一天，她就见到了阔别七年的付北兴。

命运那双翻云覆雨的大手有时候简直让人哭笑不得。

09

王小波说似水流年就如同一个人中了邪躺在河底，眼看潺潺流水，粼粼波光，落叶、浮木、空玻璃瓶，一样一样从身上流过去。

真的是那样。城市太纷杂，人心这一秒还靠得很近，下一秒就一个跟头十万八千里了。但是见着付北兴的一刹那，纪琴知道七年的距离根本就没隔断她对付北兴的想念，一切都在瞬间复活。

她悄悄握了一下左手腕那个伤口，心里疼了一下，表面上却是风平浪静。三字开头的年纪让她学会了隐藏情绪，她甚至没有跟他打招呼，他急匆匆地从她身边走过，跟几个人一直很大声地说着话，突然转过头来，几步踱到她面前："纪琴，你怎么在这？"目光里有惊喜，那喜悦有夸张的成分，尽管如此，却仍然让纪琴十分受用。

她笑了一下，说："你在这里啊，我来上班！"心里却暗暗回想自己出门前的头发有没有认真梳过，衣服有没有认真整理，自己看起来会不会又老又憔悴……

付北兴转头对跟他一起走的那些人说："你们先上去，我有点事，马上就到！"

跟付北兴坐在了公司的小会客室里，纪琴一直是恍惚的。

大学时，纪琴被辅导员安排参加学生会。付北兴是学生会主席，人长得不算帅，却很有领袖气质，口才好，有才华，恃才傲物，被很多女生喜欢，就连颜樱也跃跃欲试过，只是付北兴好像谁都没放在眼里，女生们背地里恨恨地说："看将来付北兴折在个什么样的女人手里，不是不报，时候未到，让他被感情折磨死！"

像很多欢喜冤家一样，纪琴最初是很不喜欢自以为是的付北兴的，她不喜欢太狂妄的人。那时纪琴暗恋讲建筑史的一个老师。老师儒雅谦逊，纪琴喜欢的是那种人。老师有家室，纪琴的喜欢也仅限于喜欢，这种感情她从没表达过，甚至连朵渔和颜樱也不知道。

在学生会，纪琴给付北兴做副手，做活动安排，写发言稿，纪琴的话少，却事事做得很有条理。两个人常常一起做事，交集却并不多。付北兴身边花枝招展的艳丽女子多得是，他不会注意纪琴，虽然纪琴在很多男生眼里都是顶受欢迎的女生。

如果不是那次为学院一位得白血病的同学捐款，两个人可能一直到毕业，也不会有什么发展。但事情就是这样，峰回路转，是缘躲也躲不开。

纪琴那段时间是有些难过的，她私下里听颜樱说讲建筑史的老师搞婚外恋被他的妻子抓了现行，婚外恋的对象居然就是系里的学生。当时纪琴还不信，没几日，那女生就被劝退了。老师仍来给纪琴她们讲课，课堂上纪琴觉得他的风采一点都没有了。相反，从前气宇轩昂的，现在怎么看怎么觉得有些猥琐。

还是说回那次捐款活动，得白血病的女生叫武蕾蕾，才入校一年。学生会组织全校师生捐款，这是件好事。但似乎付北兴醉翁之意不在酒，不知从什么渠道找了报社的记者来，又搞了很隆重的仪式。这还不算，还要纪琴去医院把武蕾蕾接到捐款现场，还要武蕾蕾发言，对大家表示感谢。

纪琴平日里不言不语的，这次却怎么都忍不住了。她去找付北兴，说："是不是别让武蕾蕾来捐款现场了，她的身体本来就不好，再说接受捐款，会让她很难过的！我们要献的是爱心，而不是要接受感激！"

付北兴眯了眼睛，反问道："为什么会难过？难道她不该对大家的善心表示感谢吗？献爱心没错，但她也有义务对大家的爱心表示感谢不是吗？"

纪琴有些急了："我想问问你搞这些捐款活动真的是为了帮助武蕾蕾，还是个人出风头？"

当时，付北兴身边还有些同学，付北兴被小小的女生这样将了一军，自然下不来台，他说：“如果你这样看我，你就不配站在这里！”

那天纪琴不知哪儿来的勇气，她说：“我是不配站在这里，我不愿意跟一个不顾别人感受，只想到怎么出风头的人一起工作！”

话说得很狠，两个人的目光碰到一起。纪琴转身就走。

颜樱听说纪琴的“英雄壮举”后击掌感叹：“琴，你太棒了！”

那次捐款活动最终没邀武蕾蕾参加，自然也没让她感激涕零说什么话。捐款的第二天，付北兴找纪琴，说让她陪他去把捐款给武蕾蕾送去。

纪琴不去，付北兴笑了，说：“你不会那么小心眼儿吧！你当着那么多人训我，我都没记仇呢！”

纪琴没了话，两个人去了医院。武蕾蕾因为化疗头发都掉光了，人却很乐观，叽叽喳喳地跟纪琴说话，说自己现在简直是闪闪发光了。

从医院出来，纪琴的眼泪就止不住了。

付北兴过来，很自然地搂住纪琴的肩膀，用力拍了一下。纪琴说：“她那么漂亮，那么快乐，老天爷怎么会那么不公平？”

付北兴没说什么话。回去的路上下了雨，两个人仓皇如鼠跑到公车站，公车却迟迟不来。纪琴只穿着一件纯棉花衬衫，瑟瑟发抖。付北兴脱下身上的夹克递给纪琴。纪琴接过来，披上，身上有了付北兴的味道。

在回去的公车上，两个人一句话都没有。

隔天，纪琴感冒，没去上课，也没有参加学生会的活动。傍晚，朵渔帮纪琴打饭回来，带了两盒白加黑两盒金嗓子喉宝。朵渔冲纪琴挤眉弄眼的，说：“你们主席送的！”

“啊？”纪琴张大了嘴巴。

“我买饭回来时，他正在宿舍门前转圈子，见了我，居然红了脸，说了好半天，才说明白这药是买给你的！没看出来，这人还会害羞啊！”

纪琴发了条短信给付北兴：“谢谢！”

付北兴回得很淡：“不客气！”拒人千里之外的样子，连好好休息这样的话也没有。纪琴心里的那一点小火花便暗了下去。

那四盒药纪琴一直没有吃，留着。付北兴后来知道了，问纪琴："是打算做化石吗？"

纪琴很幸福地笑："要做传家宝，将来给儿孙看，你爷爷当年就是用这招追奶奶的！"

人和人的感觉很奇怪，那次之后，纪琴感觉上跟付北兴很近，表面上，两个人还是淡淡的，谁也不理谁。

快到期末时，纪琴突然很多天没见着付北兴，学生会的同学说他有急事回老家了。

纪琴有付北兴的电话，只是师出无名，打过去问什么呢？那几天纪琴做什么都没心思。

那晚，纪琴从公共教室复习出来，走到楼的拐角，突然被人叫住，昏暗的灯光下，纪琴看到憔悴的付北兴，臂上缠着黑纱。

付北兴走了两步，把纪琴紧紧抱在怀里。纪琴挣扎了一下，也抱住他。那是纪琴第一次见付北兴哭。

晚上，回到寝室里，纪琴给付北兴发短信，问他睡着了没，付北兴回："我睡不着。"

纪琴问："怎么了？"

付北兴回："因为你不是我的。"

黑暗里，纪琴对着手机屏幕温情脉脉地笑了，她回："那你可以安心睡觉了。"

那之后，纪琴做了付北兴的女友。那是纪琴的初恋，也是唯一一次刻骨铭心的爱情。

颜樱说：阅人无数的好处是，你不必特别怀念哪一个人，哪一段恋情。因为你知道所有的恋情最初都是火焰，最后都是死灰。

Chapter 04

要有多勇敢，才会念念不忘

他出现于所有我记得住的过去里。淡淡存在，轻轻叫嚣。

我试图抓住所有细枝末节，希望一切都只是个梦。

01

在离婚后的第二十八天，韩彬重新搬回了“家”。

原因是韩彬的妈妈即林朵渔的前婆婆突然要来小住。前婆婆有很严重的心脏病，在韩家是“国宝”级人物，韩彬不敢造次。

“我会打电话跟她说我临时出差的！”林朵渔不想在婆婆面前演戏，假装跟韩彬很恩爱。她演技不好，怕演砸，惹得老太太犯了心脏病，罪过就大了。

朵渔把电话打给婆婆，勉为其难地张口叫了声妈，她还没说自己出差的事，婆婆便兴冲冲地说自己给朵渔准备了干黄花鱼，还有去船上订了螃蟹，走的那早让公公去取。朵渔逃跑的话再说不出口了，只好说：“妈，什么都不用拿，你能来我们就很高兴了！”

客套得有些假惺惺。但是朵渔跟婆婆真的处得很好，这辈子没缘做婆媳，不知道她会不会喜欢小丹，应该也会喜欢吧，小丹的嘴甜，比自己会哄人……朵渔自己骂了自己一句，还替人家担心上这个了。

心里还是堵得慌，打电话给纪琴。纪琴说：“朵朵，你干吗要这样为难自己。那是韩彬的妈，是韩彬的事，烂摊子，他怎么收拾由他去好了，干什么让你难受？”

朵渔何尝不是这样想，但是，她就是做不出那么绝情的样子。尽管她鄙视自己心软，也尽量理性地分析自己的想法是否还在想通过这种方法接近韩彬，却越想越乱，干脆放弃。

给小丹原来住的那间房换床单时，韩彬拎着行李箱进来了。朵渔恍惚了一下，觉得韩彬是出差回来，觉得之前的一切都是一场梦。手里的床单皱了半边，韩彬伸手帮着拉平整。朵渔问："你回来——她——不跟你闹吗？"

"谁？哦，你说……总得有个过渡，老人家身体不好，她能体谅！"

"她还真是善解人意！"朵渔起身回到自己的卧室，"砰"地关上门。

朵渔以为韩彬放完东西就会离开，婆婆是第二天一早的飞机，这一夜，他总没理由待在这里。

朵渔躺在床上，睡了过去，过了很久，有人敲门，拉开门一看，是系着围裙的韩彬，他说："吃饭吧！"

朵渔又恍惚了一下，"哦"了一声，坐在餐桌前，新焖的米饭，一盘西红柿炒蛋，一碗鸡蛋羹。韩彬说："冰箱里只这点东西，真不知道你是靠什么活的！"

朵渔没吭声，接过韩彬盛的饭，一口一口吃下去。

韩彬坐在朵渔的对面，给她夹菜，她很想拒绝，却终究没有把那筷子菜夹出去。

吃过饭，韩彬说："一起去超市吧，买点东西！"

拒绝的念头闪了一下，便被放弃了，像被施了魔咒一样，朵渔是舍不得这种熟悉的感觉。

拿了外套，跟在韩彬身后，遇到邻居大妈，大妈说："小两口一起出去散步啊！"韩彬笑脸回应："是啊，是啊！"朵渔的头低低的，像是个偷了别人东西的孩子。

在超市里，韩彬推着购物车，朵渔跟在后面，拿起一捆葱问："买这个吧！"韩彬说好，朵渔便放进去。韩彬指着不远处的开心果说："那个拿几包，你爱吃的！"朵渔便乖乖地去拿了几包放进购物车，两个人跟普通夫妻没两样。朵渔发现自己贪恋这种感觉。离婚这些日子,努力忘掉的东西，在这个下午全都复活。

她在心里骂自己没出息，没尊严，但是，她不想打破这种氛围。

韩彬在选排骨时，朵渔看到了沈家宁。沈家宁好像看到朵渔半天了，他走过来，用不解的眼神看了眼韩彬，说："你们也出来购物啊！"

朵渔的目光闪了出去，脸微微发涨，像是做坏事的孩子被大人发现一样，她说："是啊，真巧！"

韩彬过来冲沈家宁笑了笑，然后问朵渔要不要买些花草茶。朵渔摇了摇头，跟沈家宁打招呼先走。

跟在韩彬后边结账，心里想着沈家宁大概想自己跟韩彬离婚后藕断丝连，弄得离婚不离家，这样想着，心里的沮丧便升腾上来。韩彬提议去咖啡厅喝杯咖啡时，朵渔拒绝了，之前那几小时的时光就像两个人被封在一个密闭的气泡里，一切都是温馨美好的，可是，有人拿针把气泡刺了一下，一切现实都赤裸裸地显露在眼前了。

沈家宁就是那个撞破气泡的人。

这让朵渔无比沮丧。

朵渔穿着银灰色窄板烟管裤，配一件玫瑰红长衬衫，跟韩彬站在机场，婆婆风姿绰约地走出来，挽住朵渔的胳膊，嚷着："朵渔，怎么又瘦了，是不是韩彬对你不好？跟妈说，妈收拾他！"朵渔瞟了一眼韩彬，笑着说："没有，我是长了没良心的肚子，干吃不胖！"

朵渔觉得自己真是虚伪，这样演戏糊弄老人家。

晚饭韩彬请吃法国菜，三个人虚张声势地坐在法国餐馆里，朵渔小心翼翼地照顾着婆婆的杯盘。婆婆突然问："那个在你们家住的小丹哪儿去了？"

朵渔抬眼横了韩彬一眼，心里说："哪儿去了，登堂入室了！"韩彬倒沉得住气，没吭声，朵渔只得收拾残局："找了公司，搬出去了，人家总得有人家的生活！"

婆婆说:“搬出去好。朵渔，就你心眼实，我都不怕当着自己的儿子说，那女孩一看就心眼活泛，我儿子长得不赖又是个‘总’，没准什么样呢！”

韩彬拉长声叫了声“妈”，婆婆笑着住了嘴，朵渔接过话茬儿说：“存了那份心，今天不跟小丹，明天也会跟小双。妈，这事儿，还真跟谁在眼前没多大关系！”

婆婆意味深长地看了一眼韩彬，又看了一眼朵渔，生硬地将话题转移到电视剧《蜗居》上去。那里面小三儿也还是个话题，只是大家都绕了过去，还好，一顿饭吃得很和谐。

晚上是个难题。朵渔想到电视剧《潜伏》里余则成和翠平摇床的情景，嘴角情不自禁扯出片微笑来。

韩彬很不解地看着朵渔，朵渔束手站在门边。韩彬说：“我睡地板！”

朵渔说不用，抱了被子在中间筑了道墙似的。朵渔的睡眠一直不大好，害怕影响到朵渔，当初韩彬买了最大的床，二米乘一米八的，两个人各自为营，互不干扰就好。

躺下，关掉灯。朵渔想：这才叫真正的同床异梦。

韩彬并没有睡着。良久，他说：“朵渔，如果生活可以再重来一次，你不会再选择跟我在一起了吧？”

朵渔没回答，起身，坐到地毯上摆弄电脑。QQ 上沈家宁的头像晃了又晃，朵渔点开，他问：“你们和好了吗？”

朵渔很想任性地回一句：“跟你有关系吗？”

终于没有回。关掉电脑，一个人坐在黑暗里，韩彬走过来，紧紧地抱住她。他的吻落到她的唇上，她躲开，人却安然地由他抱着，不敢呼吸似的。

02

“男人像房，二手的常常比一手的更受欢迎；女人像车，纵是名车，转手后也大打折扣。”纪琴办公室里长满青春痘的大男孩说这套理论时，并没有影射纪琴的意思，他只是在表示一种优越感。事实上，大家也不知道纪琴离婚的事，有人把纪琴当成“剩女”，纪琴没反驳。

纪琴给付北兴提的要求只有一个：在公司，谁也不认识谁。

纪琴从那样一个家里出来，她只想过很单纯的生活，多挣些钱，把端端接过来跟自己过就好了，她不想节外生枝。

那日在公司遇到付北兴，两个人坐在公司的小会议室里，恍如隔世。桌上一枝兰花素素地开着。圆口杯子里，茶叶在飘浮中一叶一叶地舒展着。纪琴梦中见了多少次的付北兴的面孔就在这茶香的袅袅婷婷里洇晕着，多像一个做了八年的梦。八年后的付北兴还是八年前的他吗？眼前的他有些陌生。纪琴低头看着杯子，眼角的余光看见付北兴的手指轻叩着杯子。

纪琴没有提那封信的事，付北兴也没提，两个人只是说了几句闲话，纪琴说自己几年没工作，现在出来找工作，没想到这么巧。

付北兴说：“我也没想到会在这样的场合见到你！挺好的，有什么不了解的，问小侯就行！”

小侯就是招聘纪琴进来的人，他负责设计室的工作。

纪琴很想问问付北兴这些年是怎么过的，但她不敢问，怕那是个泡泡。不问，它还美丽着；一问，八年的梦就无声无息地碎掉了。清晨八点的茶室很静，他们听得见彼此的呼吸。他们心里都飘浮着同样的问题，只是谁都不敢问。

离开时，纪琴心里松了一口气似的。他是公司的高层，跟自己隔着山隔着水，应该没有很多机会见面的。

小侯给了纪琴一些资料，让她看一下公司的整体设计风格。他说：“付总交代过，你有什么不明白的地方，尽管说！”

很多双眼睛瞄过来，纪琴赶紧微笑着掩饰过去，心里还是一热。

回到出租屋，纪琴给自己煮了碗面，然后想起什么似的，翻自己的行李，在一个包里翻出了付北兴那封信。

付北兴的字写得很有风格，一律向右倾着，像被风刮过了一样。如果早一点收到这封信，纪琴会怎么样呢？听同事说付北兴是兴安集团老总的乘龙快婿、入赘的驸马爷。也多亏没跟了自己，要不然，也许他还是个小职员呢！

生活里最不可能的就是如果。纪琴叹了口气，把信收进去，想起给老墨打个电话，让老墨周末抽出一点时间带端端去查一下眼睛，他总是揉眼睛。电话里有些吵，有李金玲说话的声音，也有另外一个女人说话的声音。

老墨答应得很痛快，纪琴没忍住问了句："家里有人？"老墨顿了一下，"嗯"了一声，纪琴大概知道是怎么回事了，按掉电话，心里堵得厉害。离婚时，老墨还说这辈子不找了，这才几天？

星期天见到领着端端来的老墨时，纪琴心里的气还不打一处来，领着端端也并不太搭老墨的话。端端的眼睛有些角膜炎，拿了眼药水，纪琴弯下腰只对着端端说一天怎么样滴眼药水。端端当然记不住那些话，只是纪琴要表明自己生气的态度，故意不把话说给老墨听的。老墨沉默着，头发大概很久没理了，衣服也不整齐，人好像苍老了许多。

从医院出来，端端嚷着要吃肯德基，没办法，只好带着端端去。

很温馨的一家三口的样子，外人却不知道他们只是为孩子。端端到了肯德基，先去儿童活动房玩，把纪琴和老墨不尴不尬地留在餐台旁。

老墨转着手里的纸杯子，说："我妈给我介绍了个老师……"

纪琴横了老墨一眼，面无表情地说："只要能对端端好就行！"说完了，又觉得自己好像在生气这个事一样，补充了一句："你妈高兴了，你的日子也就好过了，这比什么都强！"

老墨张了张嘴，终究没说出话来。

纪琴坐公车往家走时，还是掉了眼泪，说不清是为什么，自己跟老墨分开时，颜樱还大胆预言过："你跟老墨早晚得复婚，你们又不是刘兰芝和焦仲卿，当务之急，你得让老墨快点给那慈禧太后找一老头！"

纪琴也动过这样的念头，把孩子和家都扔给李金玲一段时间，她搞不定了，没准就想起自己的好来了。这倒不是说纪琴多想念那个家或者多留恋老墨，而是纪琴有着百分之八十的女人的想法：为孩子。为了端端有个完整的家，能凑合就凑合下去。

只是，她没想到，事情这么快就有了转变。更可恨的是，老墨见了那个老师，好像也没有反对的意思，看来十之八九有戏了。

男人怎么能那么狠心，做了六七年的夫妻，说离就离，说娶就娶？他就是一个面团，老妈揉一下，他也会弹回来些，可是，他一动都不动，任凭老妈摆弄。

一想这些，纪琴心里的恨就一点点积蓄起来，渐渐水漫金山，恨不得踹窝囊的老墨几脚才解恨。

若没有端端就好了，自己也真就跟朵渔一样，做前妻做得干净利落了。有端端，心里那根绳总是牵着。

吃晚饭时，纪琴还是没忍住给老墨打了个电话："我不反对你成立新的家庭，只是我希望你能多为端端考虑考虑，以我目前的条件，恐怕一时半会儿还不能带端端，你也知道后妈心毒的多……"纪琴一口气说了很多话，电话那端一直沉默着，纪琴意识到自己真的有些无礼了，自己除了是端端的母亲，还有什么理由对老墨找什么样的妻子指手画脚呢，她说："不好意思，也许我说多了，我只是……"

"我明白。纪琴，你相信我不是只想到自己的人！"

月色是含混的一团，纪琴一个人坐在小小的别人的房子里，觉得天地这么大，自己竟然无依无靠似的。

03

周末颜樱有个约会，提早从报社开溜，换了条裙子，风情万种地从家里出来，心情不错地哼着《女人花》。老方鬼一样从电梯口冲出来，把她堵在电梯门口，身体歪斜着，酒气熏天，他大着舌头说："樱子，咱们复婚！立刻！马上！我方为纲东山再起，大不了从头再来！谁怕谁啊！"

男人清醒时说的话都不足当真，更何况是喝醉时呢？颜樱用半边身体撑住老方熊一样的重量，拖着他进电梯，重又回家开了门，把他像麻包一样扔在沙发上，人虚脱了一样。

颜樱急速跳进洗手间，给认识不久的IT男秦昊打电话："我朋友住院了，我要照顾她，咱俩的约改天吧！"

放下电话，拧了热毛巾，进来给老方擦脸，老方冲着颜樱嘿嘿笑，说："樱子，我这辈子最……最幸运的事就……就是遇到你！我就知道你不会离开我，无论……啥时候！"

"呸！"颜樱把毛巾塞到老方手里，"老娘哪辈子没积德碰上你这么个滚刀肉！这刚遇上个靠谱儿的男人，你又来搅局！妈的，老娘哪辈子欠了你的？"

老方"哇"地一口吐出来，溅得到处都是。颜樱腾地跳起来，扇着鼻子："我还真是欠你的，你跟田菲菲寻欢作乐时，怎么不说最幸运的事就是遇到我？老方，我现在是你前妻，前妻，你明白是啥意思不？"

老方笑得暧昧不明："前妻？前妻也是妻！"

那晚，老方睡在颜樱的沙发上，颜樱一夜起来看了他好几次。怎么能喝这么多酒呢？老方说醉话，也是梦话，嚷："田菲菲，你太阴险了，你都赶上慈禧太后了！"又说，"樱子，你相信我，这次我是真的！"

颜樱的心咕咚一下："老方这是让田菲菲给算计了吧？老方变成穷光蛋了？"

心里像煎了一只蛋，翻来覆去几个个儿。自己跟老方离婚了，虽然上过几次床，但那也只能算是支取了从前生活的利息，算是前妻福利吧？那要看老娘心情：老娘心情好，跟你上床，娱乐你娱乐我；心情不好，滚一边去。

现在，这个顶着"前夫"名号的男人在女人堆里翻滚摸爬，遇到沟沟坎坎了再回头找自己，还想跟自己复婚，想得美，我颜樱咋就那么贱呢，还吃回头草？

现在IT男人不错，搞技术搞得有点傻，见了颜樱眼睛都有些直，是个可以嫁的对象，女人再怎么玩，最后还不是想嫁个人，有个人陪着坐在沙发上看电视，有个人陪着在枕边说说话吗？自己从前阅尽千帆，千挑万选选了老方，结果弄得自己满头包，好端端地成了二婚女人，市价跌得不像话，若是从前，艳旗高帜，没准也就学着李嘉欣奔着豪门使劲了，哪至于像现在，看到个像样的男人，眼里都喷着火似的。

田菲菲还真是个心狠手辣的人物，不是怀了老方的种吗，怎么又闹翻了？这样三想四想，人在床上成了一张烙饼，天就亮了。

一夜没睡，早上顶着个熊猫眼去给老方买油条。颜樱自己是夜猫子，一年中见到清晨太阳的时候不多，想着此刻贤良得像个小媳妇似的给前夫买早点，心里的感觉很微妙。

进了家门，老方已经洗了脸，站在阳台上往下看，是在等自己吗？听到门响，老方转过头来，颜樱麻利地拿了碗筷，招呼他吃早餐。

老方熟稔地坐在餐桌前，意味深长地看着颜樱，等着颜樱给他端饭。

颜樱“砰”地把粥碗放在他面前：“看什么看？赶紧吃完走人，老娘可没工夫听前夫闲愁离恨，趁着年轻，我还得睁大眼睛找个男人嫁掉呢！”

老方长长叹了口气，也并不急着喝面前的粥，反倒拿出一根烟：“樱子，我跟田菲菲闹翻了，我算看明白了，她以为我是大金矿，张口就要钱，哪像你……”

“打住，打住！大早晨的，我可没心情听你们奸夫淫妇的肘短襟长。”

颜樱咬了一口油条，着实把自己腻住了，起身去倒牛奶。老方把粥喝得稀里哗啦的，然后大口吃油条。颜樱倚着冰箱的门，早晨的阳光透过窗口照进来，老方的脸时明时暗，很不真实。

仿佛自己还在读大学，是那个自认为所有男子都向自己扬起笑脸的天真女生，怎么就成了三字头美少女，怎么就离了婚，怎么就落到一夜守着醉酒的前夫还要给他买早餐的地步了呢？

眼泪来得无声无息。老方猛然抬起头，眯着眼睛看颜樱，然后走过来，一只手上还沾着油，半抱着颜樱，嘴上也是有油的。颜樱却不管，使劲地抱紧了老方，泪，洪水滔天。老方慌了手脚，说："樱，樱，咱别哭，咱别哭，行不行？有话咱们慢慢说！"

颜樱不管老方手上的油还是嘴上的油，抱着老方泪水横流。

老方也哭了："这辈子我最对不起的人就是你。我妈，我都没这么对不起过！"

老方哭得像孩子，颜樱倒不哭了，她松开老方，擦了一下眼睛，说："吃饭吧，一会儿粥凉了！"

老方站在原处，颜樱坐下才想起自己是去拿牛奶的。

时光凝固了一般。

老方的声音水样飘浮在空气里："田菲菲那骚货说她怀孕了，我很高兴，喝醉了酒，她做了手脚，让我在离婚协议上签了字，我的财产都归了她……不过，就她那点脑子，还想跟我方为纲斗……我就没把实情露给她，男人有多少钱让女人知道，那还了得……"

颜樱站起来，拉开门，手指着外面，说："滚，有多远你给我滚多远！"

老方愣了一下，说："樱，你不会因为我没钱赶我走的，你只是生气，你一向刀子嘴豆腐心……"

颜樱大叫："方为纲，你给我滚，你再不滚，我就叫 110！"

老方讪着脸，还想说什么，但是颜樱已经气得直哆嗦，他只好走过来在颜樱身边弯下腰，套上落满灰的皮鞋，说："咱们从长计议，重新开始，樱子，我知道错了，浪子回头金不换！"

颜樱"砰"地把门摔上，人很无力地倚着门滑下去，这次眼睛里没有泪。

他妈的，什么东西，被小妖精耍了，来老娘这儿找安慰来了。我是件棉袄吗？冷了就想起来穿，热了就扔一边？跟女人耍心眼，还好意思显摆，人渣。

朵渔打来电话，说："有空吗，有空晚上咱们仨出去喝喝酒！"

颜樱抽了抽鼻子：“男人都跑了，人闲着，能没空吗？”

朵渔听出颜樱的声音不是那么兴高采烈的，忙问怎么了。颜樱叹了口气说：“能怎么啊，那王八蛋来复婚了！”

朵渔叹了口气，说：“琴也不大好，见着她，说话搂着点！”

颜樱“嗯”了一声，挂掉朵渔的电话，纪琴的电话跟了进来，她说：“樱，把你玩过的那些 HIGH 的一样都别留着，咱们仨今晚放开了玩一玩！”

颜樱突然想起来：“朵渔的婆婆不是来了吗？她怎么能出来？”

纪琴说：“大概是演戏演得累了，咱仨这都什么命啊！”

“得，琴，打住，咱不演秦香莲的戏码！”颜樱很害怕三个人一起伤春悲秋的，那有啥意思？

04

馆子是朵渔选的，大学时常去的那家——“对面”面馆。

纪琴穿着藏青色长裤，上面是乳白色的小开衫，短卷发，面色蜡黄。朵渔穿着中国风的翠绿色棉麻长裙，上配纯麻色小背心，外套同色长风衣，整个人瘦得盈盈一握。颜樱脚踩一双黑灰两色相间的镂花高鞠长皮靴，身穿橘色马裤，同色系薄羊毛衫，一把头发被一块灰色头巾包成海盗样，涂了重重的口红。朵渔看了笑，叫她“妖婆”。

从前一家吃面的小饭馆，现在倒有了很大的门面，有了很气派的包间，颜樱里里外外看了个遍，说：“现在的学生比咱们那会儿有钱多了，从前，这档次，咱们谁敢进来啊！”

三个人进了小包间，包间里倒朴素，一张酱紫色小方桌，几只碟，外面用蓝色的釉写着：对面。

服务员进来，是个脸红扑扑的小姑娘。外面一阵吵嚷，是些女孩，嚷着要冰啤。朵渔很仔细地要了几个清淡的小菜和现压的荞麦冷面。

纪琴给朵渔和颜樱倒大麦茶，朵渔说纪琴瘦了，上班很忙吗？

纪琴笑了一下，半晌才说："我进了付北兴的公司！"

消息"砰"地在小包间里炸开了一朵一朵的小花，朵渔跟颜樱立刻瞪圆眼睛："这么巧？"

颜樱的联想跑了十万八千里："琴，这是老天爷给你们鸳梦重温的机会。从前恋爱未满的两个人，再次相遇，天雷地火……"

纪琴白了颜樱一眼，有些害羞似的，拿张纸巾擦拭着筷子，说："真的像小说似的，他回来做公司很久了，找个工作不容易，我就……你们别瞎想，他是公司的头儿，我是小兵儿，离得八丈远！"

颜樱瞟了一眼朵渔，意味深长地笑了："琴，你还真别不信，怎么就那么巧呢！你要不离婚，也不会出来工作；不出来工作，也不会遇到付北兴。啊呀，越想越靠谱，没准就是前缘未了呢！说真的，当初若不是我搅那么一杠子，你俩没准早就双宿双栖了，何至于现在这样……"

纪琴叹了口气："也没准就什么样呢，在一起，分了也说不定，你看朵渔跟韩彬，当初多让人羡慕，现在也不……所以，樱子，我现在特别信命：命里有，躲也躲不过去；命里没有，求也求不来。顺其自然吧。"

朵渔笑了一下："咱们的情况不一样的，你不能因为一人落水，就一竿子打翻一船人！琴，你还真别消极，这世界什么奇迹都可能发生。"

纪琴不想再说付北兴了，转移话题，问朵渔婆婆什么时候走，朵渔叹了口气，说："没说呢，天天兴冲冲给我做饭，让我调理身体要宝宝！"

颜樱拍了一下朵渔："那就要啊，然后挟孩子以令前夫，看那小妖精原子弹还有啥威力！"朵渔笑了："净胡扯，我要是那种人，能到今天？"

"说得也是！"颜樱松开手，"个性决定命运。朵渔，你那个性不送到你手上，你都不接着。哪像我，跟田菲菲像两只狗抢一只破抹布……"

纪琴叹了口气："朵，事后诸葛亮，你跟韩彬如果有个孩子，可能……韩彬那么喜欢孩子，那么爱你，我总觉得他跟小丹这事……"

朵渔也跟着叹了口气，转动着手里的杯子："这事还真跟孩子没关系。

我也觉得韩彬不是这种人，我不相信天下的男人都是下半身决定上半身。但是，怎么说呢，就是现在夜里醒来，我仍然会想会不会就是做了个噩梦……”

“得，咱仨是出来 HAPPY 的，不扯这些伤心的事！”颜樱给两位姐姐倒上啤酒，说，“来，为咱仨重新变成单身贵族干杯！”

朵渔说：“琴，你没见上次她老虎一样冲出去掀人家桌子，真猛！”

“真的猛士敢于直面惨淡的人生，敢于正视出轨的老公，敢于挑战不怕死的小三……”颜樱义正词严的样子把朵渔和纪琴都逗乐了。

朵渔想起什么，把自己身后的大袋子拎到前面来：“沈家宁去香港迪斯尼带回来的，送给端端吧！”

纪琴看了一下，是各种各样的米奇糖果，还有玩具。“沈家宁这老板对你还真够上心的！”朵渔说，“我是他挣钱工具啊，资本家收买人心的功夫可不是一流的嘛！”这话说得言不由衷，心里还是有几分甜蜜。

颜樱嘬着嘴长长地叹了口气说：“你们俩好啊，一个跟付北兴再续前缘，一个有青年才俊暗送秋波，只有我，跟个猪头老方混得人不人鬼不鬼的！”

“哎，对了，前些日子你不是在 MSN 上跟我说你认识了个叫什么涛的吗？”朵渔问。

“唉，别提了，说起来烦！那人磨磨叽叽认识没几天就问我有多少财产，房子多大，存款多少。我倒想问问这位爷是想找人结婚还是想混成拆白党吃软饭！”

“老方想复婚？他跟田菲菲离了？”

“让田菲菲给算计了，好像丢了不少钱，想起我的好来了。得，别提他了，堵得慌！”

颜樱自己都给不出自己一个再跟老方拉扯的理由，说出来给两个姐妹听，肯定也是一通挨批。

纪琴说：“老墨相亲认识个女教师，端端有后妈的日子不远了！”

“这么快？”朵渔跟颜樱异口同声。

纪琴一口喝掉一杯啤酒，又给自己倒上，眼泪汪在了眼里："我一想起端端会看着后妈的眼色过日子，我就吃不下睡不着！"

"琴，你别急，还有那老巫婆看着孩子呢，她是奶奶，总不会看着孩子吃亏的！"朵渔给纪琴宽心。

"老墨这王八蛋，都过三十了还不断奶，当初不是说一辈子不娶嘛，这眼泪还没干呢，就只见新人笑不见旧人哭了，真他妈的孙子！"颜樱气得"当"地把手里的一只玻璃杯摔在桌子上，酒水洒得到处都是。

一时间，三个人都沉默了。好半天，还是朵渔说了句："人世间最痛苦的事莫过于，我想永远甜美地睡着，这个残酷的世界却一直让我醒着。来，咱们干杯，再怎么样，生活都要继续下去，没有男人我们又不是不能活，我们只是需要男人，又不是依赖男人，没有男人不能活！有，则锦上添花；没有，也没关系。来，给自己一个赫本式的微笑！"

"要梦露式的大笑！"颜樱先笑了起来，三只杯子碰到了一处，泡沫顺着杯子壁流淌下来，"聊点别的，什么时候咱们仨出去旅行吧！咱们无牵无挂，肯定玩得尽兴，去看海！去爬山！"

颜樱的情绪很容易高涨。纪琴微笑着看着她，朵渔也笑着，说："好，咱们都抽出一点时间来，一起去！"

话题从悲伤得化不开的婚姻的调子里拔出来，转移到淘宝、穿衣、奢侈品上去，还有娱乐圈情侣那些分分合合的情事。纪琴说："她们该有多难过，天天看着曾经相爱的人，现在牵着别人的手高调秀幸福！"朵渔叹了口气说："到底要有多勇敢，能不念念不忘呢？我现在巴不得我是失忆的，一切都忘了最好！"

女人八卦总是很快乐。包间里有K歌的影碟机，颜樱叫服务员给放上，然后说："咱们有话在先，悲伤的不要，谁要是把别人带哭了，我就跟她断——交！"

三个女人鬼哭狼嚎地唱歌，一把鼻涕一把泪，真的很痛快。纪琴说："跟你俩在一起真好，感觉自己在一点点活过来！"听了这句话，朵渔抱了纪琴，她能理解纪琴的感受，真的就像死了过去，一点点活过来。

当初颜樱离婚，朵渔没太当回事，这丫头本就风风火火的，老方不靠谱又不是一天两天，现在想来，再糟糕的婚姻，从里面逃离出来，也会撕心裂肺地疼吧？

婚姻不像买彩票，不中，随手就可以撕掉。对一个女人来说，婚姻究竟是什么呢？

窗上明晃晃地用不干胶贴着“对面”两个字。对面，一个男人和一个女人面对面，相爱，或者离开，一张纸说了不算，那么，干吗又非要那张纸呢？

婚姻是在保障着双方的财产，人离开了，那张纸至少还可以保障你的青春没有白费，传媒大亨默多克跟第二任妻子离婚付出了十四亿欧元的代价。可对普通女人来说，除了红本换绿本，恐怕能拿回自己工资的都少，还带着一身伤痛……

都说女人是男人的学校，从一个女人这毕了业，到另一个女人那，男人已经是优等生，魅力非凡，仍可以找年轻小妞。女人呢，教会一个学生，能量消耗得差不多了，再开始一份新感情，无论如何比不上第一次走进婚姻里的全情投入或者是掏心掏肺了。当然，再找的男人也都多是过了气的，一身臭毛病，却把自己当成了离婚女人的救世主。遇对人，那简直要念一声“阿弥陀佛”了。

是谁说的：女人啊，赢不了。

颜樱说：“我下辈子做男人！”

纪琴哭：“我没啥出息，我只想一辈子守着一个男人过日子！”

朵渔抽出颜樱的烟点着，抽了一口，呛出眼泪来。

05

朵渔跟韩彬那一晚相拥而眠，朵渔竟然睡得格外踏实。只是醒来时，身边已经空了。韩彬没吃早饭就离开了。

一整天,朵渔都有些神色恍惚。婆婆问话,有些答非所问。婆婆说:“朵,你的脸色不好，是不是哪儿不舒服？”

朵渔很使劲地扯出一丝微笑：“没有！”韩彬一个电话都没打来。到吃晚饭时，还是婆婆打去电话问他回不回来。

韩彬一身倦容进了家门时，朵渔给他拿拖鞋时注意到，他并未瞥自己一眼，甚至也没跟自己说句话，吃饭时，也只是接了婆婆的话茬儿说话。朵渔的心里堵了块大石头，这算什么？自己那么贱，本该把他一脚踹开的，还存不死之心，难道真的要像颜樱一样……朵渔恨自己恨得咬牙切齿。

韩彬在书房里待到很晚都没进房间。朵渔一个人躺下，头疼得厉害，又害怕惊扰了婆婆，躺在黑暗里，夜无边无际地漫长。

那之后，韩彬和朵渔维持着表面的和平，也说话，也一起进厨房做饭，晚上，也躺在一张床上，只是，楚河汉界分得明明白白。

原本就是一出《潜伏》的戏码，何必要演成旧情未了的桥段呢？

朵渔的心凉了一层，人格外敏感，表面却是淡淡地冷漠。

公公的血压一直不太稳定，放他一个人在家，婆婆不放心，再加上韩彬一再暗中打电话让父亲催促母亲回家，于是婆婆终于要打道回府了。

朵渔暗中舒了一口气。去商场里给婆婆买了件羊毛绒大衣，又买了双羊皮软靴，给公公买了毛衣和跑步鞋。

提着大包小包，脚掌火辣辣地疼，带着婆婆坐在避风塘。婆婆突然说：“朵朵，妈想问你句真话，你跟小彬是不是分开了？”

朵渔心头一惊，急忙说：“妈，你怎么会……”

婆婆的目光死死地盯着朵渔的眼睛，朵渔不是好演员，败下阵来：“妈……”

“你跟小彬太客气了，夫妻间的那些亲密动作你们都没有。就是坐在沙发上看电视，你们都没句话。那天，我让你们去医院检查一下是什么原因没有孩子，你们俩那眼神我就觉得有问题……还有，我看你们的柜子了，小彬只有几件现穿的衣服在家里，其余的都没在……”

朵渔的目光落到面前的奶茶上，不知道怎么回答婆婆。

“是韩彬的问题吗？他跟了那个小丹？”

朵渔惊讶地抬起头，婆婆目光如炬。婆婆继续说：“我做了几十年人事工作，这点眼力总还是有的。我来这么久，按理小丹总该来拜访一下，可是没有……我来之前，就总做噩梦，梦见你跟韩彬出事了，没想到……”

朵渔努力让自己平静下来，说：“妈，两个人的缘分尽了，不能赖任何一个人。真的，我不恨韩彬，至少这十年里，他给我的爱是真实的，那些幸福也是真实的……我跟韩彬无缘做夫妻，我也希望做您的女儿，只要您不嫌我……”朵渔哽咽住了，韩彬妈妈握住了她的手，说：“是我们韩家没福气有你这么好的儿媳妇！朵渔……我有句话不知当讲不当讲？”

“妈，你跟我怎么这么客气呢！”

“我总觉得韩彬不太对劲，他看你的眼神里不像是很绝情的，他还是会紧张你。那晚你跟纪琴她们出去吃饭，他一直没睡等你回来。还有，如果他真跟小丹好上了，这段时间，你见着他接电话了吗？你见着他出去很久不回来吗？我自己的儿子我了解，他不是个滥情的人，说句难听的话，小丹那样的女孩入不了他的眼……”

朵渔的心有些乱。婆婆来家里的第一晚，韩彬紧紧地抱住自己，她心里就挂了个问号：不是不爱了吗？为什么像难舍难分似的？

那天自己在厨房里开高压锅，热气蹿上来，吓得她大喊一声，韩彬一下子冲进来，脸都吓白了，赶紧让朵渔进房间，说：“你还是别做饭了，伤着自己可怎么好？”

朵渔一直想问韩彬：婚都离了，为什么还对自己好？让自己不能对他死心？但朵渔不是颜樱，她不愿意开口问，不愿意让韩彬觉得自己还纠缠在已经在法律上没有效力的婚姻里，不愿意让韩彬觉得她还自作多情陷在过去不能自拔。现在，婆婆居然也有这么多疑问，朵渔的心颤了起来：难道韩彬真有瞒着自己的事？

婆婆说："我跟小彬谈过，可他什么也不说！你们之间是不是有什么误会？"朵渔抬起头看着婆婆，眼泪噼里啪啦往下掉，说："妈，我也不知道，我不知道韩彬怎么了，他什么都不说，却让我知道他跟袁子丹在一起的那么多细节……"

婆婆的手温热，朵渔的手冰凉。那晚，韩彬没回家吃晚饭，手机关机。朵渔跟婆婆吃饭时说："妈，韩彬做什么，总有他的道理，咱们都给他些空间，别逼他，行吗？"

婆婆摸朵渔的头，说："朵，难为你了。如果失去你，会是韩彬这辈子最大的遗憾的！"一句话说得朵渔眼泪汪汪的。

韩彬过了三十岁了，他管理着那么大的公司，他做什么，总有自己的分寸的。他跟袁子丹或者是别的女人怎么样，朵渔都不想知道，这次婆婆走了，两个人真就桥归桥路归路了。朵渔咬了咬牙，心变得铁一样，她不允许自己再有任何犯贱的举动，她是林朵渔，她不能低到尘埃里开出一朵花来。

但是，很多事，她要跟他谈一谈，就是出局，也总要弄个水落石出，这样不清不楚，别说旁人看着起疑心，自己也在心里挂着一个又一个问号，他有必要给她个认真的答复。可是还是犹豫，真的还有必要问吗？他们那一段已经翻了页，成了过去时……

那晚，韩彬醉醺醺地回来，朵渔跟婆婆给他脱衣服时，他吐了朵渔一身，躺在床上，他喊："朵渔，朵渔，你听我说！"朵渔站在那儿，一时间全身的力气都像被抽走了一样。

婆婆帮着收拾，说："真是孽障，放着好好的日子不过，瞎折腾！"

朵渔再次下定决心：韩彬醒来，自己无论如何要跟他谈一谈。他是知道纪琴家住哪儿的，他怎么会那么笨偏偏让袁子丹租了那个小区？他是不是得了绝症怕自己难过？这念头往外一冒，朵渔自己先吓了自己一跳。

安顿好韩彬睡觉，朵渔进了韩彬的书房，翻看抽屉和电脑，想看看有没有什么异常的地方。电脑上的桌面还是朵渔给设的，一棵翠竹，秀丽挺拔。电脑里两个人出去玩拍的那些照片也都在，抽屉里有一些公司的文件，还有一个牛皮的小本子，上面记着一些数字，还有的好像是日期……

朵渔正琢磨着，电话响了，是佟童打来的。他喝了酒，有些大舌头：“姐……姐，你管管朵汐吧，她……她要生孩子！”

“生什么孩子？”朵渔不解，“你们有孩子了？”

“孩……孩子不是我的，呜呜呜……”电话里佟童居然孩子一样失声痛哭了起来。

“什么？不是你的孩子？佟童，你别急，咱们有事好商量，你先好好休息，我找小汐！”

这段日子，自己真没顾上问小汐的事，上次她要跟佟童签什么婚前保证书，这才不过两三个月，怎么就出了这事？

朵渔心急火燎地打电话给朵汐。朵汐那边人声嘈杂，她说：“姐，我在病房呢，病人家属来闹事，现在没时间，一会儿我打过去！”电话“咚”地挂了。

06

朵渔一夜睡得都不安稳，一会儿梦见小汐汗淋淋地生孩子，一会儿梦见她伸着手喊：姐，救救我。背景都是不变的，朵渔仓皇得如一只老鼠，不知道怎么样帮朵汐，韩彬在一边冷冷地看着，醒来，浑身是汗，身上一点劲儿都没有。

想着婆婆要赶八点的飞机，要准备早餐，朵渔起来，开了门，听见婆婆在书房说话，声音不大，似乎是在盘问韩彬。朵渔迟疑了一下，站在了书房门外。

“你到底是怎么想的，当初跟朵渔你非她不娶，她非你不嫁，这才几年？你到底有什么苦衷，你说给妈听，妈不信你喜欢那个小丹……”

韩彬没说话，一直没说话。婆婆哭了起来，说：“我就你这么一个儿子，我一直都不操心，原指望着再过两年，你们有了孩子，我跟你爸就过来，一家人在一起……”

朵渔的眼泪顺着脸颊淌了下来，她曾经想过把自己的父母和公婆都接过来，然后可以让他们结伴儿出去旅行，也可以做个朋友，喝喝茶，聊聊天，一大家人，多好！

从前，以为那是伸手可得的日子。可是，现在看，那不过是个最遥远的梦想。

烤了面包，煎了鸡蛋，热了牛奶，叫婆婆和韩彬出来吃饭。三个人默默地坐在餐桌前，婆婆又掉了眼泪。她说："朵渔，别总待在家里，出去多结交些朋友，要不然就去旅行，想去哪儿都行，妈给你钱！"

婆婆一句话把朵渔的眼泪又勾了下来，她努力让自己声音平静地说："妈，你放心，我会好好过的，我在工作了，过两天就要去乌镇！"

送走眼泪汪汪的婆婆，然后把钥匙扔给韩彬让他自己回去收拾东西，朵渔脸灰灰地站在地铁站边。韩彬远远地走过来，说："去哪儿？我送你！"

朵渔很无力地瞅了韩彬一眼，说："不用！"

韩彬问："小汐出事了吗？"

朵渔的目光凌厉地剜了韩彬一眼："你知道些什么？"

"有一天，我看到小汐在路边跟一个人撕扯，我过去问是怎么回事，小汐说是个无赖，然后我把她送回了医院！早上你打电话时，我听了一耳朵……"

朵渔跳到地铁上，透过窗，看到韩彬的一张脸，清晰，陌生，遥远，终于什么都不见……

在医院对面的茶餐厅见了小汐，小汐进门就抱怨："我的有钱姐，你就不能请我去吃顿大餐吗？我一闻这里的饭味就想吐了！"

朵渔没理小汐的茬儿，直接问："你怀孕了？是谁的？"

小汐坐下，拿着菜单看，朵渔一把抢下来："说话呀！"

小汐拧过头去，说："佟童向你告的密？他还好意思说！"

"别避重就轻，说重点！"

“一夜情，是个无赖！”小汐说得轻飘飘的，招手叫服务员，点菜。朵渔真叫没了脾气，小汐不过小自己五岁，怎么像隔了几代人似的，怀孕这么大的事，她到底想怎么样？

朵渔让服务员待会儿再来，继续审问小汐：“你是不是觉得我还不够乱，到底是谁的孩子啊？一夜情的，你还不赶紧处理掉，留着干吗？”

“别劝我，谁劝我我跟谁急，这孩子我要定了！我就是要给佟童看看，不跟他结婚，我林朵汐也照样能过得好好的。”

朵渔的脑子嗡嗡响，她上去给了小汐一巴掌，说：“林朵汐，我不知道你跟佟童耍什么花腔，但是，让一个孩子来这个世界上，是要承担责任和义务的。你是要带给他幸福和安全感的，而不是跟一个男人赌气，或者是一时有了欲望作孽就让他来到这个世界上！”

朵渔也没想到自己会那么用力，五根手指印清晰地印在朵汐的脸上，朵汐的眼泪噼里啪啦掉下来，她说：“姐，我今年二十七岁了，我知道我想要什么样的生活，我也知道如何处理我的感情，不用你操心！”

朵汐抓起包冲了出去，朵渔的脸火辣辣的。自己的婚姻一团糟，有什么资格对小汐指手画脚，只是，她真的不能要这个孩子，小汐不是那种很随便的女孩子，怎么会一夜情呢？韩彬说那天在路上跟小汐纠缠的男人又是谁呢？自己该怎么向父母交代呢？

朵渔打电话给佟童。

佟童猫着腰横穿马路时，朵渔觉得他像是一只未老先衰的动物。

佟童的很多特质很像韩彬，朵渔的老家有随门风一说，是说进一家门的人总会很像，是同一类人。朵渔曾经私下里跟小汐说过：“咱们林家的两个女婿都很憨厚，这很难得！”

现在看来，这话像是在扇自己耳光，一个阵前逃跑，一个还没入局就要出局。

佟童坐在朵渔面前，脸上汗涔涔地叫了一声“姐”，便沉默住了。

朵渔一时也不知道要从哪句话说起，半天，问：“你们怎么了？”

佟童转着手里的茶杯，杯子里的茶叶轻轻向上浮，一杯子水绿汪汪的。

“小汐要跟我签婚前保证书的事我说过的吧？我觉得她不信任我，不想签，结果她就说我不爱她。我们俩闹别扭也是常有的事，几天就好了，谁知道这次小汐去喝酒，结果喝醉了让一男的占了便宜……”

朵渔觉得自己像是意识游离了身体，眼前一黑。

再睁开眼睛时，朵渔躺在了病房里，面前是纪琴和颜樱，当然还有小汐。朵渔挣扎着要坐起来，纪琴按住她，颜樱说：“不逞能，你会死啊！”

朵渔头疼欲裂，两个太阳穴像穿了根铁丝。小汐过来，怯生生叫了声“姐”，朵渔并不理睬她，她对纪琴说：“我没事儿，大概有些血糖低，过会儿就好了！”

纪琴握着朵渔的手，说：“小汐打电话时，吓死我了！朵渔，这段时间……”纪琴的眼睛湿湿的，不知道如何说下去。

颜樱问：“要不要告诉韩……”

话音未落，韩彬一脸焦急地闯了进来：“怎么会晕倒呢？各项检查都做了吗？”

屋子里站着的三个女人面面相觑，朵渔强笑了一下，说：“只是想装装可怜，让大家关心一下，没事的！”朵渔的话软绵绵的，倒让屋子里的每个人都感觉出了心酸。

韩彬立了一会儿，慢慢转身出去。朵渔以为他还会进来，却没有等到他。

她在等他吗？意识一出，朵渔自己把自己吓了一跳。

07

沈家宁是在第二天接近中午时分来看朵渔的。

病房里只有朵渔一个人，沈家宁拿着一束百合花，一只果篮。朵渔笑了：“也没事，小毛病，头晕而已，用不着老板亲自探视吧！”

沈家宁坐下，剥了一个橙子给朵渔。阳光漫过窗台，在墙上打出疏朗的格子来。

早晨沈家宁打电话给朵渔说乌镇那边的设计，朵渔说自己在医院里，她没想到沈家宁会来看自己。

沈家宁说："出院了，就去乌镇吧，那边宁静，远离一些人，远离一些事，带上几本书，放松放松！这段时间，你太紧张了。"

朵渔开玩笑："不是去工作吗？那么重要的一个活儿我要搞砸了，可就没饭碗了！"

沈家宁把橙子递给朵渔，说："活我给你兜着，你好好休息就是了！"

跟沈家宁合作了大概有三年之久，他从来都是话不多，却很细心地替朵渔做好了一切。难怪颜樱说朵渔是个有男人缘的人，一个韩彬就够让人羡慕的，还有个蓝颜知己沈家宁。朵渔很真挚地说："家宁，谢谢你！真的！"

沈家宁站起来找花瓶插那束百合，说："谢我就赶快好起来，用你的话说，我这资本家还要压榨你的血和汗呢！"

朵渔把一块橙子咬在了嘴里："能遇到你这样的老板，我这辈子都不跳槽了！"

沈家宁盯住朵渔的眼睛："真的？"

朵渔点点头："真的！"

去乌镇之前，朵渔跟小汐又谈了一次。

这次她没有指责小汐，只是说："一个女人一定要有自己过好日子的能力，要有别人不能拿走的东西，什么事，都不能意气用事，不能用感情去惩罚一个男人，更不能用一个孩子报复另一个人。可以不爱，但是，别为你爱过的那些日子悔恨！"

朵渔说完这些话好像消耗了全身的力气。朵汐说："姐，你现在像情感专家了！"

久病成医，朵汐还年轻，朵渔不想眼睁睁地看着她走那么泥泞艰难的路。

小汐答应她会做慎重考虑。朵渔想再说点什么，这是个太现实的社会，未婚妈妈要遇到什么样的白眼，孩子的成长环境，大概都会是小汐始料未及的。

只是，朵渔不想一次说太多，说太多，万一小汐起了逆反心就糟了。

“姐，我觉得姐夫还是很关心你！那天我打电话说你晕倒了，他急得不行，还说如果不行就联系转院！他那天正招待客户，可是几分钟就赶来了……还有，好像，好像，他跟小丹也并没在一起。”

“他们没在一起？”

“嗯，我知道你跟姐夫的事，我去找过小丹，小丹什么都不说只是哭。后来，她说，将来，我们会原谅她的！然后，前些天，佟童跟我说他遇见小丹跟一个年轻男人手牵手逛街。你说姐夫是不是遇到什么过不去的坎儿，怕连累你，才拿小丹当幌子的？”

联想起婆婆那天在避风塘说的话，朵渔平静下去的心又掀起了惊涛骇浪。

韩彬的身体出了毛病？再或者是他的公司有了问题？什么原因会让他撒那么个弥天大谎呢？

朵渔出院那天，她打电话给韩彬，说：“如果你有空也方便的话，我希望你送我一趟！”

韩彬帮朵渔办了出院手续，朵渔坐进了韩彬的车里。朵渔说：“我想吃你做的菜，可以吗？”

韩彬把车开到超市，他让朵渔在车上等着，他进去买菜。

路边树上的叶子都快落光了，外面猫着腰走路的人大概都感受到了初冬的寒冷。朵渔穿着米色羊毛绒大衣，手脚很凉。

她在试探韩彬，如果他不爱她了，她可以放手。但如果是其他的原因，他松开了拉着她的手，她不同意。

回到家，韩彬像殷勤的老公一样铺好被子让朵渔躺下，给朵渔热了牛奶，让她先喝下去，睡一会儿，他去厨房做饭。朵渔变成了很乖的孩子，他让她怎么她就怎么，不反驳。

朵渔真的有些困了，很想睡，但却害怕一觉醒来，韩彬扔下自己走掉了。韩彬给她灌了一只热水袋进来放在脚边，看到朵渔瞪大眼睛看着自己，说：“睡会儿吧！做好饭我叫你！”朵渔突然伸出胳膊凌空抱住韩彬，说：“我不睡，我害怕睡着了，你就偷偷溜走了！”眼泪顺着朵渔的面颊流下来。她一向是不示弱的女人，她很少在韩彬面前表现自己的脆弱，可是，现在，她想把自己身上最硬的壳子都敲掉，让他看到自己的软弱，让他现出原形来。

韩彬僵硬地抱着朵渔，好半天，他松开她，说：“听话，我保证不走，好吧？”说完，转身轻轻把卧室的门关上。

朵渔真的睡着了，梦见她跟韩彬生了个小 BABY，粉嫩嫩的一团，两个人为起名字争来争去的。突然韩彬黑了脸，把孩子凌空扔给她，说这孩子根本就不是他的，他赶朵渔走，朵渔哭醒过来。韩彬系着趴趴熊的围裙站在自己面前，天黑了下来，韩彬见朵渔醒了，啪地打开灯，卧室里的灯光柔柔的，朵渔长长地舒了一口气，幸好是在梦里。

韩彬递给她毛巾，问：“做噩梦了吗？”

朵渔点了点头：“梦见你欺负我！”

韩彬没有接下去，只说：“洗洗脸，开饭了！”说完转身进了厨房。朵渔注意到他没有看自己的脸。他在逃避什么？

朵渔换了件淡粉色低胸蕾丝边的丝绸睡衣，那是颜樱送给朵渔的生日礼物，送来时她还说便宜韩彬了，只是朵渔一次都没穿过。今晚，她要穿，站在镜子前，肌肤胜雪，她回手把长发盘在了脑后，想想，又觉得这样太硬，不够柔软，把头发重新放下来。清清爽爽坐在韩彬对面时，韩彬居然做了六菜一汤。他抬头看到朵渔的打扮，愣了一下，急忙盛汤来掩饰尴尬。

两个人相敬如宾吃完一顿晚饭，朵渔帮忙收拾碗筷时，韩彬把她推到了沙发上，说：“这点活儿，我自己做就行了！”

收拾完厨房，韩彬有些多余似的在沙发上坐了一会儿，说：“我打电话叫纪琴或者颜樱来陪陪你吧！”

电视里正在重播电视剧《金婚》，朵渔一句也没听进去。她盯着韩彬看，突然紧紧地抱住他，使劲地吻韩彬，像要用光身上所有的力气一样，人虚飘飘的。韩彬含混地说：“朵朵，朵朵，咱别这样！”

朵渔不管，她的唇落到他的唇上，手拉他的衬衫，谁能挡住一个视死如归女人的情欲吗？

朵渔觉得那一刻自己像只母狮子，无论怎么样她都不会在他面前投降。她甚至也不知道自己那么虚弱的身躯会有那么大的力量，像火山喷发一样。

从前，总是韩彬主动的多些，韩彬笑朵渔是那个坐享其成的老佛爷。韩彬一再说："朵朵，朵朵……"

朵渔把自己变成了一只齿轮，她要在韩彬身上印上自己的痕迹，她还爱他，她不能让他从自己的生活里消失，她不想那么漫长的夜一个人守着一张寂寞的床，她一生只想爱一个人。

韩彬先是拒绝，然后像被烈火点着似的，他竟然也是泪流满面，说："朵朵，我不值得你这样，真的不值得！"

她跪在韩彬面前，满脸悲怆，说："韩彬，我做我能为你做的一切，就是此刻，若能换回你的爱，你让我死，我眼都不眨一下！"

那是极没自尊的话，那不是朵渔能说出来的话，但是朵渔豁出去了，放手一搏，她只想让他坚信，无论遇到什么事，她都愿意跟他在一起。

朵渔期待的是韩彬跟自己相拥而泣，然后把自己心中山一样的困难说出来，自己跟他患难与共，重修旧好。

只要是相爱的，就没有什么好怕的，哪怕是面对死亡。

然后，韩彬没有如她期待的一样。

08

韩彬推开朵渔，双手捂住脸痛哭失声，说："朵朵，就算是做错了，就算是你原谅我，我们也都回不去了！"

"为什么？彬，告诉我，到底怎么了？你没跟小丹在一起，你还爱我，为什么要跟我离婚？"

问话像在房间里撞到了四壁，韩彬低咽的抽泣声良久回旋着，让朵渔觉得自己像在一个悠长的梦里。心那么疼，身边的这个人那么冷，自己把话说到那个份上，把自己推到了无助的境地，可是他呢，他说回不去了，太多的语言消失在胸口……

朵渔坐直身体，一点点整理衣服。

韩彬开始说话，有些语无伦次，但是，朵渔的耳朵清醒着，生怕漏掉一个关键的字。

韩彬说："从大连回来，你回东北老家，我喝醉酒跟小丹……我很后悔，但没办法回头，想这样也好，让小丹做掩护，我是不想让自己在你的心里太过低劣，因为，我不仅背叛了你，我还出卖了我自己……"

朵渔的身体又轻成了一根羽毛，仿佛风一吹就可以吹到天上去。

"还记得大连旅游那次吧，公司被人坑了一笔，然后陷入财务危机，面临关门破产的危险。你知道这公司倾注了我多少心血，况且公司一旦破产，不仅仅是关门那么简单，还要面临着法律责任……"

朵渔几乎连喘气都不敢，生怕自己喘气喘重了，惊扰了韩彬说话。她努力想着那段时间自己在干什么呢，为什么都没有察觉问题那么严重呢，自己真的不是个好妻子……

"伍兰秀你还记得吗？"

朵渔的脑子使劲转，一张张黑白照片闪过去，终于闪出一张彩色的来，鱼膘样的胖，不到一米六，爆炸头，人很嚣张，身后总有几个壮男。朵渔的思维停顿了一般，眼睛瞪得很大，盯着面前泪痕已干的男人："为什么说到她？"

"在公司最危难的时刻，她伸出援手，只是……她的条件是，要我离婚！她让我……做她的情人！"那些句子艰难地从韩彬的嘴里吐出来，每个字都刀子一样扎到朵渔的心上。

"你离不离婚跟她有什么关系？她让你出卖自己换取公司的苟延残喘？做情人？韩彬，你到底知不知道你在说什么？"

朵渔的声音锐利得像是用指甲划过玻璃，她歇斯底里："韩彬，你可以离开，但拜托你诚实点，不要拿一个比一个恶心的故事来欺骗我！"

她说："韩彬，我没想到咱们俩走到最后，要以这样的谎言收场……你还是太不了解我了，你想离开，你只要跟我说，林朵渔，我喜欢上别人了，或者说，林朵渔，我厌烦你了！我林朵渔不会说一个'不'字！"

韩彬抬起头，满目悲怆："我说的都是真的。我跟小丹是因为喝醉了酒，跟伍兰秀是因为利益，我不配再跟你在一起，我就是不希望你那么难过，也不希望自己在你心中那么卑劣！"

朵渔笑了，笑得像着了一团火。她指着门说："韩彬，你可以滚了！你给我滚！"使尽全身力气扔了一只沙发靠垫。韩彬起身，像个叹号一样在门边换鞋，门开了，又合上，一切归于平静。

朵渔抱膝坐在沙发上，无悲无喜。

窗外，风雨交加。

闪电划亮窗子，朵渔的心里懔然一惧，她是害怕打雷划闪电的。小时候在家里时，这样的夜晚，妈妈总会跑到她跟小汐的屋子里，用很厚的毯子把窗子捂得严严实实。那时妈妈总说："将来不知道哪个男人可以这样护着你！"

结婚后，遇到雷雨天，就是再忙，韩彬也会跑回来陪着朵渔。韩彬的怀抱是朵渔的安全岛。

可是现实那么残酷。闪电划破窗，雷在窗子前轰隆隆地滚动，朵渔一动不动，原来绝望可以对抗恐惧，原来没有人宠，你只能什么都不怕。

朵渔没有哭，也没有动，只是那样一动不动如雕塑一样靠在沙发上。爱你的人伤你最深。朵渔的心慢慢在夜色里磨砺麻木，她想，那样就好了，那样就可以不疼了。

夜无边无际，像是要把人吞噬掉，雷电像要给人提个醒。雨噼里啪啦地打到窗上，朵渔的心里倒变得很宁静，如处子一般。

天亮了，阳光哗地照进来，风雨如作了案的小偷一般无影无踪，朵渔光着脚跳到地板上，拿起电话打给沈家宁："我准备好了，什么时候启程？"

两天后，朵渔站在了乌镇的西栅口。沈家宁替朵渔提着行李，他指着某一处刘若英做的广告牌："乌镇——来过，便不曾离开！"然后把朵渔带到一家临水的房子，房子里只有简单的用具，那便是朵渔要设计的酒吧。

沈家宁说："如果这里不方便，可以到另外的地方住！"朵渔趴着窗子看外面的那条河，说："我喜欢这里！"

放下行李，跟沈家宁出去逛逛。

已是初冬，风有些凉，但是还好，那样的青石板路，那样匆匆来、匆匆去的游人，没人知道朵渔心里埋藏着怎样的悲伤，更没有人知道这个清瘦温婉的女子有着怎么样破茧重生的一个夜晚。

生命里的某些人也一样，来过，便血肉混在一起了一样，不会真真正正离开。我们能拜托的只是时间。

沈家宁指着另一处田，说："春天的时候，那儿开着油菜花，漫天漫地，很漂亮！"

朵渔笑了笑，把头探进一家小矮栅栏门里去，一个年迈的老爷爷低头吃一碗面，全然没有看到他们的样子。

朵渔像个孩子一样，对一切充满了好奇，她回头对沈家宁说："这样的日子要怎么过，这么被打扰？"到处都是探头探脑的游人。

"安之若素！"沈家宁给出了这四个字。

朵渔沉默不语，的确，面对生活一个又一个突如其来的打击，你能做的就是安之若素。心境平和，每天给自己一个赫本一样的微笑，命运能拿你怎么样呢？

没人宠你，至少你还可以宠自己。

"请你吃顿好的！"朵渔兴冲冲地招呼着沈家宁。

沈家宁一身休闲装，帅气逼人。他说："大小姐，只要对的，不要贵的，我知道有家做的杭帮菜很地道！"

朵渔便跟在沈家宁后面，沈家宁说："这么听话，被卖了也不知道！"

"我现在倒很想被卖掉，深山老林里，暗无天日，只是日复一日，活到死……"

朵渔的悲伤还是不小心弥漫出来，沈家宁握了握朵渔的手，说："我们吃点甜的，甜的会增加幸福感！"

朵渔吃到了甜的小笼包，北方长大的她差点吐出来。

09

城中下第一场雪时，纪琴去家里见了李金玲一面。中午，李金玲打来电话，说有事找纪琴，她说："我腰不好，出门不方便，你来家里吧！"

家里仍然很凌乱，看得出李金玲的身体大不如前，人清瘦了很多。从前她是绝不允许自己的房间这么乱七八糟的。

纪琴欠着半边屁股坐在曾经是自己家的沙发上。离婚两个月了，回来，心里的感觉很复杂。

李金玲给纪琴倒了杯水，还削了个梨，人也和颜悦色的。她说："纪琴，你能来，我挺高兴的。我打电话时，还害怕你会拒绝我！"

"有什么话您尽管说，我不是武文涛的妻子，还是端端的妈妈！"

李金玲叹了口气，说："我就是想跟你说端端。我不知道你知道不知道文涛处了个朋友，没结过婚的，条件很好，他们要是结婚的话，恐怕要单独相处一段时间才好，中间隔了个端端……"

纪琴明白李金玲什么意思了，身上的血往头顶涌，但是她还是说："我今天就把端端接走！"

去端端的房间收拾孩子的衣服时，眼泪不争气地涌了出来。老墨到底是个什么男人，离婚时还哭着说自己一辈子都不再娶了，这才两个月！为了结婚连儿子都要赶出去，这究竟是个什么人家？

李金玲跟在后面，说：“纪琴，我知道你恨我，可是站在我的立场上你想想……”

纪琴努力地把眼泪收回去，不接李金玲的话。老墨回来，看到纪琴，有点吃惊，看到纪琴收拾端端的衣服，问怎么回事，纪琴冷着一张脸不说话。李金玲显然没想到武文涛中午会回来，脸上有些讪讪的，说：“纪琴要把端端接过去住些日子！”

老墨大概以为是事实，没吭声。

“给你大婚腾地方！”纪琴不大不小地来了一句。老墨的脸腾地红了，说：“妈，肯定是你的主意。端端碍着什么事了？端端要是走了，这婚我不结！”

老墨像个任性发脾气的孩子。纪琴在心里鄙夷了一下，自己怎么就嫁给了这么个窝囊废。

她尽量心平气和，说：“没事儿，本来我也是想稳定下来把端端接走的！”

从武家出来，纪琴走得飞快，老墨在后面喊她，她也没回头。

晚上，在幼儿园门口碰到老墨，端端为爸爸妈妈能一起来接自己高兴得手舞足蹈，嚷着要吃肯德基。

纪琴带着孩子去，老墨跟在后面。纪琴看也不看他一眼，只跟端端说话。老墨也没话，愁云惨雾地坐在母子俩的对面。

纪琴说：“儿子，跟妈妈一起住好不好？”

“好，爸爸也跟妈妈一起住吗？”

“爸爸要看家，不能住到新房子里来，只咱们俩，妈妈给你做好吃的，好不好？”

端端露出豁牙齿嘻嘻笑：“好！”

老墨站起来拉着端端的胳膊就走，纪琴拉住孩子的另一只胳膊，端端吓得哇地大哭起来。纪琴松了手，说：“武文涛，你要还是个男人，就别在孩子面前耍威风！”

老墨弯腰抱起端端，头也不回走出肯德基。纪琴的眼泪顺着面颊往下淌。

从肯德基出来，冷风吹得纪琴清醒了许多。街上车已经不多了，等了半天公车没等到，走到路口想打出租，电话响了，刚从包里掏出电话，身后“嗖”一下伸出两只手来，先抓了手机再抓包，纪琴死命地拉住包，却被一脚踹倒，摩托车飞驰而去。

纪琴爬起来时，周围空空荡荡的，路灯昏黄，世界像把纪琴遗弃了一样。

有路人把纪琴扶起来，说：“赶紧打电话给家人让他们来接你吧！”

打电话给谁呢？朵渔不在城里，颜樱的电话里只有一个冰冷的声音：“您拨打的用户不在服务区！”打电话给老墨吗？纪琴的心里恨意升腾。

一个号码冒了出来。她以为忘记了，却那样清晰地记了起来。

第一次见面时，他告诉她，旧的号码他又花钱买了回来。他说：“我是个念旧的人！”

把手机还给路人，纪琴看着黑暗的天空，还有远远近近的灯火，她突然变得很困，很想回家，躺在干爽柔软的棉被里，什么都不想，什么都不做，只是睡觉，三天三夜。

付北兴的车停在纪琴身边时，纪琴觉得自己快成了一根冰棍。

坐进车里，她不停地哆嗦，哭不出来，手上竟然全是血。

付北兴拉过纪琴的手，他轻轻一带，她倒在了他的怀里。泪水突然汹涌而至，她说：“你怎么那么狠，你怎么能说走就走，你怎么能把我一个人扔在这冰冷的世界里？”

纪琴和付北兴的生活停顿在六年前的一个玩笑里。

10

幸福是不能被比较的。有着韩彬鞍前马后对朵渔的照顾，便显出付北兴对纪琴的漫不经心来了。

朵渔胃不好，有段时间，每天早晨，韩彬都捧着一盆白粥站在寝室门口。颜樱看了总是啧啧撇他，说：“你也太模范了吧？我羡慕嫉妒恨啊！”

韩彬呵呵笑，说："对你好的人一大堆，你不要啊！"朵渔皱着眉喝白粥，纪琴也叹气："同人不同命啊！"

彼时，纪琴正费劲费力地给付北兴织一条毛裤。

在要嫁个自己爱的男人还是嫁个爱自己的男人这个问题上，朵渔是完美主义者，坚持要两个人相互爱才能走进婚姻，不然宁可单身。颜樱要找个自己爱的人，她说那样才有感觉，就是做那事，也能不烦。这句话把另外两个女生都笑趴了。

到了纪琴，纪琴说："找个爱我的吧，这样我总会慢慢爱上他，容易离幸福更近些！"纪琴说这话时，有淡淡的忧伤。在她跟付北兴这场恋爱里，自己更像是一个秘书，帮着付北兴跑前跑后。

有一两次，在学生会众人面前，付北兴会训纪琴哪件事没做好。纪琴的脸面下不来，跟他耍小性子，也不是吵闹，只是不言不语地一个人走开，不跟他一起吃饭，也不主动给他打电话。纪琴以为自己生气生得很明显，但付北兴那边稳如泰山，没句问候，也没个表示，倒是纪琴急得如热锅上的蚂蚁，抻不住劲儿，出现在付北兴面前，付北兴也不知道是装的不知道纪琴生气，还是真的没看出来，他很自然地指派纪琴做一些事，然后来一句："这两天怎么了？"纪琴说："我丢了，你知道找找我吗？"

付北兴抬头笑了，过来抱抱纪琴，说："净说小孩子的话！"

每次都是这样，付北兴用一点点好化解了纪琴心里的不平。也许是没有化解，只是爱着，便原谅了一切。但那点疑惑与不舒服还像一只没冒出头来的痘痘一样呼之欲出。

颜樱就是把那颗痘痘挤出来的人。

春末夏未初，寝室里停了暖气，干冷干冷的。先是朵渔得了感冒。姜汤、感冒药、热水袋，韩彬一天恨不得跑上八回。朵渔恃宠生娇，嫌韩彬买来的菜太油腻，嫌韩彬总催着吃药……

接着中了感冒的招的是纪琴，开始只是轻微地咳嗽，然后咳得天摇地动，付北兴陪她去了趟学院的医务所，拿了药。回来路过石锅拌饭的小店时，纪琴说自己想吃，两个人坐了进去，纪琴觉得自己的头很热，发烧，吃了几口便没了胃口，付北兴把纪琴的那一份吃掉，说：“想吃的是你，不吃的还是你！你呀！”

若是以往，纪琴一定不会计较。但是那天纪琴突然觉得自己委屈，自己是在跟一青天大老爷谈恋爱吗？在这场恋爱里，自己一直在付出，不停地付出，得到了什么呢？

也许是发烧生病的缘故，也许是心里积蓄了太多的委屈和不平，纪琴对付北兴说：“我怎么了，不过是让你陪我吃顿饭，就一脸不愿意。我找你这样的男朋友，我是贱得没人伺候吗？你需要的不是一个女朋友，而是一个保姆！”

付北兴放弃看湖人和犹他爵士队的比赛陪纪琴出来看病、吃饭，他不明白她为什么还发脾气，他跟她在一起，不就是因为她是不麻烦好脾气的女生吗？

付北兴转头付了账，大步走出小饭店，纪琴跟在后面。乍暖还寒，一出来一股凉风冲进衣服里，纪琴的眼泪也被风吹了出来。她想着付北兴哄一哄自己，他那么聪明，如果在意自己，怎么会不明白女孩的心思？

但一直到了纪琴的寝室楼门口，付北兴都没理纪琴。站在寝室门口昏黄的路灯下，丁香已经打了花苞，黑暗里仍能闻到幽深的淡苦的香味。

付北兴拍了拍纪琴的肩膀：“多喝点热水，好好睡觉！”纪琴泪汪汪地点了一下头，转身进了灯火明亮的寝室楼。

那一晚，纪琴梦见自己在火里烧，怎么跑都逃不开那团火，她大声喊：“北兴，北兴，救我！”

叫醒的是颜樱和朵渔，颜樱伸手一摸，纪琴的头烫成了火炭，颜樱说了句脏话，说：“朵渔，你帮她穿衣服，我去找车！”说完颜樱套上牛仔裤，披上衣服出去找人。

朵渔帮着纪琴穿好衣服，拿起纪琴的手机给付北兴打电话，电话通了，可是没人接。

颜樱很有本事，把学院里有车的公子哥找来鞍前马后当司机，等纪琴输上液天已经蒙蒙亮了。颜樱气得直骂娘:“付北兴这王八蛋，日理万机啊，连个电话也不接！”

朵渔说：“可能是睡着了，没听到！”

可是，整整一天，付北兴也没来一个电话，倒是颜樱忍不住，临近傍晚时打了付北兴的电话，那边“喂”了一声，颜樱就开始竹筒倒豆子不依不饶：“付北兴，你还活着啊？你是纪琴的男朋友吗？她是生是死你还关心不关心？为什么昨晚听到电话不接？就算没听到，今天看到有未接电话为什么不打过来？”

付北兴倒有大将风度，没跟颜樱计较什么，只是问：“纪琴怎么了？”

这倒让颜樱没了脾气，没好气地说：“在医院输液呢！”

一个小时后，付北兴进了纪琴的病房，颜樱还想说些什么，被朵渔拉了出去。

纪琴的眼泪很没出息地往下掉。付北兴坐在纪琴床前，说:“还发烧吗？”纪琴不说话，他的手覆到她的额上，然后说：“昨天喝了一点酒，所以……”

那之后，纪琴对付北兴的心思淡了许多。倒是付北兴，出现在328寝室的次数多了起来。

颜樱说：“不行，琴，你性子这么软，付北兴又是这么若有似无的，他这么出色，如果对你用情不深，今后的日子可怎么过啊？”

朵渔在一边修指甲，说：“那怎么办？跟他散？”

颜樱拉了拉纪琴的衣袖：“我考验考验他吧？如果他是真心对你的，只是不太会照顾人，也就算了！”

纪琴犹犹豫豫：“要怎么考验？”

颜樱沉吟了一下：“美人计吧，我知道建筑系有个女孩伍梅梅很喜欢付北兴，我们是老乡，我去动员动员她。如果挖角成功呢，她得到付北兴；如果不成功，她也死了这条心不是？”

纪琴没置可否，颜樱像从前鼓动三人用旧物找男友一样兴冲冲地实施方案去了。

Chapter 05

我们的故事，未始已终

世界真的很小，好像一转身，都不知道会遇见谁。世界真的很大，好像一转身，就不知道谁会消失……

01

乌镇的夜晚美得像一幅水墨画，粉墙黛瓦，远远近近是影影绰绰的灯光，人在其中，像是走进了梦境，或者是一幕老戏。暗蓝的天空中挂着一轮圆月，朵渔穿着紫色花香七分袖长 T 恤配卡其布长裙，脚踩黑色流苏软底小圆头皮鞋，手拿相机，穿街过巷。

小桥、红灯笼、小秋千，甚至是一面黑漆漆的墙，朵渔都是喜欢的。人变得轻盈起来，积蓄在心里的沉甸甸的负累全都抛出去了。

以后，一个人可以在这边买间房，然后守着这条小河，守着这些灯光，守着一些书度过余生有什么了不起的呢？

沉浸在乌镇的夜景时，居然没有想到韩彬。这样一想，还是想起他来了。朵渔叹了口气，想起送自己上飞机时纪琴说的话："把一切交给时间吧！"

时间是最好的良药，只是，朵渔不知道要忘记一个那样深刻融入自己生命的男人，要多长时间。

一直以为自己是个冷漠的女子，原来，那不过是些浮事，有或者没有，自然不会有刮骨割肉般的疼痛。

有咳嗽声，朵渔回头，是沈家宁，他是故意提醒朵渔。

他撑了一把伞，居然下雨了。刚刚月亮还很好，这会儿早已躲进云层里了。

有些冷。沈家宁把怀里的衣服递给朵渔，说："小心感冒！"

回到住的那间未来的咖啡店，朵渔跑去泡了两杯绿茶，沈家宁看朵渔拍的照片，说："求你件事！"

朵渔捧着一杯热茶，看着那些蜷缩在一起的小叶子舒展开身体，嘴角翘了一下："你是在英国留学的吗？"

"怎么？"

"装绅士！"

沈家宁笑了，说："我想让你给我当模特，拍些照片！"

"嘁！"朵渔撇了嘴，"少拿你老姐打岔啦！"

两个人坐着，说起上大学时的往事。朵渔说有一次艺术欣赏课，老师让说达利的好，朵渔不喜欢达利，但是她喜欢达利那句话：我热爱生活热爱到了有失体面的地步。于是朵渔说：达利对生活的狂热堪比疯子。偏偏那个老师是热爱达利热爱到了有失体面地步的人，他很不高兴，说："林朵渔同学，你去参加个选美或者去当个演员更靠谱，学设计，你没啥天分！"

沈家宁说:"那老师在哪？我要去找他，告诉他你是个多出色的设计师！"

朵渔笑:"他没说错，一直在遇到你之前，我做的设计都没人给掌声！"

"这么说我是伯乐喽？"

"我没说我是千里马！"两人大笑。

沈家宁打开电脑，刘若英的歌响起：

请允许我尘埃落定用沉默埋葬了过去

满身风雨我从海上来才隐居在这沙漠里

该隐瞒的事总清晰千言万语只能无语

爱是天时地利的迷信喔原来你也在这里

啊那一个人是不是只存在梦境里

为什么我用尽全身力气

却换来半生回忆……

若不是你渴望眼睛若不是我救赎心情

在千山万水人海相遇喔原来你也在这里……

朵渔愣了一会儿神，说："天晚了，睡觉吧！"

不过是九点钟。从前在城里，朵渔会在网上泡一会儿，或者是缝着一只十字绣等着韩彬回家。

那仿佛是十辈子以前的生活了。

恍如隔世。

朵渔站起来，从沈家宁身边走过时，他突然拦腰抱住她，两个人谁都不动，甚至谁都不敢呼吸，生怕惊动了些什么。

良久，朵渔的手摸了摸沈家宁的头，说："早点儿睡，明天要开始工作了！"

沈家宁松开手，朵渔闪进自己的房间里，房间里有木头的味道，有雨水的味道，也有沈家宁头上洗发水的味道……

朵渔抱着干净的被子躺下，心里无风无雨。外面，雨打着窗子，滴答，滴答，客厅的灯光仍亮着，刘若英的歌声低低传来，是《为爱痴狂》。

人在蒙昧间，短信提示音，抓过手机，是沈家宁的：对不起。手臂握着手机直直地放下，短信提示音再次想起，好半天，朵渔不想看，以为是沈家宁又说了什么话。再看时，却是韩彬，内容却跟沈家宁的大同小异：那天，对不起！

手臂直过去，仍是握着手机，然后关机，人像做梦一般，韩彬站在面前，眼里满是泪水。他说："朵渔，我错了，我是一直爱你的……"

朵渔面无表情，心里却兵荒马乱，接受还是拒绝呢，她听到自己在说："滚远点，有多远滚多远！"然后又说："韩彬，你弄脏了我的爱，你赔不起！"心里却是一朵一朵花开，有点小小的喜悦，那双手抚在自己的脸颊上，她的脸靠在他的腰间，却恍然看到一双纤细的手，那是沈家宁的，还有沈家宁身上淡淡的茶香……

朵渔安然地睡在沈家宁的怀抱里，心头仍是淡淡的喜悦，有风吹过窗边，叮叮当当的风铃响，滴滴答答的雨声，远远近近的刘若英的歌声……

朵渔抱紧自己，泪水滑落，眼睛慢慢睁开，韩彬与沈家宁都消失了，门缝里挤进一束昏黄的灯光，夜那么漫长，所有的苦痛都要自己承受。

抓起手机，打电话给小汐。小汐显然已经睡下了，黏糊糊地“喂”了一声。

朵渔轻声说：“小汐，人来到这个世界没有选择，离开这个世界同样没有选择，当你有权利决定让不让一个孩子来到这人世时，除了给他（她）最完整的幸福，不能有其他目的！”

小汐拉长声叫了一声“姐”，说：“你还好吗？”

朵渔把手机对着窗，窗外的雨声落进去，几千里之外的朵汐听到了乌镇的雨声吧？

小汐说：“姐，我会认真考虑的！”

挂掉电话，像了了一件心事似的。仍是睡不着，摸索了半天，看到床头有盏旧台灯，真的很旧，灯罩破了半边，拉开，居然亮得不疾不徐，从自己的旅行箱里掏出来几本书，找到本角田光代的新书《第八日的蝉》，当初朵渔买下它，是因为封底上那行字：“蝉在土中七年，破土而出后却只能活七天。”

侥幸活到第八日的蝉会是什么样呢？

翻了几页，睡意袭来，也并不关灯，就那样捧着一卷书闭上眼睛，世界渐渐近了，又渐渐远了……

竟然一夜无梦。

02

颜樱坐在咖啡厅里等田菲菲时，仍然在心里骂自己贱。他是死是活跟自己没有半毛钱关系，自己现在有什么立场来指责田菲菲呢？田菲菲把老方给坑了骗了，那算她手段高明，哪像自己，傻不啦叽地把自己最好的时光都跟他狗扯连环搭进去不算，到现在还藕断丝连，是上辈子欠老方的吗？

妈的！颜樱给自己点上一根烟，步行街上到处都是女孩甜腻腻地挽着男孩的胳膊，眉梢眼角都是刻意的幸福。颜樱的嘴角恶意地翘了一下，姑娘们，别把爱情和男人当成全世界，不然，很快全世界就会碎在你面前，粉碎。

田菲菲穿着一身阿迪的黑色运动装，这是颜樱见她穿得最素的一次。妈的，给我扮演上黑寡妇了。颜樱又骂了一句。

田菲菲坐在颜樱对面，说："我知道你会来替老方出头，老方那孙子不值得你这么对他，真的，你看看这些！"

田菲菲有备而来，扔在桌上的是一沓照片，照片上老方搂着一个前凸后翘的妞儿，颜樱对着那照片愣了五秒钟，突然大笑起来，她不管招来的目光，说："田菲菲，还真够他妈的黑色幽默，咱俩斗得天昏地暗，小四乘虚而入了！"

田菲菲从桌上拿起颜樱的那盒中南海，抽出一根，点上。她说："从小到大我都是做事不后悔的人。可是，这次，我肠子都悔青了，是报应！你看看这个……"

是化验单。"你……得了性病？"

"上次咱俩见面我跟你说的你可能没信，我真的怀孕了，我自己用验孕棒试出来的。为保险起见，我还去医院做了次检查，见你时，还没去医院，也没把这消息告诉老方。从医院出来，我的天都黑了，我得了性病，孩子当然是不能要了。老方这王八蛋，我恨不得撕了他！那些日子，他说身体不舒服，整一堆药回来吃，还有中药，我还贤良淑德地帮他熬药，还替他担心，哪知道他得的是这种花花病，得这种病就别碰我呀！"

颜樱觉得自己身体某处嗖嗖冒着凉气，那段时间……自己会不会？

自己的身体没有什么异常，应该没中招。不管怎么说要去检查一下。这个王八蛋。

田菲菲狠狠地吸了一口烟，说："我找了几个人跟踪老方，然后拍到这些照片，他就一直没消停过！我一个人去医院，打掉孩子。医生手里的器械闪着银色的光，我心里恨死了老方。引产器伸进我的身体里时，尖锐地疼。这样很好，身体的疼可以掩盖心里的疼。心像被掏空了一般，疼痛漫无边际。樱姐，不管你信不信，那时我真的想到了你，想到了自己的无耻……我不能饶了老方！”

田菲菲的脸色苍白，眼睛里闪着泪光：“我回去，把怀孕的化验单给老方看，老方高兴坏了，我准备了一桌饭菜，还有一瓶五粮液，老方很快喝醉了，我把准备好的离婚协议递给他，我说那是我给孩子买的保险，他笑呵呵地签了字……”

颜樱不知道自己是怎么从咖啡厅出来的，她开着车去了医院，路上堵车，她就那样无知无觉地坐着，红灯变了绿灯也没反应过来，有交警过来，问：“小姐，你到底是在挑啥颜色才开车呢？”

颜樱一踩油门，车子“哗”地开出去，一路上不知道闯没闯红灯，坐在医院的妇科候诊室时，全身都是湿透的。

化验单要一天后才能取，颜樱的火腾地蹿了起来，说：“你们这是什么效率，生病了能等吗，你们耽误了我治病，谁负责？”

医生护士侧目：“这哪来的女疯子，哪来的？”

颜樱从医院出来，浑身虚脱一般，坐进车里，抽一根烟，仔细想自己，是怕得了那脏病，还是因为老方？

人被钝钝地打了一榔头一样，得了那病有什么关系，关键是背叛，是老方又一次背叛。不过，这跟自己有关系吗？自己也不过是一个偷情者，要怒发冲冠的也该是田菲菲，轮不到自己。

田菲菲费了九牛二虎之力抢到手的男人竟然是个人渣儿，难得的是她终究是个狠角色，当初砍瓜切菜拿下老方，这回视死如归像抛掉不穿的破鞋子一样把他踏进泥里，这点，颜樱还真自愧不如。

不想一个人回自己家难受，打电话给朵渔，键按下去才想起朵渔去了乌镇，急忙按下，打给纪琴。她说：“琴，我请你吃饭吧！”

纪琴说："你来我这吧，我给你烙单饼！路过超市，你去买几个土豆。"

一连吃下去两张纪琴烙的饼卷土豆丝，颜樱心里的慌张就全都填没了。她接过纪琴卷的第三张饼，说："真不明白老墨脑子怎么进了水，我要是男的，娶了你，打死也不离！"

纪琴给自己卷了一张饼，咬了一口，叹了口气说："老墨要结婚了，这周末！"

两个人一下子没了话，颜樱连骂人的力气都没有了。

半晌，颜樱恶狠狠地吃掉那张饼，然后开始讲自己见了田菲菲的事，讲了老方喝醉酒来跟她重修旧好的事。眼泪不知不觉地爬得满脸，她说："我昨天晚上梦见自己生了个孩子，大胖娃娃，像年画上的一样，老方背着，我在后面大包小包地拎着孩子的东西，心里还想，我什么时候变得这么大妈了？居然笑醒了，然后睡不着，翻来覆去，敢情这就是报应。我颜樱当初在大学时，玩弄感情，天天为甩男朋友费脑细胞，现在，混到这步田地，浪子回头金不换，想着他在田菲菲那儿吃了那么大的亏，也许会珍惜我们之间的感情……"

纪琴递了纸巾给颜樱，却发现自己也是满脸泪。两个人席地而坐，桌上那盘土豆丝所剩无几，盘子里有一张渐渐硬去的凉水薄饼。

"那为什么要去见田菲菲呢？"

"不知道，反正就是想见见她，也许是想奚落她一下，也许是想告诉她我笑到了最后。我跟她好像变成了抢玩具的孩子，其实那玩具抢到手里，也许就扔在角落里了。可是，我们好像谁都不能输。你知道有一段我们发短信互相对骂，不过瘾，就打电话……然后，我成了小三，她成了正牌大老婆……"

吃饼的时候，颜樱没动自己带来的啤酒，这会儿，打开一听，喝了一口说："琴，我很羡慕你跟朵渔，至少你们都被全心全意爱过，付北兴对你，韩彬对朵渔，都是真心过的……可是我……"

纪琴过来抱住颜樱："樱子，你这么优秀，珍惜你的人会出现的！"

夜很静，悲伤弥漫。

03

老墨结婚那天，纪琴带了端端去公园，坐在公园的长椅上，看着端端在滑梯上不停地上去下来。初冬的阳光很好，照在身上也是暖洋洋的。

七年前，纪琴就是跟付北兴在公园里分手的。那天下着小雪，纪琴满心欢喜地猫着腰像一只鹅一样跑进公园，看到站在雪地里的付北兴，她拍打着他身上的雪，说："干吗来这里，死冷的！"一抬头，看到不远处的伍梅梅。纪琴的心咯噔一下，前一晚，颜樱还告诉她："大功告成，付北兴果然是柳下惠，他清清楚楚告诉伍梅梅，自己有女朋友纪琴了，让她别再浪费时间在自己身上了！"

付北兴青着一张脸，他说："我真没想到你是这样的人，伍梅梅什么都说了，如果我接受了她，你怎么样呢？"

"纪琴，你听好了，我付北兴再怎么样都不会爱一个对自己没自信、对爱人没自信的女孩！"

说完，付北兴几步迈出去，拉过伍梅梅的手，几步走回来，当着纪琴的面，吻伍梅梅。

雪纷纷扬扬飘下来，纪琴觉得自己也变成了一片雪花，一点点变得很轻很冷，她转身跑，摔倒了，爬起来再跑，跑回寝室时，人变成了乞丐一样。

颜樱跟朵渔都吓坏了，问纪琴怎么了，纪琴只是哭，不停地哭。

换掉衣服，躺在床上，纪琴的脑子里还是付北兴亲伍梅梅的镜头。

"他不爱我了！"这是纪琴跟朵渔和颜樱说的第一句话。嗓子哑得像一张磨家具的破砂纸。

颜樱愣了一会儿，说："我去找付北兴！"

半个小时后，颜樱从外面灰着脸回来，纪琴还满心期盼着："他只是气我们试探他是吧？他不是真心要跟我分手，是吧？"

颜樱坐在纪琴的床头，拉起她的手说："琴，你打我吧，是我害了你！"

付北兴让颜樱碰了钉子，他说："你是纪琴的爹还是纪琴的妈，我们的事，你少掺和比什么都强了！"

颜樱又去找了伍梅梅，伍梅梅很嘚瑟地说："樱子姐，是你说的，挖角成功，付北兴就是我的啦！"

颜樱说："你小女孩不懂事，他只是跟纪琴闹别扭，拿你打岔，并不是真的喜欢你！"

"我不管，反正现在我跟他在一起，我只要个我爱的人，我不管他心里有谁，只要他跟我在一起就行！"

颜樱没了脾气，不知道跟这学妹说些什么好。

纪琴三天水米没打牙，韩彬跑腿买了纪琴最喜欢吃的鹤翔烧卖，朵渔和颜樱轮流陪着她。朵渔一再对纪琴说："琴，付北兴如果真的因为这点事就放弃你，那他就不是你应该珍惜的人！"

纪琴什么都不说，只是昏昏沉沉地睡着，醒着。

有一晚，韩彬来送饭，在寝室的走廊里问纪琴还没吃饭吗，朵渔抱着他哭了起来，说："如果有一天，我们也这样，我该怎么活呀！"

韩彬拍朵渔的头，说："傻丫头，什么事都往自己身上想呢！我们不会的！"

纪琴还是一天天好起来了，像没事儿人一样，吃饭，泡图书馆，也去学生会。只是朵渔和颜樱不知道，她去找过付北兴，她求付北兴原谅自己。她说："看在我们相爱那么久的分儿上，看在我为这份爱付出那么多的分儿上，再给我一次机会！"

付北兴的眼睛也是红红的，他转过头去，纪琴在原地站了很久。末了，她说："付北兴，你的心真的很狠，我一直崇拜你，把你当成神一样供奉着。你让我写活动策划，我熬得再晚也会给你做好；你让我给你找东西，我走十条街也会给你找到。可是，你不知道我的生日是哪天，你不记得我们的周年纪念，你没送给我一份礼物，甚至，我生气，一两天不出现，你都不闻不问，我对这份爱太没把握了。知道我多羡慕朵渔跟韩彬吗？韩彬看着朵渔的眼神都是不一样的……”

纪琴的口才从来没那么好过，把所有的怨气都吐了出来。

话说了出来，人便没那么浊重了。

她打电话给朵渔和颜樱，说：“请我吃顿好的吧！”

三个人坐在“对面”面馆里，纪琴喝得大醉，三个人去K歌，唱《和不爱我的人说再见》，唱《爱我的人和我爱的人》……

隔了些日子，颜樱传来消息：“付北兴跟伍梅梅并没在一起！”纪琴听了跟没听到一样，她正在四处找工作，找住处，人沉默得像黄昏里的一棵树。

失恋是个过程，总得等那些伤慢慢痊愈，然后才有能力开始一段新的感情。

还好，有朵渔跟颜樱陪在她身边。那段日子，为了不刺激纪琴，韩彬很少来寝室里，甚至朵渔连韩彬都很少提到。颜樱更是把乱七八糟的男生约会推得干干净净。

三个人要在这座城市里安下家来，每日一起奔波在人才市场，回来拿着各种各样的招聘启事大骂用人公司没眼光。

日子过得飞快，很快大家就毕业了，像豆荚里的豆子一样，四散开去。

纪琴离校那天，她看到付北兴，她听说学院要付北兴留校任教，他拒绝了。

付北兴的手插在口袋里，向纪琴走过来，纪琴一转身跑回寝室，把门紧紧关上，好像付北兴会闯进来一样。

三个人拎着箱子再出来时，付北兴已不在寝室楼前了。纪琴回头望了一眼寝室楼，望了一眼生活了四年的学校，心里五味杂陈。

纪琴在新单位上班一个月，同事大姐就介绍了老墨，认识八个月，她嫁给了老墨。既然嫁不了自己爱的人，那么嫁给谁又有什么关系呢？

端端跑过来，拿着一片好看的红叶子，说：“妈妈，妈妈，你说这个我送给新妈妈，她会不会喜欢？”

李金玲大概给端端做了许多工作，老墨的新娘大概也是个会疼孩子的人，端端现在张口闭口就是新妈妈，纪琴的心一阵一阵剜着疼。或许，端端她也会失去。但是，只要端端幸福，自己还能要求什么呢！

她说：“会喜欢，只要是端端喜欢的，谁都会喜欢！”

端端咧着豁牙齿笑了。

04

颜樱的化验单出来，让她长长地舒了一口气。从医院出来，老方来了电话，颜樱看也没看就拒接，并把他拉进了黑名单。

给秦昊打电话，问他有空吗，有空出来一起吃个饭。秦昊那边并不是很热络，说：“我正在忙，闲了联系你吧！”

说是闲了联络，可是一周，秦昊那边也没个动静，颜樱知道自己被PASS掉了。像她这个年纪的男女，感情的事，都是过了这个村没这个店的事，一个萝卜被拔走了，很快会有另一个萝卜顶上。

报社里的小姑娘不无嚣张地对颜樱说：“樱子姐，我还真羡慕你，都过三十岁了，还这么潇洒，我真不敢想象我过了三十会是什么样。”

颜樱说：“那你就待在这边，别过去！”

晚上有客户要应酬，颜樱提早下班打算回家换衣服。从报社出来，老方一脸无赖地等在大厦的门口，说：“樱子，你不会也是落井下石，看到我老方不行了，连电话都不接吧！”

颜樱瞟都不瞟他一眼，继续往前走，老方一步蹿上来，抓住颜樱的胳膊，颜樱的目光落到那只肥腻腻的手上：“放开！”

老方放开手，说：“我们复婚，现在就去办手续！”

颜樱眼含飞刀，眼神寒光凛凛地落到老方那张猪头脸上，说：“你真把自己当成梁朝伟了吧？你觉得我颜樱离开那张纸不能活了是不是？再不然，你是觉得我颜樱除了你找不到别的男人是不是？方为纲，我今天明明白白告诉你，咱俩再没有任何关系了，从此桥归桥，路归路，从前我颜樱是瞎了眼！”

颜樱双脚带风快速奔向自己的车，老方在后面跟着：“那天不好好的吗，是不是田菲菲那小婊子跟你说了什么？”

颜樱停下脚步，回头盯着老方看，她冷笑了两声：“田菲菲是怎么跟你离的婚，你不清楚吗？你自己怎么得了病你不知道吗？一想到你，我就觉得恶心！”

老方骂了句脏话，说：“你别听田菲菲的，她在外面不知道跟什么男人鬼混搞出病来，我还没找她算账……”

颜樱咬牙切齿地说出两个字：“垃圾！”

转身时，看到报社副总编康堤坐在车里看着自己跟老方。他是要跟她一起去见广告客户的。

没了回家换衣服的心情，一屁股坐进康堤的车里，情绪完全坏掉了。

“那人是你前夫？”康堤问。

“是，前夫！他现在想变成我的现夫！可笑吧？”颜樱恶狠狠地说，倒车镜里，老方近了又远了。颜樱也纳闷，自己不是一向都很现实的吗，怎么就为床上那点事儿跟这个男人牵扯成这样呢？

客户是几个男人，轮番灌颜樱酒，康堤替颜樱挡酒，颜樱自己却傻笑着接下不怀好意的男人的酒杯一饮而尽。

醉了酒，不能开车，康堤打车送颜樱回去。进了出租车，颜樱就吐到了康堤的怀里，出租车司机骂了声“娘”，把他俩赶下车，开车一溜儿烟跑了。已是深夜，不好打车，康堤陪着颜樱坐在马路边，有些冷，他努力把脏掉的西装擦干净，给颜樱披上。

颜樱脱掉高跟鞋又蹦又跳，大唱：当狼爱上羊啊，爱得疯狂……

跑一段，回来，搂住康堤的脖子，眼睛盯着他，说：“你喜欢我吗？

想跟我上床吗？我知道你想，别装。你们男人都是他妈的孙子，干完床上那点事儿，就想拍拍屁股走人！”

康堤扶住颜樱，说："别闹，我们回家，回家睡一觉就好了！”

康堤本来就喝得不多，风一吹，酒醒了大半，去拿车，颜樱睡在车后座上。天快亮了，康堤看着面庞如婴儿一样美丽的女下属，平常她总是风风火火女强人一样，妖娆，风骚，从来没有一刻像此刻这样无助柔弱，让人有保护的欲望。

车子开到自己的小区楼下，康堤没有叫醒颜樱，他自己跑上楼换了身衣服下来，给颜樱也带了件自己的夹克。

天终于亮了，小区里的人渐渐多了起来，康堤把车子开到了颜樱家的楼下，等着她醒了换衣服上班。

颜樱醒了过来，问："几点了？我们怎么还没到家？”

康堤指了指前面的楼说:"到家了，你去换件衣服，我等你一起上班！”

颜樱按着太阳穴，下车时人有些摇晃，康堤扶她，然后跟她一起上楼去。康堤不是第一次来颜樱家，从前颜樱在家招待过同事吃饭，一人带一个菜，结果东道主颜樱做的菜居然是家常凉菜。报社里的大姐说："樱子，你这哪儿是请客，明显是想剥削我们！”

颜樱说："吃饭是假，我只是想让你们参观参观我新装修的房子，看看设计系才女的作品！”

颜樱的房子装得很特别，是简约的黑白灰设计，有些冷傲，不像一般女性的家，温暖，懒洋洋的，更像是一个男人的作品。康堤很喜欢，当时还跟颜樱说让她有空给自己的家好好设计设计。

颜樱半小时后从洗手间出来，黑色紧身小皮衣，配着驼色阔腿裤，长筒皮靴，为了掩饰黑眼圈，化了比较浓的妆，冲康堤嫣然一笑，往脖子上系了一条紫色的小方巾，说："昨晚闹得不像话吧！”

康堤很五陵公子地吹了声口哨，说:"美女吐了我一身，我要封口费！”

"没问题，要不要以身相许？”

本来是个玩笑，话一出口，颜樱发现在自己家里，只有两个人，这样说很有些调情的味道，赶紧吐了一下舌头："快走，迟到罚款可了不得！"

到了报社大厦转角的路口，颜樱说："我下来吧，不然咱俩大清早的一起上班……"

康堤说："我没事儿！"

颜樱拉开车门："我现在够满头包了，我可不想再惹出什么是非来！"

两个人分开走，没事倒像是有了些什么猫腻似的。

颜樱坐在办公室里，一条短信进来，是康堤的，他说："晚上请我吃饭吧，当封口费！"

隔着玻璃窗，颜樱看到康堤冲自己打手势，她轻轻地笑了。

康堤二十八岁，比自己小四岁，帅气且有才华，是报社里小姑娘心中的白马王子。

老牛吃嫩草？颜樱敲了一下自己的头："醒醒吧！"

05

第二天，朵渔醒来的时候，天是晴的，窗子里一束光斜斜地照进来，屋子里幽微得像森林。

朵渔拥着软软的被子，脑子里突然想到一句话：好的爱情是透过一个人看到整个世界，坏的爱情是你为一个人舍弃整个世界。

世界这么大，少了韩彬，自己真的就不能活吗？

韩彬的名字还是个雷，想过去，头便疼得轰轰烈烈。

起身打开窗，风吹进来，能闻到空气里湿润的气息，很清爽。

沈家宁没在。客厅中间的小方桌上放着纸条，沈家宁的字很孩子气，一笔一画的：我回城了，有事找边上盛庭旅馆的谢阿婆就好。朵渔，我希望你快乐且没有压力地生活。嘴角向上翘四十五度，眼角向下弯四十五度……是个笑脸！

朵渔洗脸时，嘴角向上翘四十五度，眼角向下弯四十五度，笑得不够自然，但那是许久以来，朵渔第一次看到自己的笑脸。

一个人在偌大的房子里走来走去，开始还穿着鞋子，后来索性光着脚，踩在木地板上，脚跟地板一次次亲吻，朵渔觉得自己正在一点点融入这座房子里。家宁说这房子从前是间客栈，一间一间小格子似的房子里依稀可以找到影子。

朵渔换了衣服,去下面见谢阿婆。谢阿婆穿着铁皮灰的褂子,黑色裤子，平底布鞋，个子小小的，头发全白了。见了朵渔，眼睛眯成一条缝，说："朵渔是吧，家宁那孩子交代过了，如果你不愿意做饭，就过来吃，有什么事，跟阿婆说就行！"

朵渔坐下跟阿婆一起择小青菜，她问阿婆："游客这么多，会不会很烦啊？"阿婆抖了抖小青菜根上的土说："没办法的呀，没办法改变的事情，只好接受啦！"

朵渔瞪大眼睛看谢阿婆，觉得她说的话很有道理。谢阿婆继续说："这些年，镇子里的年轻人都出去了，外面的人都来了，只有我们这些老人，守在这里，水没变，屋没变，日子怎么都是要过下去！"

朵渔愣了好半天，太阳明晃晃的，古旧的街道，石板路，拿着盆到河边洗衣服的老人，一切宁静安详。

中午，朵渔吃了谢阿婆炒的小青菜，味道很淡，油很少，但是青菜的味道很足，仿佛把朵渔淡掉的味蕾唤醒了一样。

谢阿婆说："家宁的房子让你来装，他一定很喜欢你吧？"

"家宁的房子？"

"是啊，那是家宁爷爷奶奶的！他们过世了，租给别人开了一段客栈，小时候家宁每年寒暑假都要来住上一段日子，那是个仁义忠厚的好孩子……"

朵渔一筷子一筷子夹小青菜，谢阿婆唠叨着家宁小时候的事，贪玩掉到河里，睡在哪家的床上，害得爷爷整条街找……

朵渔回来，一个人在房子里继续走，阳光像顽皮的孩子一样，一会儿从这里蹦出来，一会儿从那里闯进来，到底要怎样装修这间房子呢，家宁是做设计的，他完全可以按照自己的想法来做，为什么非要让自己来做呢？

他是想让自己放松一下吧。

离婚的事朵渔从来都没跟沈家宁说，他也没问，但很显然，沈家宁是知道的。

朵渔不想再往深里想了，想太多，头疼，好不容易平复的心情也容易乱起来。

继续看那本《第八日的蝉》，那个带着情人女儿逃离的女人何尝不是受害者？朵渔又想起小丹，自己应该跟她谈谈的，如果她真没跟韩彬在一起，自己和朋友让她受了很多委屈，还有，小汐为自己去打了小丹……

脑子绕了个弯，还是想到了韩彬那，他跟鱼膘一样的伍秀兰？他做了她的情人？

朵渔的头疼得厉害，电话响了，拿起来，懒洋洋地"喂"了一声，是沈家宁。

他说："朵渔，还好吗？"

只这一句，朵渔想哭。她想说不好，但是咽了回去，说："为什么不叫醒我呢？"

那边沉默了一下，故意很轻松地说："吃谢阿婆炒的菜没，她做鱼是一绝，一定让她做给你吃！"

朵渔说："谢阿婆人好，把你的老底全揭了！"

沈家宁很大声地喊："不会吧，这么快就出卖我！"朵渔笑了，沈家宁又说："东栅有家小人书的店，你去淘一些，将来放在小酒馆里！"

"这是老板下的命令吗？"朵渔问。

"这是……嘿嘿，不许牙尖嘴利的！"

"哦！"朵渔假装乖。

“给你讲个笑话！”

“好啊！”朵渔站在窗前，河水在阳光下闪着金光，放眼望去，都是画一样的景色。朵渔突然想，人生从此刻开始该有多好。

“金发美女坐在头等舱，空中小姐去劝：小姐，请去经济舱。金发美女不以为然：我是金发美女，我要去纽约，我为什么不能坐头等舱？空姐无奈，副驾驶去劝，金发美女仍是那套说辞。不得已机长出马，只说了一句话，金发美女立马嘟囔着‘不早说’去了经济舱。空姐跟副驾驶纳闷，问机长说了什么，机长说：我告诉她，头等舱不去纽约。”

这个笑话朵渔早听过，但是她还是很配合地笑了。

“我喜欢你笑，笑起来的样子特别乖！”沈家宁也跟着笑。

“不许调侃你老姐，房子是你的，你给我说说你大致的设想！”

朵渔把自己定在老姐的位上，把话题转到工作上来。

“我相信你，你想怎么弄就怎么弄好了！”

“嗯！我会尽力的！”

“你带的鞋子和衣服都太单薄了，我明天去买几件给你快递过去！”

“不用！真的不用！”朵渔有点急，她还不想跟沈家宁走得太近，保持一定的距离比较好，免得做不成爱人，连朋友都做不成了。

“爱人”两个字在朵渔的脑子里闪了一下，她自己倒责怪自己了：“林朵渔，不许你自作多情，沈家宁只是……”

只是什么呢？

“是信不过我的眼光吗？哈哈！那就收到再看，不喜欢就不穿！”

朵渔没再拒绝，但她很煞风景地说：“多少钱，在我的设计费里扣！”

沈家宁说：“你这耿直的个性会吓跑对你有好感的男人的！”

“我不需要男人对我有好感！”这像是朵渔说的一句气话，却是此时，她的真心话。

06

十二月初，纪琴去幼儿园看端端时，幼儿园阿姨说端端最近特别不爱说话，动不动还跟小朋友打架。纪琴问端端为什么这样做，端端也不说话。

纪琴给老墨发短信说："你多注意注意孩子，多跟孩子沟通沟通，别以为大人的事，孩子什么都不明白！"

下班前，付北兴来设计部转了一圈儿，然后叫纪琴去趟他的办公室。

付北兴的办公室豪华气派，硕大的老板桌上可以开宴席，大班椅椅背很高，一面墙上是付北兴在各种场合的照片。

纪琴站在离付北兴老板桌一米远的地方，问："付总找我什么事？"

"我想问问水榭花园样板间的设计稿拿出来没？"付北兴的目光直直地落到纪琴身上。

时光是双有魔力的手，几年时间，付北兴比当年，更有领导气派，或者他天生就是个领导者。

"设计稿在方薇那儿，如果你要，我去拿给你！"

"不用！纪琴，我知道这几年你过得不好，你还在心里怨我吗？"

纪琴的目光淡淡地扫在付北兴的身上，说："付总，过去的事就过去了，生活总得继续下去，怨一个人恨一个人需要太大的力气，而我，没有这份力气了！"

"只要你愿意，我们可以重新开始！纪琴，后来我去找你，可是你已经跟老墨……我不知道那封信你看没看，那封信寄出去，不见你回信，我去找你，得知你结了婚，去度蜜月……你不知道我离开这座城市的那天，天上下着瓢泼大雨，我泪流满面，初恋时，我们不懂爱……我这辈子没做过什么后悔的事，但是，跟你赌气分手，我真的很后悔！"

纪琴把头发往耳根后别了一下："北兴，没有人能回到过去，珍惜现在比什么都好！我今晚还要见孩子的父亲，我要走了！"

从付北兴的办公室出来，纪琴的心里莫名地不舒服。

李金玲给她的那封信是付北兴写的。信里写得很深情，甚至写到了他们之间上过床的事，付北兴说，无论从道义上还是情感上，他都希望他们能够在一起……

朵渔和颜樱都不知道，纪琴是跟付北兴上过床的。有一次，在付北兴的办公室里。大学里的学生会主席拥有很多特权，比如拥有一间独立的办公室，付北兴的办公室里放了一张单人床，有时，付北兴不回寝室住，就住在那里。

有一晚，纪琴在付北兴的电脑前弄国庆节活动策划很晚了，付北兴也没回去。

他指了指黑漆漆的外面，说："在这里挤一晚吧！"

纪琴的脸微微红了，十二点寝室楼门禁，回去也真就进不去了。

开始时，付北兴说要玩游戏，赖在电脑椅上不睡觉。纪琴躺在床上看着付北兴，付北兴哈欠连连，纪琴便去拉他，躲闪间，他倒在了她的身上。

他的吻呼啸而至，纪琴意乱情迷，身体里一直沉睡的情欲突然之间醒了过来，星火燎原。付北兴的手落到纪琴身体柔软的地方，纪琴紧紧地搂住他。他说："琴！"

"嗯？"纪琴觉得自己的声音轻柔得像根丝线，随时有断掉的可能。

"我想！"

"我也想！"

付北兴吻纪琴的肩胛骨、锁骨、耳后，幸福几何倍数地升腾。很疼，但是纪琴不想停下来，仿佛唯有一路策马扬鞭才能更快乐。纪琴是个贪心的孩子，可是，那一刻，谁是不贪心的呢？

付北兴趴在纪琴耳边问好吗时，纪琴点头，温情脉脉，又有些魂不守舍，她的灵魂与肉体同步飞升得很高很高，她清醒地看着自己跟自己所爱的男人。

她问："你爱我吗？"

付北兴说："傻瓜，当然爱！"

纪琴便心满意足沉沉睡去。很累，很疼，很快乐。

那一晚之后，纪琴很想那个身体，但是付北兴并没如饥似渴，对纪琴也并没有多升温。只是在没人的时候，他会孩子一样腻上来，吻纪琴，或者悄悄地摸摸她的胸，像个顽皮的孩子一样。

在颜樱对付北兴测试的前一段日子，纪琴听到学生会的两个女生在卫生间说付北兴："别看咱们主席表面酷酷的，他那张床上不定睡了多少女孩呢！"

这对纪琴无异于五雷轰顶。

她旁敲侧击问过颜樱："一个男孩跟一个女孩发生关系后，会不会很迷恋这层关系？"

颜樱很肯定地说："情欲就像是所罗门魔瓶里放出来的那个魔鬼。没尝过，不知道滋味，什么事儿都没有；尝过了，便没办法不想。不迷恋，除非他有别的女人，也就是说她不是他的唯一……"

那段日子，纪琴过得很不快乐，付北兴却浑然不觉。如果纪琴是个颜樱那样敢说敢做的女孩子，如果纪琴像朵渔那样是个不能容忍一点点委屈的女孩子，或者一切都会改变……

李金玲看了那封信，说："纪琴，你太过分了，你是被这个叫付北兴的男人甩了，拿我们家文涛过桥来了。你还不清白，没结婚就给我们家文涛戴了绿帽子，我们武家怎么能要你这种媳妇？"

付北兴在信里说他吻伍梅梅完全是为了气纪琴，他说："你不是我的第一个女人，但我是真心要娶你的，我只是不善于表达，也不会照顾人，我会改的，请相信我，我会改的……"

命运真会捉弄人，这边跟老墨的婚姻走到了尽头，那边骤然发现自己为了忘掉一段情而选择婚姻却真真正正错过了自己爱的人……

自杀那晚，纪琴躺在床上，厨房里的水壶嘶嘶地冒着热气，她去把水壶灌好，拍着端端睡着，老墨还没回家。李金玲来后，老墨便不愿意回家了。

纪琴破天荒化了妆，换了衣服，准备出门时，李金玲冷着一张脸出来，说："这么晚，出去会哪个野男人？"

纪琴说："妈，以后你好好照顾端端！"

李金玲问："你去哪儿？"

纪琴没有回答。她的怀里揣着一把修指甲的小刀，她不能在家里死，端端看到会留下阴影。

那晚月亮很亮，纪琴坐在小区一侧的方砖上，那里，路灯照不到。她的眼泪先流了下来，咬了咬牙，小刀凉凉地切进皮肤里，很尖利的疼，然后便没有了疼的感觉。纪琴只觉得自己身体里的血往外涌，一切都过去了，她说："端端，对不起！"

也许真是命不该绝，一个醉汉找地方方便，居然看到纪琴，吓得酒醒了大半，跑去找小区门卫，救了纪琴一命。

像一场梦一样，纪琴再想起自己的那次选择，自己还想掉眼泪，却不会再想死了。就算没有老墨，没有付北兴，甚至没有端端又怎么样呢？自己无可失去，活着跟死了又有什么不同呢？

07

水管爆裂，水漫金山，纪琴打电话给房主，房主睡得稀里糊涂，说你自己找找阀门。纪琴弄得一身水，也没找着阀门，看了看手机上的时间，不过才两点多一点，这找谁去？

再仔细找，找到阀门，却无论如何也扳不动。

打电话给老墨时，纪琴已是哭音。

老墨来时，纪琴正在淘水，天很冷，水凉得刺骨。老墨扔下大衣，到底是男人，纪琴扳不动的阀门老墨一使劲就给关上了。然后帮着纪琴淘水，坏掉的水管要第二天找人来修。

淘完水，擦了地，纪琴眼睛红红地坐在床沿儿上，说："你出来，她没说什么吧？”

老墨洗了手坐下，说：“你这屋也没个暖气，太冷了！”

纪琴的眼泪又涌了出来，她转头，迅速地抹了一下脸说：“有电褥子，还好！”

两个人再无话说。默坐了一会儿，说到端端，纪琴说：“那孩子表面上看着什么都不在乎，心里挺敏感的，要不，让我接过来吧？”

说完，纪琴想起刚说完自己这没暖气，这句话像是一句空话一样。

“你们……还好吧？”纪琴还是问出了这句话。

“琴，我很对不住你，当初……”老墨哽咽了一下，“我妈整整一星期没吃饭，她说我不找人结婚，她就饿死……”

纪琴拿了毛巾递给他，说：“她岁数大了，难免固执些。结了，就好好过。她选的，应该会好些……”

老墨擦了擦眼睛，说：“是小学老师，人还算善良，对端端也还不错，只是我妈那脾气，也还……唉，对付着过吧，我甚至很不孝地想，熬吧，熬到她不在了，就好了……”

老墨呜呜地哭了起来，纪琴走过去，本意是安慰他一下，却被他一把抱住。两个人都落了泪，屋子里某一处还滴着水，除此之外，只剩下两个人的呼吸声。

半晌，纪琴说：“回去吧，别让她惦记着！”

老墨站起来，说：“有备用钥匙没有？你上班，上午我找人来修水管！”

纪琴转身找了钥匙递给老墨，送他出门，外面很冷，老墨骑着一辆自行车消失在昏暗的灯光里。

纪琴躺在床上，昏昏沉沉睡去。醒来时，已经迟到。赶紧收拾一下赶到公司，却还是被部门经理抓到，那个早更的老女人说：“怎么，跟付总是熟人，就不安分守己了？”

纪琴讪着脸说：“不是，昨晚房子里水管漏了……”

付北兴走过来，问怎么了，部门经理尴尬着，说：“她迟到了，没事儿，下不为例！”

纪琴坐在电脑前，一张图的数据怎么算也算不清。

付北兴的电话打进来，问：“你住哪儿？”

纪琴没吭声，挂了电话。

以为老墨会来电话的，却一个上午，没一点儿动静。纪琴中午回了家，水管已经修好了，厅里还放着个电暖气，心头热了一下，坐在那里，许久没动。

虽然当初跟老墨没什么感情结的婚，婚后因为婆婆的事，也疙里疙瘩的，但是老墨人不坏，只是性子软了些，怕纪琴嫌李金玲，才拿捏着她当全职太太，其实，他并不限制纪琴花钱，也并不在意纪琴之前的事儿……

想起老墨的好，纪琴的心又是一阵酸楚。自己命不好，之前跟付北兴，爱断情伤，后来跟老墨，又闹得分崩离析……

下午上班，被老女人又是一通训：“街上随便抓一个人图做得都比你专业。如果你有背景，就回家当少奶奶，不用出来吃这份辛苦；如果出来做事，我劝你还是认真些！”

纪琴不知哪来的火气，啪地把那些图纸扔在桌子上，黑着一张脸对经理说：“我纪琴从来这座城市起，就是小白人一个，没背景，没靠山，没老公，没男友，我只有我自己！如果你认为我的工作能力不行，可以辞退我；如果你不辞退我，请别再说风凉话！”

老女人大概也知道老实人发火的威力，瞪了十秒钟，没再说话，转身离开。

同事们全都给纪琴鼓起掌来，纪琴却冲进洗手间哭了起来。

洗了脸，重新回到办公室，在电脑上打辞职书。她不想再待在这里了，她想回老家，回到父母身边。老家在城郊，离城里不过是四十分钟的车程。离婚后，纪琴却一次都没回去。父母打来电话，总要找端端说话，纪琴总是支支吾吾躲闪过去。

把辞职书扔到老女人的办公桌上，老女人叫住她说：“纪琴，我为我说过的话道歉，我还是希望你能留下来！”

纪琴停顿了一下，眼泪又涌了出来，抹了一下，说：“我再想想！”

晚上下班等公车时，付北兴的车子停在纪琴面前。他说：“上车！”纪琴怕同事看到，人多嘴杂，急忙坐进去。

付北兴问：“今天在公司发生了什么事？”

纪琴的脸扭向车窗的一侧：“付总，我没事儿！”

“纪琴，你能不能像包被抢的那晚那样对我表达点真实感情？你这样冷冰冰的，知道我多难受吗？”

纪琴的眼睛干干的，仿佛没有多余的眼泪来浇灌自己的悲伤。

她说：“我够糟糕的了，求你别对我有过高的要求好吗？北兴，我是死过一回的人，破碎的婚姻，错失的恋情，还有无力抚养儿子，没有工作，没有房子，我觉得自己失败极了，但是又怎么样呢？死不了就活着吧，至少我的儿子还有个妈，我的父母还有个女儿……”

付北兴的一只手握住纪琴的手，说：“琴，我们重新开始！”

纪琴轻轻把手抽出来：“没有人能回到过去。北兴，你不欠我的，那时我们都太年轻，都太看重自己，我会好好过日子的，我保证！”

过了一会儿，纪琴又说：“离婚后我想了很多，女人的悲哀莫过于失去自我，除了丈夫和孩子外，还要有自己的世界，还要有个人生活。爱家没错，但不能失去自我。只有接触社会接触人，才会拓宽眼界和思路，才不至于那么狭隘，才不会在山雨欲来时而不知所措。我正在慢慢找回自我，我相信我能行的！”

付北兴听纪琴这样说很欣慰。他说：“有什么事，别撑着，就是不找我，你也要找朵渔和颜樱，知道吗？”

纪琴点了点头。

屋子里有了电暖气，果然暖了许多。发短信给老墨：“谢谢啦。元旦，我想带端端去看看外公外婆，可以吗？”

一个晚上，纪琴都没等来老墨的短信。睡在床上，做梦，梦见自己掉到河里，岸上站着胖胖的老墨和风度翩翩的付北兴，自己怎么喊都像是被消了音，付北兴和老墨就那样冷冷地站着，然后是朵渔和颜樱，她们在岸边向自己走来，河水湍急……

一个激灵，醒过来，肚子咕咕叫，半天才想起晚上没吃饭，起来下面。看到手机里安然躺着一条短信："以后有事别再找我了！"

电话号码是老墨的，纪琴愣了好一会儿，一碗面吃不下了。

夜无边无际地漫长。有短信再进来，是朵渔：在干吗？

纪琴把电话打过去。

朵渔也失眠。她说："琴，我带着施工队改造这房子，每天累得骨头架子都散了一样，今晚跟他们去喝了酒，回来睡不着……等这房子装完，你跟樱一定要来住几天，一定！"

"好，当然好！"朵渔的情绪平复得不错，纪琴听她唠唠叨叨，她一直在说那间房子，墙怎么弄的，桌子什么样的，说着说着，断了线，沉默了好一会儿，却突然哭了起来，"琴，今天是他生日！我想他，我想给他打电话，想给他发短信，甚至想回去……我像个瘾君子强忍着……"

原来是这个原因让她大半夜不睡，纪琴哑在那里，不知道怎么安慰朵渔。

一个人可以佯装一切，却没办法欺骗自己的内心。

纪琴说："朵渔，就在刚刚，老墨发短信说让我有事别再找他！"纪琴哭了起来，哭得很大声。

08

颜樱喜欢上了一个叫"副本"的酒吧，就在报业大厦不远处。每晚下班后，颜樱都孤魂野鬼一样泡在那里。

她万万没想到老方居然找到了那里。

之前，好几次，老方等在颜樱家的小区里，颜樱发现后开车去了纪琴那儿睡。

再然后，颜樱给小区保安买了两条烟，让他们留心老方，如果他来，打电话告诉她。颜樱跟纪琴说："老娘现在混得跟逃犯似的，四处流窜。哎，纪琴，你看我这脑门上怎么还起了痘痘，会不会是老方那病潜伏着？"

"嘁！"纪琴笑了，"是青春痘，说明你还年轻！"

"妈的，看来老娘不是装嫩，是真嫩！"一想起老方叫过鸡，染上那种病，然后自己跟田菲菲还当成宝似的抢来抢去，颜樱心里咬牙切齿地恨，恨不得把老方撕了砍了。但是，颜樱知道老方是滚刀肉，蒸不熟煮不烂的那种，这些年也黑白两道地混，不清不楚的，自己不能伤他太狠，伤太狠，谁也不知道他能干出什么事来。

他现在之所以缠着自己，还是因为他觉得他俩有感情，若是没感情了，像田菲菲，他倒也不会计较了。

这一点颜樱最清楚。老方混，但他讲义气，重感情，把钱看得并不是太重，所以，他不去田菲菲那儿耍横，而是缠着自己，老方认为这世界上跟他情义最深的人是颜樱，他那么负了她，她跟他离婚，却没砍他一刀。

颜樱还是太天真了，她以为自己躲些日子，老方觉得没戏了，自然就撤了。可是那晚，她刚进了"副本"就看到老方觍着一张年画似的肥脸冲自己笑。

颜樱转身就走，老方一步蹿上来，拉住颜樱，颜樱说："你放手！"

老方嬉皮笑脸："樱，我给你买了钻戒！"

颜樱盯着老方，突然觉得很恶心，自己怎么就瞧上这么个男人了呢？跟他混了这么多年，落着什么好了，还弄得老婆不老婆，情人不情人的。

颜樱使劲抽出手来，使劲给了老方一巴掌："方为纲，你给姑奶奶听好了，从此以后，我颜樱就是当尼姑，没男人要，我也不会再跟你上一次床！"

老方的脸腾地红了，上来扭住颜樱的胳膊，一只手挡住了："人家都说了跟你再没关系，你这人怎么这么无赖？"

是康堤。康堤身边站着个山明水秀的姑娘。

颜樱的狼狈与沮丧掺杂在一起，转身想走，老方却说："我无赖？她是我老婆，你是谁？”说着伸手就推康堤，两个人拧麻花一样滚在了地上。

山明水秀的姑娘束着手大叫，颜樱上去拉老方：“走，我跟你走，我倒要看看你怎么样逼良为娼！”

老方站了起来，狗一样喘着，抹了一下嘴，说：“颜樱，你行啊，徐娘半老了，还有小白脸替你出头！”

颜樱挑了一下眉，歪了歪头，说：“是啊，老娘混到这份上了，男人还是不缺的，所以，你就死了那条心吧！”

老方悻悻地走了，剩下一身脏的康堤。颜樱说：“不好意思，打扰了你们的玩兴！”山明水秀的姑娘满脸不满意，康堤却说：“你先回去，我跟这位同事有些事要谈！”

那姑娘噘着嘴不情愿，临走前敌视地看了一眼颜樱。

颜樱跟康堤重新坐下，颜樱说：“破坏了你的约会，对不起啊！”

“你到底要说多少次对不起？”

颜樱笑了，接过康堤手里的烟盒，抽出一根，却被康堤拿了回去。“今晚咱俩都不抽烟！”

“这是上司的命令吗？”

“这是在美女面前的自我约束和对美女的珍惜！”

颜樱很大声地笑了：“你这张嘴，什么姑娘到你这儿都立马投降了吧！”

“问句私人的问题，不介意吧？”

“你都为我挨揍了，也算英雄救过美了，问！”

“你前夫不是出轨的吗，怎么现在想吃回头草？”

颜樱又把那根烟拿过去，点上，也并不抽，只夹在手里玩。

“你们男人就好比洋葱，要想看到洋葱的心就需要一层一层去剥，但是你在剥的过程中会不断地流泪，剥到最后才发现洋葱是没有心的。我是最近才看清自己到底嫁了个多不堪的男人的！”

“对男人都失去信心了？”

颜樱没忍住抽了一口烟，吐出个烟圈儿，拍了拍康堤的肩膀：“你们这样的，都是女孩的克星！不知道要伤多少女人的心才算了却此劫啊！”

“你像言情小说家了！”康堤也点上一根烟，两个人浸在烟雾里，彼此看不清对方的脸，世界很近，又很远。

这许多年，颜樱恋爱一场一场地谈，不是不爱，而是爱得不长久，朵渔说她心野了，没人能罩得住。然后遇上了老方，也是劫数，死活嫁给老方，离了婚也不甘心，混到三十后，才猛醒，这悲催的人生啊！

纪琴说爱她的人总会出现，能指望着什么呢？现在山明水秀的女孩们都作虎狼之势，生怕自己做了“剩女”，自己这样“婚”过一场的，自然是超市里过了五点钟的蔬菜，再有灰姑娘，不对，灰大婶的梦想，都应该拉出去斩了。

朵渔那句话说得对：无论怎么样，一个人借故堕落总是不对，越是没人爱，越要好好爱自己！

颜樱掐了烟，说:“头儿，给找个机会呗，我想去乌镇两天看看朋友！”

“没问题，你把工作交代一下，去散散心，也正好晾晾那胖子！”

颜樱轻薄地拍了康堤的头一下：“谁说我颜樱命不好来着，这不尽遇贵人嘛！得，要先回去收拾一下，明天收拾得漂亮点，去看朋友！”

分手时，康堤拍颜樱的车窗，问：“那个，你乌镇的朋友，是男的还是女的？”

颜樱眉眼间全聚着笑，然后说：“关你屁事儿，快回家睡觉！”

车子“嗖”地开出去，康堤站在原地，无奈地笑着摇了摇头。

09

纪琴在幼儿园门口见到端端时，端端正被老墨和一个矮胖的姑娘牵着手。想必那就是老墨的新婚妻子，纪琴冲那矮胖姑娘笑了一下，对老墨说：“我接端端去住两天！”

矮胖姑娘不置可否。老墨说："行，晚一点我把端端的衣服给你送过去！"

停了一下，老墨指了指身边的矮胖姑娘说："这是罗美珍！这是端端的妈妈纪琴！"

罗美珍眼皮都没抬一下，纪琴的笑凭空没了着落，伸出去的手也只得在半空中划了一道犹豫的弧线撤回来。

那则短信还梗在心里，她也不想搭理老墨。那样快结了婚也就算了，真的就一点感情都没有吗？说的话太绝情了。

纪琴让端端跟爸爸和……说再见。"新妈妈"三个字纪琴说不出口，倒是端端说得顺溜："爸爸妈妈再见！"

一路上，端端说着幼儿园里的事儿，问家里的事，端端也说。奶奶嫌新妈妈煮饭不好吃，太咸。"奶奶要跟爸爸一个屋睡，让新妈妈陪我，她不高兴，跟奶奶吵起来了，结果新妈妈赢了！"

纪琴为端端叫了那个女人妈妈的事别扭着，却只得努力调整情绪，不在端端面前显露出来。她拍了拍端端的小脸蛋，说："大人的事小孩子不掺和，妈妈挣钱挣多了，就接你来跟妈妈一起住好不好？"

"好！我想吃比萨饼，大虾的！"

"行！"

有辆车子停到纪琴身边，是付北兴。

付北兴下车，走到端端跟前，说："这是端端吧？这么帅的小伙子啊！"

"我不是小伙子，我是男生！"端端一字一句地纠正他。

付北兴笑了："走，叔叔请吃饭！"

端端仰起头瞅了纪琴一眼："他是新爸爸吗？"

纪琴的脸红了："别乱说，他是付叔叔！"

那样酷酷的付北兴却很能逗小孩子笑，他给端端出题："端端，叔叔考考你，你说金、木、水、火、土，谁的腿长啊？"

端端皱着眉很认真地想，好半天，说："木，木头最高啦！"

付北兴摇一根手指："NO，NO，NO，是火！"

"为什么呀？"纪琴跟端端一起问。

"因为火——腿——肠（长）啊！"

纪琴跟端端一起笑起来，端端露出豁牙齿，说："叔叔，叔叔，我特别爱吃火腿肠！"

"好，一会儿叔叔给你买！"付北兴从反光镜里看满面笑容的纪琴。

纪琴似漫不经心地问："你家的宝宝多大了？"

"我——我们没有要孩子！"

"哦！"这是许久以来，纪琴第一次问到他的家庭。那像是个雷区，问了，便会炸得粉身碎骨。

当年，付北兴有个叔叔在澳大利亚，两人曾有意毕业后去那里。

毕业分手后，有次同学会，纪琴听同学说付北兴去了澳大利亚，在那边娶了个富商的女儿……

进公司一段时间后，纪琴知道付北兴是在一年前回到这座城市的，公司也慢慢都移回国内。

给端端要了冰激凌，付北兴说："我在一年前就见过你们。我跟旧同学打听的，我去你住的小区，在那儿看着你领着孩子进进出出……我还想，如果我们结婚，孩子是不是也像端端这样。"

"叔叔，你要跟妈妈结婚吗？"端端从那份冰激凌间抬起头。

纪琴的目光看着不远处一对拍照的年轻恋人，恋爱时，目光里只剩下了彼此。

纪琴说："北兴，人生没有回头路，每个人都有每个人的命，我现在这样，也很好，不再像当初那么天真地以为我爱的男人就是天。只是，可笑的是，同样的错误，我犯了两次……"

付北兴明白纪琴说的是她曾经把自己的幸福至少是安定寄托在自己身上，后来把这种希望寄托在老墨身上。

纪琴继续说："女人其实还是不错的。婚姻成功，可以做女人；婚姻不成功，可以做女强人。你瞧，我正走在女强人的路上……”

付北兴说：“琴，你变了许多！”

从前的纪琴，会鞍前马后无怨无悔地照顾他，会注意他举手投足的变化，却独独没有了她自己。

元旦时，纪琴带着端端回娘家住了两天，临走前，一遍又一遍叮嘱端端到外婆那儿别乱说家里的事。端端却还是露了马脚，吃外婆做的菜时说：“真好吃，我新妈妈做的菜一点都不好吃！”

老妈把纪琴叫出去，站在冰冷的院子里，院子里的一棵香椿树孤零零的。纪琴含了泪，说：“妈，我离了，是高兴着离的！”老妈抹了泪，回屋，给纪琴和端端做好吃的，准备让她们带走。

回城里前，纪琴给老墨打了电话，她说：“在长途汽车站口接端端吧！我那儿不知道冷成什么样呢，怕孩子感冒！”

到长途汽车站口时，远远地看到猫着腰的老墨，这几个月，他瘦成了一只虾米。

把端端交到老墨的手里，纪琴说：“以后，不是孩子的事儿，我不会再打扰你的！”她还是把这句话说了出来，像是要保证什么，也像是在维护着自己一点可怜的尊严。

老墨回过头来，问：“什么打扰不打扰的。纪琴，人家说一日夫妻百日恩，更何况……我希望你有事想到我！”

纪琴盯着老墨，说：“我手机里的短信不是你发的？那是端端的奶奶发的？”

纪琴掏出手机给老墨看，老墨脸阴沉着，没吭声。纪琴心里却想，可能是老墨的现任妻子罗美珍发的。

罗美珍约纪琴出来坐坐，就在老墨家小区对面的茶屋。

纪琴很细心地化了妆，换了套蛋青色羊毛套裙，米色大衣。

罗美珍在某些神情上跟李金玲很像。她说：“武文涛现在是我老公了，所以，我不希望你们常来往！”

纪琴喝了一口茶，强按下心里的火，说:“你放心，我只是端端的妈妈，除了孩子，我跟武文涛不会有半点瓜葛。”

罗美珍冷笑了一下，说：“孩子的事，你可以找我，找孩子的奶奶也行，干吗非找文涛？前妻的小伎俩我看多了，打着孩子的幌子干涉人家的事，勾引前夫，然后半铺半盖的，勾引回去复婚的不也很多吗？”

纪琴的手哆嗦着，如果换作颜樱坐在罗美珍的对面，手里的一杯热茶恐怕早就泼上去了。可是纪琴就是纪琴，她说：“你当成是天堂的地方，曾经是我的地狱，我很珍惜我现在的生活，如果你约我出来，只是为了说这话，那可以省了！”

纪琴起身出来，差点被一辆飞驰过来的绿色出租车撞到。她捂着胸口，车里的司机探出头来骂：“死娘儿们，找死啊！”

纪琴的眼泪铺天盖地涌上来，自己到底做错了什么？

10

元旦的前一天，颜樱站在了乌镇的西栅门外。她打电话给朵渔，说:“花朵姑娘，有空见客不？”

朵渔愣了一下，反应过来：“死东西，你在哪儿？”

一路跑到西栅门外，见到颜樱，俩人手挽着，颜樱问：“惊喜吧？屋子里没藏着小白脸吧？”

朵渔“呸”了颜樱一下，说：“怎么不去约纪琴，她要能来，多好！”

颜樱长长地叹了口气:“她现在大概更纠结了，本来一肚子事还没理清，这老墨风天火地地讨了新老婆，端端在那边，她又接不过来，这边在付北兴手下工作……想想都替她头疼！”

朵渔点了点头，说：“琴本来就什么事都往心里藏的人，真不知道要受什么样的煎熬。咱俩能在钱上帮帮她，她又不肯！”

颜樱说：“琴是外表柔弱，内心刚强着呢，不像我！”

朵渔歪头看了颜樱一眼：“姑娘，你不要跟我说你很柔弱的话哦！”

颜樱笑了，捏了朵渔的脸蛋：“朵，你不知道你气色比在城里时好了多少。呀，你这裙子在哪儿买的，真漂亮！还有这围巾我也喜欢！”

朵渔收到沈家宁快递过来的紫色羊毛裙、A 字领暗红格子大衣与一双黑色平底靴子，每一样竟都合朵渔的风格。朵渔格外喜欢，穿到身上，尺寸也刚好合适。还有，沈家宁还很体贴地在包里放进了同样不同颜色的纯羊毛围巾。到底是设计师的审美，眼光好到没话说。

朵渔似笑非笑的表情落到了颜樱的眼里：“快交代，是不是沈家宁的手笔？”

朵渔岔过话题：“老方还去缠你吗？”

颜樱脸上的笑退了去：“他要是早这么对我，何至于闹到现在这个地步？”

走到谢阿婆门前，朵渔进去跟阿婆打招呼，说自己来了朋友，中午加个菜弄点好吃的。谢阿婆满面笑容地出来，看着大个子颜樱，啧啧称赞：“这大城市来的姑娘就是漂亮，朵渔漂亮，你也漂亮！”

一句话夸得朵渔跟颜樱都笑了。有个外国游客拿着相机对着两位美女一通咔嚓，朵渔想拦，颜樱倒配合着摆起了 POSE：“没准还有洋帅哥喜欢上咱们，咱们出国晃一晃！”

朵渔伸手点了颜樱的额头：“还做你的大头梦呢！”

小酒馆正在装修中，朵渔便住在了谢阿婆隔壁的一家小客栈，客栈外格外古朴，仍保持着最后水上人家的样貌，内部却是极为舒适的装修，空调、冰箱一应俱全。

颜樱突然来访，朵渔想去给她开另一间房，颜樱摆手说：“不用，我跟你住就行，咱俩还能说说话！”

朵渔也就不再让，进了朵渔的房间，颜樱大叫大嚷：“太漂亮了！”一个雕花仿古的大床，上面搭着淡紫色的床旗。房间的壁纸是小朵的缠枝莲花，素雅大方，最重要的是窗，站在窗前，外面便是潺潺流动的河水。

朵渔把颜樱的行李放好，颜樱洗了脸，跳到床上盘腿坐在朵渔对面，仔细看她，像几百年没见过似的。半晌，两个人竟然异口同声地说：“我们老了！”

是心苍老了许多。朵渔不再是那个单纯地生活在一个男人羽翼下的幸福女子，颜樱也不再是为甩掉男人大伤脑筋的嚣张姑娘，还有没到场的纪琴，她更是满腔柔情总是付之流水，一伤再伤，竟然还会自杀……

“你还会想到他吗？”颜樱的这句话把朵渔的眼泪勾了出来，她急忙擦，扯出一丝抱歉的笑来：“我不想想的，我以为我来到这里，换个环境，会好些。可我不能闭眼睛，闭上眼睛，脑子里全是我跟韩彬这些年的点点滴滴，像放电影一样。樱子，我是不是特别没用？”

颜樱抱了朵渔一下，说：“一切都会过去的！把它交给时间，时间会替你抚平一切！”

朵渔把脸放在膝盖上，又笑，说：“你经历过那么多次恋爱，是怎么过来的？”

“没听说虱子多了不咬这句话吗，一路上摸爬滚打，总练出些身手来！嚯嚯哈嘿！”

颜樱比画了两下，朵渔又乐，顺便把眼泪擦干净了。谢阿婆过来叫两个美女去吃饭。

颜樱一下子就爱上了谢阿婆做的梅菜扣肉，狼吞虎咽地吃掉一碗米饭，谢阿婆笑着跟朵渔说：“你这朋友比你爽利！”

朵渔瞥了一眼颜樱：“她厉害着呢，写书的，作家！”

“我的妈呀，你骂谁呢？”颜樱急忙放下碗，很认真地跟谢阿婆解释，“我是卖广告的。喏，就电视上放的那种广告，我不过是把广告做在报纸上！”

谢阿婆懂了，说：“难怪广告上都是漂亮姑娘呢！”

得，把颜樱当成广告模特了。

颜樱和朵渔两个人互看一眼，笑，却也不纠正。

下午，颜樱睡觉，朵渔在她边上看书。

吃过晚饭，朵渔带着颜樱逛乌镇，最后的枕水人家，石板路，两边幽暗的木板房，生活于此间和善的老人，还有黄磊刘若英演《似水年华》里的场景，那些蓝印花布……朵渔一直记得黄磊演的那个角色拿着一支手电筒照上铺的情景，还有看着湿衣服滴下来的水发呆的情景……时间凝固了一样，很慢很慢，那样真好。

两个人买了蓝印花的小头巾，一人头上绑一块，像两个漂亮的村姑一样，一个古典，一个现代，同样美得让人动心。

朵渔给颜樱拍照片，两个人像回到了大学时代，彼时，两个人都是对爱情抱有梦想的单纯女孩，想着遇到王子，然后和王子牵着手，过上幸福的生活。

理想总是丰满，现实太过骨感。

站在小河边，河岸人家窗上的红灯笼一盏一盏亮起来了，两个人给纪琴打电话，纪琴正带着端端在外婆家，好像在吃饭，颜樱说："琴，什么时候咱仨人一起来乌镇，一定！妈的，咱们有钱，就在这边买房子开酒吧，相依为命！"

朵渔的眼睛有些湿湿的，目光移向别处。纪琴在电话那端说："好啊，好啊！"却是有些心不在焉的样子。

朵渔接过电话问："琴，没事儿吧！"

"没事儿！"过了一会儿才说，"我爸妈知道我跟老墨的事了！"

"知道就知道吧，早晚得知道！"朵渔自己也还没告诉父母，好在他们离得远。子女婚姻离散，父母承受的痛苦一点也不比婚姻中的两个人少，他们会格外疼惜自己的孩子。

起风了，朵渔跟颜樱回到客栈，两个人默默地洗涮完毕，然后在一盏昏黄的小灯下边喝啤酒边说话。说起将来，颜樱说："将来咱们仨老了，就找一家风景秀美的养老院，咱们三个风韵犹存的老太婆优雅地一起看书、玩牌、上网勾搭男人！”

朵渔拍了颜樱一下：“都多老了，还勾引男人？”

颜樱说:“这叫活到老，祸水到老！到时，咱，背面看，想犯罪，正面看，想后退，多嘚瑟啊！”

两人笑到了一处。朵渔握了颜樱的手：“多亏有你跟琴，不然，我真的害怕一个人孤单到老的！”

“嘁，我是胡说呢，我跟琴也许会一个人到老，你不会，没看男人都拿你当块宝嘛，从前是韩彬，现在这个沈家宁，傻子都看得出来他喜欢你……”

朵渔躺下，闭上眼，装睡，眼睫毛一眨一眨的，颜樱挠她痒：“你就装吧！”

电视里烟花四溅，人们疯了一样欢呼，朵渔睁开眼，看着颜樱说：“这一年终于过去了！”

是啊，这一年终于过去了，好的坏的幸福的悲伤的，也都一并过去吧。两个人都有些晕晕乎乎，酒是好东西。

是夜，两个人各自睡在各自的梦里。

她们不知道的是，在颜樱到乌镇的那个下午，沈家宁也赶过来了。他是过来陪朵渔跨年的，这是她离婚后的第一个年，他不想她太孤单，那样她会伤心的。

先到了谢阿婆那儿，谢阿婆说朵渔来了朋友，是个高个子的漂亮姑娘。沈家宁在谢阿婆的家里坐了一会儿，听谢阿婆说朵渔，心里满是幸福的味道。

晚饭前，沈家宁离开了谢阿婆那儿回了杭州，临走前他告诉谢阿婆别跟朵渔说他来过。谢阿婆送他出门，说：“小宁，阿婆是看着你长大的，喜欢朵渔，就告诉她！”

家宁抱了抱谢阿婆，说：“还要再等一等！”

Chapter 06

已知缘浅，奈何情深

婚姻最神奇之处在于，在经过了那么多漩涡和波浪后，站在你身边的还是同一个人，你仍然深切地感受到，自己爱着对方。

01

颜樱回到城里，年终报社要答谢广告客户，忙得脚打后脑勺。老方也终于没再来纠缠，颜樱乐得轻闲。

好不容易混到一个周末，没事儿，去见了纪琴一趟，把在乌镇买的姑嫂饼还有披肩带给纪琴。纪琴用颜樱的笔记本看她俩在乌镇的照片，惊叹连连。

颜樱盘着腿坐在纪琴的床上，天冷，干脆把毯子披在身上。纪琴赶紧把电暖气插上，却是干热干热的，拔掉又冷。颜樱说算了，还是披毯子好。颜樱眉飞色舞地讲着乌镇的见闻，突然想起什么似的说："看我这脑子，为啥事来的都差点忘了。琴，我有个朋友有一间装好的房，本来打算自己住的，结果公司派她去深圳分公司，她想出租给可靠的朋友，不图挣房租，只是想有个人住住，多点人气！我替你答应下来了，有暖气的！"

"多少钱，在什么位置？"

颜樱说了楼盘的名字，是个高档小区："一月二百，象征性地收点。她从前没少从我这儿拿广告提成！家用电器都全，提包入住，这边你给房东补点钱，明天我开车就帮你搬过去。"

“这样——好吗？是占人家便宜了吧？”纪琴的目光急切又犹豫。

颜樱拍了她的脑门一下：“我说老大，有便宜不占王八蛋，今儿我也不走了，你赶紧收拾东西，明天搬家吧！”

纪琴有点兴奋：“有暖气，就可以把端端接来了。我一想起罗美珍，哦，就是端端后妈那冷冰冰的目光就害怕。我一做梦就梦见她使劲打端端，老墨跟李金玲都在旁边看着不管！”

“真是个极品人家，不过，琴，娶了这夜叉也好，让李金玲对比一下。不对比，她不知道你有多好！我祈祷，阿弥陀佛，赶紧让罗美珍好好收拾收拾老巫婆，替你出出气！”

纪琴被颜樱逗乐了。

纪琴本就没什么东西，搬家时，颜樱指着那电暖气问房东要不要，要一百块买给她，几乎是新的。房东立马答应了下来，纪琴却不舍得，说：“还是搬着吧，停止供暖了，还冷……”

颜樱撇了一下嘴，搬起电暖气，说：“你不是怕冷，你是舍不得送你的人……”

新房子好得超出纪琴的预料，六十几平方米，里面虽是简约装修，却很有品位，东西一应俱全，鹅黄色的窗帘，宽大的飘窗，纪琴都喜欢得不得了。

颜樱拍了拍纪琴：“那就好好努力，挣钱把它买下来，那人去了深圳，她男朋友是外国人，没准就不回来了呢！”

纪琴使劲地抱着颜樱，又哭了。她说：“樱子，我简直不知道如果没有你和朵，我这日子该怎么过下去！没离婚时，我做梦都想要一间属于自己的小房间，可以哭，可以不高兴，可以懒，不用看别人的脸色行事！”

颜樱不想纪琴继续做祥林嫂，说：“我做了好事，怎么感谢我呢？”

“走，我请你吃顿好的！”纪琴兴冲冲的。颜樱说：“不许偷懒，我就想吃你烙的饼，还有你炒的菜！”

“没问题！”

两个人去逛超市，买了好多好吃的，回来的路上，颜樱租了碟，两个女人在屋子里吵吵嚷嚷，给朵渔打电话，纪琴说："你赶紧回来，以后没事就都来我这吃饭，我愿意做饭！"

朵渔笑："我现在就想吃了！"

颜樱就故意嚼得很大声。

晚上，颜樱看碟，纪琴整理东西，突然之间，颜樱大声问："琴，你说幸福不幸福，是不是其实可以跟男人没有啥关系？"

纪琴歪着头想了一下，说："是啊，跟婚姻也没多大关系。幸福不幸福，要靠自己感受。至少，今晚，我就觉得很幸福。我要努力，然后买一间属于自己的房，过自己的生活！"

碟里的电影是梅里尔·斯特里普演的《爱很复杂》，斯特里普演的女人离婚许久后在儿子的毕业典礼上邂逅前夫，两人迅速睡到一张床上。颜樱骂了句"娘"，然后喊纪琴一起看："这简直就是偷老娘的故事嘛！那男人一看就像猪似的，还睡，睡，睡！"

纪琴递给颜樱一个橙子，说："像这片名一样，爱很复杂，就像老墨和付北兴，在遇到付北兴之前，我一直以为在我心里付北兴更重一些，可是，见了他，我发现，我跟他早就没感觉了，相反倒是老墨那……"

颜樱坐直身子，气势汹汹："琴，老娘的惨痛教训在这搁着呢，前夫是个过去式，能扔多远扔多远，千万别狗扯连环，像我，差点……那啥！"颜樱还对老方得了性病那事耿耿于怀。也太过下三烂了，有感情的扯三挂两，也就不说什么了，见着女的就想上，那不成畜生了吗？

纪琴幽幽地说："就算我贼心不死也没用啊，人家那边都扯证结婚了！你也知道我没你那么生猛，我只是说说这个事儿！"

"那就好，前夫千万不能碰，否则受二茬儿罪，是烂牙就拔掉，别留着！"

片子是轻喜剧风格，前妻前夫两个人都有些绷不住的样子，见面就上床，上床后沮丧，看得两个人都想笑，却又都心境复杂。

02

朵渔提前回了城。酒馆的工程没有完，是韩彬出事了。他失踪了。

消息是小汐打电话告诉的。小汐哭着说："姐，你误会他了，他是怕出事！"朵渔的脑子嗡嗡响："他涉嫌用非法手段拿到工程，行贿？"

"我也不知道，反正好像事挺大，你知道他们盖的那个树村轩工程吧，那儿发生了严重的质量事故，好像不只这一件，这之前，去年，哦，不，就是前年，就有很大问题！我也说不清，是一个来看病的病人闲谈时我听到的，然后去打听，知道这些。我给袁子丹打电话，她电话停机了，我让妈去她家问问，然后告诉我。她在姐夫那儿工作，总会知道得详细些……"

放下电话，朵渔觉得人是轻的，轻飘飘地坐在床沿儿上，看着屋子里的阳光跳来跳去的，一时间不知道自己身在何处。

电话再次响起，朵渔任它响了好半天，才接起来，是沈家宁。朵渔像是被扔在海中很久后突然抓到了浮木一样，眼泪瞬间滑落了下来："家宁，我要回去，这边怎么办呢？"

"别急，出了什么事，慢慢说！"

朵渔语无伦次地把小汐电话里说的内容说了一遍。朵渔一直以为事情都过去了，韩彬是个不相干的人了，他生，他死，他幸福，他不幸福，与自己一点儿关系都没有了！无论是因为什么离婚，无论是因为什么在她放弃自尊求他重归于好时拒绝，朵渔都不能原谅他。

至死不原谅。

可是，小汐一说韩彬出事了，她的心立刻成了一片荒草，一点主意都没有了。

沈家宁说："你赶紧收拾东西，然后打车去萧山机场，我给你订机票，酒馆的事，你不用管，我来安排！"

朵渔哭得乱七八糟："家宁，谢谢你！"

暗夜，飞机抵达一片灯火的城市上空，朵渔头疼得像在太阳穴间穿了根铁丝，人也像无意识了似的，漂亮的空姐几次来问她有没有什么事，朵渔勉强扯出一点微笑来回应。

沈家宁在机场接朵渔，没忘带了件羽绒大衣。朵渔想努力对沈家宁笑一下，却不想一咧嘴，哭了出来，沈家宁顺势把她拥在怀里，拍她的背说："没事儿的，明天我去找关系打听，他在商场上摸爬滚打那么久，不会有事的，你要好好的，听话！"

朵渔真的收了眼泪，跟在沈家宁身边，心突然就不那么慌了似的。

沈家宁带朵渔去吃了饭，吃饭的中途跑出去，买了只电热宝来，让服务员帮着插上。他说："你的手太凉了。还有，头疼别总吃药，回去用热水泡泡脚，然后敷敷面，会好很多……"

朵渔问："你怎么知道我头疼的？"

沈家宁笑起来很像裴永俊，有种冬日阳光般的温暖："在乌镇时，我看到你吃药，然后留意了一下药盒，是治头疼的。"

朵渔默不作声，只是抱着那只红色的铁饼一样的电热宝，想到韩彬为自己捏虎口，揉太阳穴，此刻，他逃了吗？会跟小丹在一起吗？他从小没吃过什么苦，人又自负，遇上这样的事……

朵渔的心沉了下去，说："韩彬会不会想不开？我知道他不是逃避的人……"

"不会的，我想他一定是想办法去了，我们要相信他！"

若不是已经是夜里两点了，朵渔一定会去韩彬的公司，再不就去见小汐说的那个病人。不是一直运营得好好的吗，怎么说出事就出事了呢？韩彬真的是怕牵连到自己才跟自己离婚的吗？

实在是没吃东西的心情，沈家宁却不肯让朵渔偷懒："明天开始，为了弄清真相你不但要做一名战士，而且还要营救韩彬。所以，你必须让自己坚强起来，你必须吃得饱睡得好，否则，你也不必赶回来掉眼泪！"

朵渔眼泪汪汪的，但那些眼泪终究是没有掉下来。她开始使劲吃那碗饭，吃到最后眼泪还是涌了出来。她说："家宁，我还有资格管韩彬的事吗？

我是他的妻子时，他的事我一无所知，什么都帮不上他；现在，我们离了，他一次都没联系我，我有什么资格去过问他的事！”

沈家宁叹了口气，伸手帮朵渔擦了眼泪，说：“你曾经是他的妻子，有过美好的过去，就算是变成仇人的朋友，他有了难，你也可以过往不咎，重新给他支持。至于将来，你们有没有感情，或是继续老死不相往来，那都是将来的事。别想太多，做你想做的事！”

朵渔点了点头，吃完饭，回到住处。

颜樱和纪琴、小汐早就等在那里。纪琴带了端端，朵渔回来时，端端已经睡了。

沈家宁没有进家门，跟大家打了招呼便离开了。

见了大家，朵渔又掉了眼泪。颜樱说：“朵，你省省行不行，等知道他是情圣，是为了不牵连你跟你离婚的时候，再掉眼泪也不迟，现在就为那白眼狼掉眼泪，万一他是报应呢！”

小汐把袁子丹的电话找到了，小丹说她也不知道韩彬在哪里。她说虽然她在公司干过，但职位那么低，也不知道实情。颜樱骂了句：“除了在公司的职位，她不是还睡着韩彬吗，狐狸精不会傻到只把功夫花到床上吧？”

纪琴拉了颜樱一下，让她少说两句。朵渔的脸白得像纸一样，人也摇摇欲坠，纪琴让小汐搭颜樱的车回去，她在这里陪朵渔。

颜樱说：“也好，明天我去报社求那帮少爷小姐，平常他们跑新闻，总跟官场上的人混，应该知道些内幕！”

小汐临出门前，抱了朵渔一下，眼泪汪汪地说：“姐，你别难过，没事的！”

朵渔突然想起什么似的盯着小汐隆起的肚子，小汐一下反应过来，眼皮落下去，小声说：“我跟佟童黄了，我决定把这个孩子生下来！”

朵渔伸手给了小汐一巴掌，然后人晃了晃，赶紧扶住墙。纪琴赶紧扶朵渔回屋里，颜樱搂着哭得不行的小汐出门。

坐到车里，颜樱并没有先开车，她说：“小汐，我没有妹妹，我也一直把你当成妹妹。你知道这个世界多现实，一个未婚妈妈会面对什么，你想过没有？还有，孩子会恨你，他一出生，就没有父亲在身边，这是件多残忍的事儿你知道吗？”

小汐仍是哭。

颜樱继续说：“不知道你姐跟你说过没有，我就是单亲家庭长大的孩子。从前，我最看不得的就是人家父亲用肩膀扛着女儿，看一回哭一回。我爸的新家离我家不远，但我妈从来没告诉过我。上中学时，我听人家说的，去找。我清楚地记得在那幢筒子楼的走廊里，我敲门，是他的新老婆开的门，问我找谁，我说了他的名字。他站在了我的面前，问我，‘你找我吗？有什么事？’

“阳光从他的背后打过来，他的脸是模糊的，冷漠的，连一丝丝笑容都没有。我慌里慌张地说，我想找人辅导物理，有人推荐了您！他说：‘开什么玩笑，我教大学的！’说完转身进屋，把门关得山响。

“我从那幢楼出来，眼泪淌也淌不完。他不认得我，他把我当成莫名其妙的女孩。那之后，他来学校找过我，他说那天光线太暗，没认出我来，然后他塞给我五十块钱。小汐，那是我长到十六岁，他给过我的唯一的钱。那天，我攥着那五十块钱一路走一路哭……

“后来，我偷偷跑去他住的那条街，看到他肩上扛着个六七岁的小女孩又说又笑，那原本是我应该享受到的幸福！跟你说句真心话，那时，我不仅恨他，也恨我妈。恨她为什么跟这样一个男人生孩子，恨她为什么跟了他又离开了……没什么道理，就是恨，我的青春期很叛逆……”

颜樱开了车窗，点了一支烟，继续说：“我也一直觉得这些年，我不能安定地跟一个好男人过日子，是因为父爱缺失的缘故。老方有很多缺点，但是他像宠溺小女孩一样宠我……小汐，决定要不要一个孩子来到这个世界上，甚至让他拥有什么样的人生，这点，你要想清楚。”

小汐擦了一把脸，说：“樱子姐，这孩子不是什么一夜情男人的，是佟童的。他太让我失望了，我们那么好，然后不过是我气他说的话，他就当真了……”

颜樱盯着小汐使劲看：“我真搞不懂你们这些年轻人了，闹别扭怎么能拿孩子说事儿！这事他还不知道？”

小汐摇了摇头。颜樱骂了句人，说：“小汐，你还真是傻，你还爱他是吧，然后还想把孩子给生下来？然后有一天，你去告诉他，这孩子是他的？或者用 DNA 证明给他看？让他后悔？那时他或者已经结了婚，有了另外的孩子！你是要这结果吗？你是不是看那种狗血电视剧看多了？”

小汐眼泪汪汪地摇头。颜樱说：“明天赶紧把实情告诉佟童。他若是相信你，还爱你，就立马张罗结婚；若是不相信你，不爱你了，立马把这孩子打掉，别等了。知道吗？”

小汐慢慢地点了点头。颜樱掐灭烟头，发动车。她说：“别生你姐的气！”

小汐点了点头，说：“我知道的！”

东方泛起了鱼肚白，无论心情是好还是坏，新的一天总会如期而至。

03

一个晚上，朵渔都被梦切割得一段一段的。

一会儿是在监狱里见到蓬头垢面的韩彬，他哭着喊：“朵渔，救我。朵渔，你一定要救我！”

一会儿是在寝室楼前的小操场上，纪琴、颜樱把被子都抱出来晒，人却都跑得不见影儿，只留下朵渔一个人坐在小板凳上看着。然后被子上印出黑影，韩彬从一床被子一床被子间穿过，手在被子上做飞翔状。朵渔起来，两个人隔着一米的距离，各做出拥抱状，被子上的两个影子重叠在一起，真的拥抱了一样。突然朵渔问：“咱俩不离婚了吗？”韩彬的脸蜡像一样凝在那儿，然后人迅速向后飞去……

天亮了，朵渔睁开眼，纪琴竟然也醒着，朵渔说：“琴，我梦见韩彬了，他让我救他！”

纪琴握着朵渔的手，说：“嗯，咱们救他，无论他在哪儿，咱们都救他！”

朵渔变得很安心了一样，说：“你知道我跟韩彬为什么不要小孩吗？我们对外都说嫌烦，我们是丁克，其实，琴，是我不能生小孩！我们去检查过，我卵巢异常，不能生育。你知道我多喜欢孩子吗，有一阵，我很消沉，想跟韩彬离婚，他的生意做得这么大，没个孩子……可是他死活不肯，他让我趁早打消这念头。他说，过两年，如果还没有孩子，我们可以去领养两个孩子，还为国家减轻负担了呢！他还告诉我这件事谁也不许说，就是我婆婆问，他也总说是自己的原因……”

纪琴坐起来，看着朵渔，说：“所以小丹住进你们家，你是有意的？”

朵渔使劲摇头：“琴，我没有。我真的没有……”

“或者你的潜意识里这样想过，如果小丹给韩彬生下个孩子，韩彬又舍不得你，你们收养孩子……”

朵渔坐起来，眼泪扯出了一条瀑布：“琴，我们认识这许多年，你不能这样想我，没孩子就没孩子好了……你忘了我那样爱韩彬，我怎么能拿我们的感情做赌注呢？不过，韩彬跟我离婚时，我倒真的这样想过，他可能是想明白了，我终究是不能生育的，他不想要我了，但是他说，我如果这样想就是侮辱了他！”

纪琴抱住朵渔，说：“朵，对不起，我刚才是胡说八道，我知道你善良，就算不为你们的感情着想，你也一定不舍得伤害小丹的！我刚才真的是乱说的，你别生气！”

朵渔真的累了，她躺下又睡着了。纪琴在旁边掉眼泪，自己怎么就说出那些话来了呢，要是让颜樱知道，肯定骂她脑子进水了。

纪琴的心也乱着。在朵渔回来的前一天，老墨打电话给纪琴，问能让端端跟她住些天吗。

纪琴搬了新家，正想着要接端端。

老墨带着端端出现在纪琴新家的门口时，纪琴吃了一惊。端端衣衫不整，脸花里胡哨的，长头发，黑指甲，老墨人瘦了一圈不说，还愁眉苦脸的。

进了屋，纪琴先带端端洗了脸，把之前给他买的新衣服换上，开了冰箱拿出吃的东西让他进自己的房间看电视。

做这些时，端端都是乖乖的，偶尔，眼神还有些惊悸，他问：“妈妈，我可以跟你住不回奶奶家吗？”

“嗯，妈妈不让你走了！”孩子天真地冲纪琴笑，露出几颗稀疏的小牙。纪琴心疼得要命。

端端进了房间，纪琴坐在老墨身边，问：“她不喜欢端端是吗？”

老墨掐掉手里的烟。老墨戒烟很久了，什么时候又抽上了？他的两只胳膊拄在两条腿上，手捂着脸，好半天才说：“端端跟着你吧，那个家实在不是人待的地方！”

“怎么了？”纪琴问。

老墨站起来往外走，纪琴拉他，他一回身，把纪琴紧紧地抱在了怀里。他像孩子一样哭得浑身发抖，他断断续续地说：“琴，我对不起你，我们武家都对不起你！今天这样……都是报应……报应！”

“文涛，你跟我说，到底怎么了？”纪琴像安抚孩子一样安慰痛哭流涕的老墨。他松开她，重新坐在沙发上，纪琴给他拧了毛巾，让他擦了脸。

他开始说罗美珍。罗美珍混到三十岁还没嫁出去是有原因的。她脾气火暴，好吃懒做，一语不合，就摔盘子摔碗。李金玲先还跟她吵，支使着老墨管罗美珍，却不想每一场战役打下来，都是罗美珍的气焰更胜一筹。

对端端那一点好也没有了，孩子干什么都不对，骂孩子，甚至还动手打。李金玲一气之下想搬回原来的住处，却不想租她房的那人也是个厉害角色，交了一年的房租，打死也不肯搬。有了李金玲想搬回去的举动，罗美珍像发现新大陆一样，一天到晚鼓捣老墨让李金玲把房子过户到自己名下，老墨不肯说，罗美珍就三天一小吵五天一大吵，闹得家里鸡犬不宁。

老墨说：“我妈现在成了老妈子，什么都干，她还不满意，嫌擦的地不干净，嫌做的饭不好吃，动不动就回娘家。我妈开了工资，她就哭穷，借钱，买衣服买鞋，从来不心疼……”

纪琴冷笑了一下，说：“文涛，你说对了，这真是你们武家的报应，不遇到罗美珍这样的极品儿媳妇，你妈还真把自己当成了老佛爷！”

老墨又点上一根烟，半晌，说：“我真是觉得人生没有意思，你们每个人都有道理，错的都是我……”

纪琴起身给老墨倒了一杯茶，坐在他对面，说：“文涛，有句话我一直没有说，其实，日子过成这样，你是有责任的。你太过软弱，太听你妈的话，没主见，谁都不想伤害，结果你谁都伤害到了！”

武文涛走后，纪琴一个晚上都没睡好。端端很害怕，总是惊醒，说梦话：“妈妈，我错了，我以后再也不敢了！”

纪琴紧紧地抱住端端，拍醒他，告诉他：“妈妈在，别害怕！”

端端很安心地睡着了。纪琴睁着眼睛到天亮。

自己应该幸灾乐祸的，可怎么心里像堵了块大石头呢？

04

朵渔再次醒来时，已近中午。纪琴带着端端早走了，家里静悄悄的。

阳光在窗户上跳来跳去。朵渔好半天才想起自己的处境，韩彬不知下落，心被刀剜了一样疼。

然后安慰自己，朵渔想：“韩彬不是国家公职人员，就算是工程质量出了问题，大不了赔钱了事。自己有存款，还有房子，都卖掉，无论怎么样，不能让韩彬坐牢。他才三十几岁，人生中最黄金的年龄！”朵渔下了破釜沉舟之心。无论他爱她，或者不爱她，看在他们俩十年的情分上，她也帮定他了。

这样想，人安然了许多。她对自己说：“朵渔，现在是真正考验你的时候了。父母都在远方，且有病患，不能告诉也不敢告诉。在这座城市里，自己是他曾经的至爱亲人，只有横刀立马冲过去救他！”

拉开床头柜，里面是个暗层，从暗层里拿出那个红木雕花的首饰箱，打开，仔细检查里面的物件。

跟韩彬离婚时，韩彬发短信告诉朵渔，重要的东西都在这里面，可是朵渔除了去乌镇时取了银行卡和身份证，再没动过这盒子。

盒子里面的存单朵渔加过，一百二十多万。银行卡里有二十多万。

朵渔还有几件值钱的首饰，房子如果卖的话，也值个一百多万吧！朵渔一想到这些，心里竟有些畅快，这些年，生活越来越富足，人心却越来越不单纯了。

偶尔，韩彬会嫌朵渔穿得不够高档而生她的气，给她买极贵的包和衣服，朵渔穿着跟他去应酬，总觉得浑身不自在，回来，韩彬也嫌她木头人一样，两个人为此怄气。

朵渔跟韩彬闹矛盾，通常是两个人都不说话，韩彬抱了枕头去书房睡，朵渔自己睡，也没觉得怎么样，第二天早上，吃饭时，随便扯着话题，说了话，也就算过去了。有一天，朵渔看对梁朝伟的采访，梁朝伟说他跟刘嘉玲之间吵架时，每人一粒安眠药，吃了各自睡去，就不会吵了。

朵渔当时对着电视笑了半天，她跟韩彬倒不必奢侈得用安眠药，他们已经习惯了和彼此的相处方式。

或者这习惯之中就暗藏着危机，只是自己浑然不觉而已。

盒子里有韩彬手写的几个密码，那肯定是在离婚前他放进去的。朵渔总懒得管这些琐事，每次用钱也都是打电话给韩彬，让韩彬取。这一点被颜樱和纪琴诟病过很多次。不认路，不管家里的钱，不知道银行密码，反正一个电话，他就会开车来接，一个电话，他就会把钱摆在自己面前，自己乐得做清风公主，不沾世俗，很多女人把这当成是幸福的依靠。可是，如果依靠的这棵大树不愿意做大树了呢？

朵渔还算是幸运的，身边有朋友也有沈家宁在身边。韩彬也没有做得刻薄寡恩，到底有些情义，给朵渔留了生路。平常女子很容易落到孤立无援的地步。

朵渔在小盒子里发现了一枚钥匙，那不是家里的，是哪儿的呢，这样郑重地放在这里？

电话响了，朵渔放好盒子，急着找手机，一头撞门上，疼得眼泪都出来了。

电话是颜樱打来的，她说："朵，韩彬没有外逃，好像是被羁押在什么地方接受调查。事情挺复杂！"

朵渔很冷静，说："樱，帮我联系最好的律师吧！我要不惜一切替韩彬打官司，即便他有罪，我也希望能把罪降到最低，这或者是我能帮他做的最后的事！"

电话那边沉默了很久，然后颜樱破例没有说别的，她只说："好吧，朵，你好好的，等我消息。"

挂断颜樱的电话，另一通电话挤进来，是沈家宁的。他说："朵渔，你还好吧！"

"还好！"朵渔答得很平静，甚至还问了乌镇的工程谁在看着。沈家宁犹豫了一下说："据说是省里的主管出了问题，从前年夏天就查过一回，后来不知道怎么回事，平安过关。这次因为树村轩的事闹大，再次查下来，韩彬难逃其责。我听说是他们把本该建树村轩的钱拿去投另外一块地，致使树村轩没有足够的资金建房……现在的房地产业本就容易引起公愤……"

朵渔一直在听沈家宁说，不知道该怎么回答，沈家宁终于都说完了，朵渔说："我知道了，没事，事情总会有头绪！"

沈家宁听了朵渔这话，长长地舒了一口气，说："朵渔，我能体谅你的难过，但是别自责，也别内疚，他是成年人，他的路是自己选择的，目前，我们能帮他到哪一步，就帮到哪一步，超越法律的，我们也不能做，是不是！"

"嗯！"朵渔答应了。

下午四点，朵渔在韩彬公司对面的奶茶店见到了袁子丹。袁子丹果然今时不同往日，覆额斜流海 BOBO 头，一袭粉紫色的短披肩小外套，再搭配一条深紫色天鹅绒齐膝裙，一双黑色的高筒靴，时尚阳光，妆化得很淡，也依然是清纯模样。

袁子丹坐下，低眉顺眼地叫了声“朵渔姐”。朵渔帮她点了杯巧克力奶茶，然后问：“小丹，我只想你告诉我真相，你跟韩彬之间到底有没有过私情？”

05

颜樱在新世界酒店的大堂里等朋友引荐的律师时，一眼看到老方怀里搂着个身穿白色绒球衣服，脚踩一双红靴子的小白兔子一样的姑娘在开钟点房。颜樱看着鱼膘儿一样的老方的手揽在兔子妞的腰间，兔子妞耍着嗲说着什么话，老方拿到门卡时，走路是扬扬得意的外八字。

颜樱往后缩了缩，还是被老方看到了眼睛里。他搂着兔子妞走过来，觍着脸说:“这么巧，也来开房？”然后夸张地左顾右盼，“钢铁侠帅哥，哦，不，你的口味是小白脸，人呢？”兔子妞满面冰霜，撇着嘴催老方:“走啦，管人家的闲事！”

老方却没有走的意思，说：“介绍一下，这是我的前妻，第一任老婆。”然后很轻薄地捏了捏兔子妞的脸蛋，“我的准第三任老婆，他妈的，我这辈子尽结婚玩了，哈哈哈——”

兔子妞一股胶皮糖一样拧在老方身上：“都前妻了，还这么热络干什么？”

“哈哈，看我家小可爱吃醋了！樱子，你风情有余，就是太过自信，从来不吃醋，男人其实好这口！”

颜樱侧着身子坐在沙发上，跷着二郎腿，炯炯双眸如两把剪刀一样，上一眼，下一眼，打量着面前堪称经典的狗男女，然后很慢很慢地拍手，说：“老方，你果然每次都让我有新感觉，你要不在天涯上蹿红，都算天涯上的人有眼无珠！”

老方有些恼羞成怒，气势汹汹地揽着兔子妞给颜樱扔下一句话：“你都三十多岁了，小心让小白脸骗财骗色！”

颜樱哈哈大笑，抱拳说：“多谢前夫关心。我被骗财骗色，我愿意！”

老方搂着兔子妞离开，兔子妞嚷：“你干吗用那么大劲，弄疼我了！”

颜樱还是被坏了情绪。正好电话也打了进来，律师临时有事不能过来了。

颜樱回到报社，康堤正在等她。他说：“晚上有空吗，请你吃饭！”

“没空！”颜樱想也没想就一口回绝。康堤回头拉开门，喊：“进来吧！”

报社的一干同事捧着蛋糕、喷雾彩胶进来：“美女，生日快乐！”

一向坚强很少落泪的颜樱转过身，眼泪噼里啪啦掉下来，马上又忍回去，转头，拱手谢同事。大家切蛋糕，笑闹到一处。结束后，大家退出去，康堤被同事抛了不少奶油，颜樱帮他擦头发上的奶油。康堤说：“晚上要跟朋友庆祝吗？很重要吗？”

颜樱不知道哪根筋动了，摇了摇头，说：“都这把年纪了，哪有心情庆生？”

康堤说：“那就交给我吧。每个年纪有每个年纪的好，别轻贱自己！”

颜樱笑了，把他额前的头发往后拨弄了一下。两个人的坐姿有些过于亲密，颜樱坐在椅子上，康堤坐在颜樱面前的桌子上，身体和身体的某一部分碰到一起，都没有避让。颜樱说：“康头儿，别招惹我，老房子失火，很麻烦的！”

康堤低下头，盯住颜樱的眼睛：“我是救火队员！”

颜樱咬了咬唇，正想说些什么，电话响了，是纪琴打来的。她说：“樱子，这几天事情忙得乱七八糟的，都忘了今天是你生日了。晚上咱们三个出去吃点饭吧，朵渔也心情不好！”

颜樱抬头看了康堤一眼，说：“好，我来找地方吧！你下班去朵那儿，我开车去接你们！”

康堤噘了噘嘴，很委屈很小男生地几乎在撒娇了：“大姐，约也要有先来后到不是，再说，你还是我的兵呢，敢放领导鸽子？”

颜樱回道:“八小时以内归你管,八小时之外,管我的人还没生出来呢！”

康堤笑了：“真绝情，不过，这是你的风格，我喜欢！”

颜樱抬头，似笑非笑：“给你讲个笑话，四个女职员凑一起讲领导坏话，并说自己如何勇敢地跟领导对着干。一个说：给他倒的咖啡里吐了唾沫。另一个说:给他写的材料里故意写上生僻字,看他做报告时念不出出丑。再一个说：上级领导来时，‘不小心’泄露他贪小便宜的事。第四个女职员说：这算什么啊，我偷偷把他抽屉里的安全套都扎上眼，让他养孩子养得累死……其余三个皆大惊失色，喊：不要啊……”

康堤瞅了颜樱半天，说：“你该不会暗示我该准备新的安全套吧！”

颜樱哈哈大笑，指着门说：“我怕我们被编排进这样的段子里！”

康堤说：“惊弓之鸟！”说完，亦是似笑非笑地转身离开。在开颜樱办公室门之前，他还是转回身说了句:“我希望以后你的生日我都陪你过！”

颜樱抚了下额，再抬起头，问：“这算是求婚吗？小男孩？”

康堤恨恨地离去。颜樱被老方弄糟的心情恢复了好多，居然有兴趣给老方发短信。她说:“您着点儿，别把武功都废了，以后什么兔子什么猫的，怎么搞定啊？还有，从我到田菲菲到兔子妞，你的审美水平堪比中国股票，一路跳水！”

大概正在忙乎着，或者是累了，睡着，没回。颜樱骂了自己够无聊，找了家南美烤肉的自助餐，端端喜欢。

三个人早就说好，无论谁生了孩子，另外两个都是干妈。颜樱和朵渔都是端端的干妈，朵渔不生，颜樱压根就没打算生，所以，两个干妈都做得很铁杆，在端端面前很没尊严地无条件服从。

当初端端被留在老墨那儿时，两个人都心疼坏了，说李金玲性格有缺陷，会对孩子不利的。

现在好了，三个单身女人一个娃，他妈的，这日子这样过下去不也挺好嘛！

这话在南美烤肉店里说出来时，纪琴笑了，说："端端，你以后娶了媳妇，有三个妈妈干不干？"

端端正在对付蜜汁肉，说："干！"

"为什么呀？"

"因为三个妈妈给三份钱！"

三个人哈哈大笑，这小子，脑子倒想到这儿来了。

纪琴问朵渔："见到袁子丹，她怎么说的？"

06

朵渔从来没想过在自己的眼皮子底下发生过那么多事情。

小丹跟朵渔说："朵渔姐，实话告诉你，我是真的爱彬哥的。我到你家时，涉世不深，看到彬哥那么温文尔雅，对你又那么好，时间长了，难免就很喜欢他。后来去了他公司工作，跟他接触多了，也常常幻想他也会喜欢我……"

朵渔不想纠缠他们感情的过往，那些会像碎玻璃一样撒在心上，会每次想起来都心疼。她说："细节就不要讲了！"

但是小丹说："朵渔姐，我还是希望你听一听。韩彬哥真的很爱你。一个女孩有意无意的爱慕之情，他总会感受得到，他甚至给我介绍过男朋友，但是被我拒绝了。"

朵渔的目光落在奶茶店挂的一串风铃上，天冷，窗没开，风铃孤单单地吊在那里，没有风，它不声不响，还叫风铃吗？

"我也很内疚，觉得对不起你。你对我像亲妹妹一样，我怎么能喜欢……但我又在给自己开脱，我没有真的做什么，只是喜欢一个人，有什么错呢？我承认我很自私。

"你记得那一次吗，前年夏天，你跟彬哥从大连回来后两个月，阿姨生病，你跟小汐回老家。那段时间，公司状况很不好，质检的、税务的、工商的，几乎天天有人来查，彬哥心情很不好，常常喝酒。

“有一晚下暴雨，他喝醉了酒，被人送回到家时，头上直往下淌水。我帮他换睡衣，他突然就抱住我，说他知道我喜欢他，他说：‘小丹，跟我在一起吧，我跟林朵渔离婚！’”

即使是事情过了这么久，朵渔对这样的事有心理准备，但是听到小丹的叙述，脸还是像被人重重地扇了耳光一样。朵渔端起热可可奶茶喝了一口，已经凉了好些，入口有些涩涩的。

小丹的眼睛落在面前的奶茶杯子上。杯子是圆圆的奶白色，一侧惟妙惟肖地画着橙黄色的半拉开的拉链。真是巧思，朵渔等小丹时，就一直看着这杯子。这拉链能拉开吗？就像生活，拉链完好着，是光鲜亮丽，夫妻恩爱。拉链拉开呢？是各怀心事，同床异梦吗？

下午三点，奶茶店的人极少。

小丹的声音水样地继续在安静的卡座间响起：“朵渔姐，你知道那种感觉吗？你喜欢的男人说想跟你在一起，整个人都像被人点了穴一样，不能思考，不能呼吸。不对，是不忍思考，不想呼吸。害怕一思考，一呼吸，那个触手可得的梦想就像肥皂泡一样碎掉了。

“我抱着彬哥，一动也不敢动。他说了很多话，都是说你的。他说你们因为一本书相识，他说你们在一起，即使什么都不做，也不觉得无聊。他说，爱一个人，不是爱她的优点和缺点，而是爱和她在一起时的感觉。我不明白他说要跟我在一起，为什么又说这些。

“他终于睡过去了，夜沉沉地压下来，风雨敲打着窗子，像要把窗子撕开。我躺在他的身边，心里也是狂风暴雨。人都是自私的。韩彬也许是我能够遇到的最好的男人，人品好，有钱。我听过你们说话，我知道你们不能要小孩，甚至想过像小说中那样，我给韩彬生个孩子……”

朵渔的目光狠狠地盯在小丹那张清纯的脸上，把奶茶泼到小丹脸上的冲动一直在朵渔的脑子里徘徊。朵渔两只手紧紧地握着奶茶杯子，她生怕自己的手一动，那杯可可奶茶会像张艺谋电影里的慢镜头一样，带着极美的韵律跟小丹的脸来个亲密接触……

那样的想象让朵渔觉得妙不可言。但是，她是朵渔，是理智大于情感的林朵渔，她想听的只是真相而已。他们的奸情或者私情，再或者是小三的心路历程，此时此刻，她都没立场计较没工夫计较了。

“拣要紧的说吧！晚上，颜樱生日！”朵渔的目光从小丹的脸上移开，极力轻描淡写地说。

“第二天早上，彬哥醒了，我吻他，他也吻了我，我以为我们会……在一起，但是，他推开了我。他说，他会跟你离婚。他说，如果我想跟他在一起，就什么都别说！

“接下来的好多天，他极少回来住。我完全搞不清状况，我理解为是他在挣扎，他爱你，却又喜欢上了我……然后你回来了，你们跟往常一样，我甚至怀疑那根本就是我做的一个梦。

“我不敢问韩彬。终于，那一晚你去见沈家宁，我洗了澡，进了韩彬的书房，可是，他说：小丹，在没离婚之前，我不能背叛朵渔……”

朵渔望着窗外，这是个无雪的冬天，步行街上灰秃秃的，人像是街中心大槐树落下来的叶子，急匆匆走过来，走过去。

“你们并没有真正在一起是吗？离婚后，韩彬并没有跟你在一起是吗？你们在端端的幼儿园附近出现，也只是为了让纪琴看到，是做戏，对吗？”

朵渔眯着眼，并不看小丹，仍瞅着窗外的人和孤单的树，问题如石头一样冷硬地抛了出来。

小丹开始哭：“朵渔姐，我觉得彬哥是有说不出的苦衷才跟你离婚的。他怕你不肯，才处心积虑地拿我做幌子。他后来给我十万块钱，说是精神赔偿费，还说希望我能守口如瓶。我骂了他，我说他是骗子，我说我白白背了第三者的虚名，挨了小汐的打，让最疼我的朵渔姐记恨我，到头来却是这样的结果，我不接受！韩彬哭了，他请求我原谅，他说他是不得已。他一哭我就心软了，我拿了他的钱，从公司辞了职，自己在落松街上开了家小花店。那次遇见你跟沈家宁，是让韩彬帮我办小店的工商执照……朵渔姐，我不妨跟你说，其实我还是贼心不死，想找机会接触一下韩彬。你们离了婚，他总不能孤孤单单一个人过下去，我担了虚名，我希望能实至名归……”

“你在韩彬的公司里搞财务，公司里的状况你清楚吗？”

小丹摇了摇头：“我只负责出纳工作，跑跑银行，记记流水账，公司内部的事，我一点儿都不知道！”

“你什么时候知道韩彬失踪的？”朵渔咄咄逼人。

“是财务部的同事过生日来我这里买花我才知道彬哥出事的。我害怕极了，我知道你一定会来找我。我不知道该不该告诉你实情，我跟韩彬什么都没有发生，我只是单恋了一场，韩彬根本就对我没兴趣……后来，我想，你们是最亲的人，至少曾经是，你会全力救他的……朵渔姐，我肯定他是爱你的，他大概是怕连累你才跟你离婚的。还有，彬哥的肝不好，我好些次看到他都在吃药。我问他，他说是吃维 C，但我在垃圾袋里看到药盒，是护肝的药……”

窗外的树虚掉了，人也虚掉了，面前的奶茶杯虚掉了，袁子丹也虚掉了，朵渔的整个人都虚掉了，像墨遇到水，一点点淡掉，化掉……自己究竟做了个怎么样的妻子？只心安理得地享受着韩彬的爱，却从没注意过他的世界是怎样一点点崩塌……

07

颜樱生日，除了端端一边吃烤肉一边看《猫和老鼠》，乐得小豁牙齿见了光之外，三个女人都没什么心情。朵渔说了见小丹的事，小丹有了男朋友，是原来公司里的同事，胖乎乎的眼镜男，来接小丹时见了朵渔，恭恭敬敬地叫了一声“朵渔姐”，然后并不多言语。朵渔冲他笑了笑，临分手时拍了拍小丹的肩膀说："有时间，带着小陆回家里玩玩吧，我想吃你做的樱桃肉了！"

小丹立刻眼泪汪汪地叫了声"朵渔姐"。颜樱叹了口气说朵渔："你呀，就是心善。韩彬那样，她总该跟你通个气，还想渔翁得利，什么人呢！"

纪琴说："算了，别怪她了，她也一定不好过。韩彬是因为公司和身体有了毛病才非要跟你离婚的吗？"

朵渔侧着头咬了下唇说："可笑，他居然还编理由说他为了救公司委身于富婆，伍兰秀。樱子，你知道吧？"

伍兰秀有身家有背景，实力雄厚，颜樱去找她拉过广告，不是一般的嚣张。颜樱一口啤酒差点喷出来，好不容易咽下去，咳得脸红："韩彬也真够能糟践自己的，连献身这种事都说得出口。不过，江湖传闻，伍兰秀的确只帮上过床的男人！"

纪琴白了颜樱一眼，说："这点韩彬肯定做不出来，他是想让朵死心！朵，他该多难过啊，放弃自己深爱的女人……"纪琴唏嘘不已。

"琴，你是吃一百个豆不知腥，还跟纯情少女似的，先别替他说话，等事儿都弄明白再说！我给你们讲个天雷滚滚的！"

颜樱把在酒店撞到老方带兔子姑娘去开房的事儿说了一遍。朵渔说："樱，这回你彻底死心了吧。在乌镇这些日子，每个夜都宁静得像一块平滑的绸缎，人躺在上面，心境平和妥帖。我就想，其实爱不爱，并没有那么重要，在一起，两个人能守着平静过下去，做个伴儿就好了。比如深夜里，打雷了，他睡在你身边，你就不会害怕。比如出了远门往家奔，你觉得有个人在等你，这就够了！"

"朵，这不是爱吗？这就是爱啊！如果没有爱，心都是往外跑的。打雷的夜晚，他也许就在别人的床上；你往家奔时，他也许正编着谎话！"纪琴接过朵渔的话说。从前纪琴像朵渔那样想过，以为错失了爱的人，随便跟谁都是一辈子。但是，没有了爱的婚姻，就像是把树苗埋在了沙土地上，风一吹，树就会倒下。想想自己跟老墨，如果是相爱的，端端奶奶怎么能轻易把他们分开，老墨又怎么能那么快就娶了新老婆？

“幸福，就是找个温暖的爱人，过一辈子！”纪琴说出这句话时，眼睛湿湿的。三个女子同时沉默了好一会儿。端端转过头来说：“妈妈，樱妈妈，朵妈妈，好幸福哦，有冰激凌吃，有动画片看！”

三个人同时乐了。颜樱问：“琴，付北兴对你还有意思，如果他也还是单身，就别犹豫了，这辈子你错过了一次，总不能再错过第二次！”

纪琴拨弄了一下额前的头发：“出一家，进一家，哪那么容易啊？”

“有什么不容易的，郎有情，妹有意，鸳梦重温，前缘再续，多好的事！你不好意思说，我去找付北兴谈，当初是我的馊主意坏的事，现在，我再做红娘！”

纪琴的目光落下去：“看看再说吧！”

朵渔说：“琴，我跟你说一句重话，如果老墨跟那小媳妇过不下去，不管李金玲怎么求你，你都别心软，走复婚那条路！”

纪琴有些急:“我不会的，我好不容易从那个家出来，我干吗要回去？”

颜樱盯着纪琴：“我看悬。你那心软的！”

“肯定不会的，不信咱们走着瞧！”

“琴，我跟你全招了吧！你住那房……其实是付北兴的，他说要是直接让你住，你肯定不肯。他教我那样说的，他说端端不在你身边，你不开心，还有那边条件太差了……我想他也是为你好，所以，我就……”

朵渔说：“是啊，琴，就凭他的这份心，看得出他好像真的很在意你们那份感情！”

纪琴默不作声。

颜樱开车把纪琴和端端送到朵渔家。朵渔说：“你也在这儿住一晚得了！”端端也喊着让樱妈妈留下陪他打游戏。颜樱指了指衣服上的蛋糕说：“还是不了，要不然明早还得回去换衣服！”

颜樱的车子在空旷的街道上开过了一百二十迈。车窗全都开着，风把颜樱的长发撕扯得很乱，像被老方撕碎的心。寒冷刺骨，仿佛也只有那冷能让人清醒地感受到痛的锐利。

眼泪就那样不知不觉地往下淌，没完没了。

颜樱想一个人，一个人静一静，或者哭一场。

终于还是到了家，颜樱浑身一点力气都没有。从来没有觉得这样无助过，她一直像钢铁侠一样勇猛，就像她从不需要安抚，就像她从来都不会受伤。

她也以为自己都放下了，老方那么烂的一个人渣，自己还计较什么呢？

人心总是复杂的。无论知道他有多少花花草草，无论知道他有多烂，在跟小三结婚后，又跟自己滚到了一张床上，在她生日这天，看到他若无其事地揽着年轻漂亮的小妞大摇大摆地去开房，她还是不能做到视而不见，她还是不能淡定。

开了电梯，拿钥匙开门时，楼梯上突然站起来一个人，颜樱吓了一跳，刚想叫，那人说："你回来了！"

是康堤。

"天，你在这里等了多久？"

康堤把颜樱揽在怀里，颜樱的个子有一米七五，从前跟老方在一起，几乎一样高。康堤一米八多，在他怀里，颜樱第一次有了小鸟依人的感觉。

隐隐地，颜樱听到了身体里放纵的指令。

可以吗？理智问。他是她的领导，搞不好，工作都丢了。

不可以吗？情感跳出来挑衅：不过是个男人，他送上门来，你情我愿，天亮 SAY GOODBYE 就行了，你什么时候这样放不开了？

颜樱听不见所有的声音了，他在她耳边呢喃："我把我自己当成生日礼物送给你，要不要？"

钥匙准确无误地插进门里，门咣地被打开了，两个迫不及待的人闪进屋里。颜樱的腿钩上门，目光如丝，她的手轻薄地放在他的下巴上，盯住他的眼睛问："我很难缠的，你不后悔？"

"不后悔！"

颜樱笑了，说:“男人都是色胆包天的家伙，女色当前，就是天塌地陷，也顾不得了！”

康堤整个人贴上来，以吻封缄。颜樱闭上眼睛，整个人像一片叶子一样被康堤抱了起来。两个人落到床上，他和她不过是带着欲望的男人和女人。颜樱闭着眼睛，享受着他一切的好。他是干净的，熨帖的，稳妥的，他很绅士、温柔、缓慢、细致，那是完全不同的体验，身体与身体间溅出一朵小小的水花，渐渐地，那水花变成了河，漫无边际，把颜樱淹没了。颜樱听到自己撕云裂帛地喊，然后，世界安静了下来，他在她的耳边呢喃：“喜欢吗？”

颜樱闭着眼睛，不回答，像是在回味，又像是在梦中。

半晌，她蜷着身体抱住他，哭了起来，很压抑，很委屈，很我见犹怜。

她呜呜咽咽地说：“我那么糟，吸引来的都是人渣儿，你为什么蹚这趟浑水？”

他的下巴抵着她的额头：“老天爷说你受的苦太多了，给我机会让我做你的天使！再不许说你是人渣吸铁石的话，不然，我不答应！”

颜樱破涕为笑，夜在她面前明亮起来。

无论多嘴硬、多现实的女生，遇到明朗的打着爱情旗帜来攻城的男人，都会变成羞答答的灰姑娘。这真是没办法的事。

08

两名身穿制服的检察院工作人员敲开朵渔的门时，朵渔正在接沈家宁的电话。他说了一些他打听来的情况，他告诉朵渔很可能检察院的人会去找她，她是他曾经的妻子，离婚后，他没再娶，他们有理由怀疑他们是假离婚。

然后门铃就响了。

朵渔给两位检察官倒了茶，其中一位很像陈宝国的自我介绍说他叫姜苏，负责韩彬的案子。

朵渔很安静地坐在他们的对面。姜苏口中的韩彬是她陌生的，不了解的：为了拆掉老房子，赶走不肯搬的“钉子户”，花钱雇一帮小混混每天去人家打砸，他负责赔偿，有一家死活不搬，他还雇人捅了那家男主人三刀，男主人进了医院，捅人者连夜潜逃……还有，为了能拿到好的地段，他出钱贿赂……甚至给相关领导找情妇……树村轩还没交工，主体墙就倾斜，成了危楼……

朵渔的脑子“嗡嗡”响，手脚冰凉。她像小时候做错事被老师训一样，一动不动地听着姜苏一件件一桩桩地说。

姜苏终于说完了，他说：“我们希望你配合我们把事实真相搞清楚。我们不会错抓一个坏人，也不会因为他做了坏事就随便给他定罪。”

朵渔抬起头，轻轻地问：“我能帮你们什么呢？”

“据我们调查，韩彬有一笔一千万的款子本来说是用于开发新楼盘的，结果市建委的领导出了事，这笔款去向不明！”

朵渔说：“这是什么时候的事？”

“去年夏末秋初吧！”

朵渔摇了摇头，说：“韩彬公司的事，我从不掺和，不瞒你们说，在离婚之前，家里的存单与银行卡的密码我都不知道。”

姜苏的目光如电,朵渔觉得他像是要在她身上挖一个洞出来。他说:“据我所知,你们夫妻感情相当好,突然离婚,又没有财产争执,这不很奇怪吗？”

朵渔起身，说：“我们感情很好是没错，但韩彬有多少财产都与我没关系。如果这笔钱能给韩彬减轻罪责，我也不会袖手旁观的。不好意思，我还有事，请回吧！”

两位检察官站了起来，姜苏说：“不好意思，打扰了。我们相信你是真不知情，但是，也希望你能多想想，提供一些有利的线索，这对韩彬很重要，他极力隐瞒这么大的款项绝对不是无意的。”

朵渔迟疑了一下，问：“他——还好吗？我可以去看看他吗？”

“他还好，大概对这一天也早有心理准备。他肝不好，如果可能，买些常吃的药给他送去。嗯，还有些换洗衣物，至于见面，现在还不行！”

门被关上了。朵渔像被冻住了一样，她紧紧地抱住自己，又意识到这样不行，要去给韩彬买药。他平常都吃什么药呢？

朵渔去翻书房的抽屉，那个记满数字的本子不见了。抽屉里零散地扔着些票据。朵渔翻到一张第一人民医院一位叫张明了的医生开的诊疗单。

朵渔像抓住救命稻草一样紧紧攥住那张单子。

在奔往人民医院的途中，朵渔的心情平复了下来。床头柜里的那枚钥匙是干什么的呢？韩彬会把那笔巨款留给公婆吗？他有病为什么不告诉自己呢？他拿她当成什么人呢？当她是被豢养的小宠物吗？只可以在开心时逗一逗玩一玩，患难时一点忙都帮不上吗？他处心积虑骗自己，究竟是情深还是绝望呢？

朵渔还是恨韩彬的，恨他自己一力承担了那么多的事，恨他变得让她都看不透了，恨他狠心地跟她离了婚，却依然让她这么不得安宁。

张明了医生很忙，没空接待朵渔。朵渔无奈，打电话给小汐，问她能不能找到熟人安排自己见见张明了大夫。小汐说：“我就认得他，我跟过他做手术！姐，你别急，我就过去！”

小汐和佟童一起来的，朵渔很纳闷地看了他们一眼。搞的什么鬼，一会儿猫，一会儿狗的，但也无暇顾及太多。朵渔顺利地见到了张大夫，张大夫对韩彬印象很深刻，他找出了韩彬的病历，说：“他的肝硬化很严重，有发展成肝癌的迹象……”

朵渔紧紧地握住小汐的手：“是什么时候发现的？”

“去年吧，去年夏天早些时候！他很固执，不肯手术，不让通知家人！”

朵渔幽幽地说：“他的父亲是在他七岁时肝癌过世的。”

小汐大惊：“姐，姐夫的父亲不是亲的？”

“是的。现在跟婆婆在一起的是韩彬的继父，只是，他们感情很好，没有几个人知道他们不是亲的！”

“他的病还有救吗？”

“从医学角度来讲，所有的病都是可以治疗或者缓解的，只是，要快，耽搁不起了！”

朵渔倒不慌了，找出那笔钱，找最好的律师，替韩彬脱罪，然后让他尽快进医院治疗。

在回去的路上，小汐一直紧握着朵渔的手。朵渔脸色苍白，心倒是静的。无论韩彬是个什么样的人，做的那些事是为了什么，朵渔都要帮他。她要证明给自己看，自己并不是个美人草，风一吹灯就灭。

小汐问：“姐，你没事吧？”

朵渔笑了笑：“没事的。”

小汐踢了佟童一脚：“你跟姐说！”

佟童嘿嘿地笑着挠了挠脑袋：“姐，我跟小汐要结婚了。”

朵渔心里又是一惊：“你肚子里的孩子？”

小汐还没说话，佟童就抢着说：“我能接受孩子的妈，就能接受孩子！”

“你说什么呢！”小汐使劲掐了佟童，“孩子是他的，我是为气他故意那样说的！幸好他信我，不然，我就等着他结了婚，我抱着孩子找他做DNA，后悔死他！”

“最毒妇人心啊姐，你看小汐心多狠！”

朵渔笑了，自己真的老了，没力气折腾了。他们的事她搞不懂，也不想懂了。

09

纪琴承认自己对付北兴还心存幻想，从前因为误会而分开，现在有机会再遇见，恰好是她离了婚，如果可以在一起，也许可以了却遗憾！

纪琴看着镜子里的自己，比从前丰腴了好多，但是还算得上有成熟女人的韵味。公司里的年轻人经常说：“琴姐，你简直可以做性感女神了！”

纪琴在家做了那么久的全职太太，全然忽略了自己的好，听别人这样一说，脸红，心里却是甜的。

付北兴态度不明，不横枪立马追过来，就那样暧昧着，偶尔会发条短信过来："看到你皱眉，郁郁寡欢的样子，有什么事吗？"

纪琴抬头，却看不清遥远的办公室里他的脸。她回："没事儿！"

他又问："你总是这样，有什么事都不说出来，闷在心里！"

纪琴很羡慕颜樱，如果是颜樱，一定会直截了当问个明白。但她不行，她一直是被动的。从前是，现在仍然是。

问一下会死吗？

纪琴咬牙，下决心。再有机会就问一问他的家庭情况，都老大不小了，也没什么不好意思的。只是，如果他只是怀旧，自己这样热络地把自己推销到他面前，但他却并无此意，那以后还怎么在公司里待呢？

纪琴问不出口。

她听颜樱说了付北兴花那么多心思让自己住得舒服些，心一下子就化掉了。若心里没有她，他怎么会做这些事呢？

这样一想，心意就变了。付北兴给端端买变形金刚，给纪琴买衣服，买包，纪琴都收着。端端幼儿园放假了，纪琴把他送回了外婆家。

她想：两个人单独相处的时间多一些更好。

下班，付北兴的车子在离公司挺远的地方等纪琴。他之前打了电话给纪琴，要带纪琴出去吃饭。

纪琴很懊恼没有穿得漂亮些，心里还像少女一般小鹿乱撞。车子飞快地驶离市区，越开越远，纪琴问："去哪里？"

付北兴不答，吹起了口哨。

纪琴索性不问，处之泰然，听之任之，心里隐隐觉得今晚会跟他发生些什么事。这样一想，脸就红了。

"朵渔的老公韩彬你记得吗，他出事了！"心里藏了事，不说点什么不好，纪琴说起了韩彬的事。

付北兴知道这事，他说："现在做生意，哪有在清水里抓鱼的！朵渔很难过吧？我听说他们离了！"

"嗯，他们两个感情很好，从前那么让人羡慕，谁想到会变成现在这个样子！"

"你羡慕过他们吗？"付北兴转头看了纪琴一眼。

纪琴点了点头："怎么能不羡慕呢？"

车子在一个度假村停住。度假村面山背水，景致特别好。

纪琴像个看新鲜的小孩子一样，看什么都觉得惊奇！

付北兴带着纪琴四处看，度假村的园林里，很多亭台楼阁，都以琴字命名。听琴阁，倚琴轩，古琴楼……纪琴转头看付北兴，付北兴得意地笑："你知道这度假村叫什么吗？爱琴海！别人都以为是弄洋范，却不知道我是为了纪念我至真至美的初恋！"

纪琴低着头，说："北兴——"

付北兴拍了一下手，说："现在还没开业。这里面的设施都弄好了，你是第一个客人，检查一下！"

纪琴低着头跟付北兴走进一幢二层小别墅，里面早已摆好了饭菜，纪琴却没见到人。

付北兴招呼纪琴坐下吃饭，饭菜很好，纪琴却吃得心不在焉。

吃过饭，付北兴带着纪琴去看了卧室，拉开衣柜，里面都是崭新的衣服。他亲了下纪琴，说："穿上，我看看！"

纪琴去换衣服时，觉得自己又回到了大学时期，穿了件新衣服，总会心情忐忑地站到他面前。他夸一句漂亮，接下来的几天都是快乐的；如果他没注意到，自己一整天的心情都很低落。

慌乱之间，纪琴看到自己扯进来的居然是件半透明的睡裙。她站在宽大的洗手间里，犹豫着是穿上出去，还是要把原来的衣服穿回去。付北兴喊："我的公主，好了没有！"

纪琴看到镜子里的自己扯着嘴角笑了，她穿上睡裙，怯怯地站在了门边。

付北兴吹起了口哨，不像事业有成的男人，倒像是孟浪的五陵公子。但是，纪琴真是喜欢，脚上像踩着棉花团，人也像在云雾里一样。

生活亏欠了她那么多，现在要补偿了吗？纪琴握着手腕上那道疤痕，抱了砍瓜切菜之心。

付北兴走过来，低下头吻纪琴。他说："你真美，比从前更美！"纪琴觉得自己像团雪，就快要融化掉了。

七年的时间仿佛被情欲的大手给抹掉了，那么好，那么好，他像个勇士引领着她穿山越岭，直达顶峰。她忘记了所有的痛楚，也忘记了那些绝望，甚至，他按着她割伤过的手腕，她都以为那是从前，他总是喜欢这样的姿势，把她的双手都按在头上……

时光在这一刻停止了该有多好，幸福凝固在这里，天长地久。

纪琴流了眼泪，泪珠全被付北兴吻进了嘴里。他说："不许哭，我喜欢你笑的样子！"她真的就笑了，笑得很傻，很甜。她的手掠过他的脸庞，他比从前胖了些，身体也壮了很多。她说："我看了你写的信，我四个月前刚刚看到你写的那封信……"

付北兴把纪琴搂得紧紧的，说："一切都过去了，我们可以重新开始！只是，琴……我不想骗你，我没有离婚，我的妻子在新加坡……"

纪琴几乎想笑自己了，现实给了你最响亮的耳光吧？这都是什么时代了，你凭什么会认为像付北兴这样年轻有为事业有成的男人会空着床等待跟初恋重逢呢？笑话！

纪琴完全不知道自己应该如何回应。她没想过有这样的可能，他跟自己上了床，然后若无其事地告诉她：他把她变成二奶了。自己要起来穿上衣服走人，还是若无其事地继续贪恋着他的温柔乡呢？

付北兴看着眼神空洞的纪琴，亲了她一下说："琴，你别多想，我不是想欺骗你或者侮辱你，我跟她没感情，但是，你知道，我的事业是她父亲……"

纪琴转过身去，眼泪不停地往外涌。自己该怎么办呢？所有的暧昧不明原来答案都在这里，他只是想把过去没得到的得到。然后呢？她在他的家庭之外，她要望穿秋水等着他，逢年过节，她都要独守空房，甚至，他的妻子会打上门来，揪住她的头发打骂，她能做什么呢？她是无耻的二奶、小三儿……

付北兴从后面紧紧地搂住她说："别闹，乖，我所有的东西都是你的，爱是你的，人也是你的。琴，我发誓我会对你好的，我发誓！"

纪琴没有接受那个誓言也没有反对，她只是流泪。

付北兴说："求求你，别哭了，你哭得我很心疼。"

这话一出，纪琴哭得更厉害了。

10

那日，康堤醒来时，床上已经空了。康堤穿好衣服各个房间找了个遍，颜樱不在。餐桌上摆着面包和牛奶。

康堤打颜樱电话："怎么不叫我？"满是撒娇的口气。颜樱压低声音："正在开部门会，回头再说！"

直到康堤回家换了衣服出现在办公室里，颜樱也没打过电话来。康堤没忍住发了好几条短信过去："宝贝，昨晚睡得好吗？"

"亲爱的，我又想你了！"

"亲，你喜欢我送你的礼物吗？你想不想把这个礼物据为己有？"

颜樱就像是人间蒸发了一样，一个消息都没回。康堤的电话再打过去，颜樱的手机关机了。

康堤进了办公室，先看颜樱的位置，谢天谢地，她在。

他板着脸过去说："颜主任，二季度广告投入的事，你来给我说一下！"

颜樱抬头扫了他一眼，喊："小高，你去给康总说一下二季度广告投入的情况！"

康堤盯住颜樱："颜主任，我是要你给我汇报！"

广告部里的六七双眼睛齐刷刷地落到颜樱身上，颜樱赶紧起身拿了个文件跟康堤进了他的办公室。

门关上，康堤迫不及待地问："怎么不回我短信？"

"手机没电了！"

"撒谎！"

"康总，二季度我们共接了五家企业的广告业务……"

康堤把颜樱手里的文件抢过去扔到桌子上："颜樱，你这是什么意思？"

颜樱硬邦邦的，脸上没有一点笑容："如果你不满意广告部的工作，我可以请辞！"

康堤柔软了下来："我们昨晚……"

颜樱拍了拍脑门，打断康堤的话说："昨晚跟朋友庆生，喝得太多了，这阵头还疼呢！康总，我中午出去谈个业务，如果下午没有重要的事，我就不来了，算我跟你请假了啊！"

康堤的脸冷了下来："颜樱，你就装吧，使劲装，你是不是把我也当成一夜情了？你是不是觉得我在跟你玩？你在意的是什么，我比你小四岁？你离过婚？"

颜樱咬了牙，满不在意地仰起头说："康堤，我们都是成年人，都能对自己的身体负责，我很感谢你看得起我颜樱，我也很感谢……昨晚！但是，我们真的不适合，你还年轻，还有大好前途，我颜樱配不上你……"

颜樱鼻子酸了，几乎说不下去。再心高气傲的女子，也总有低到尘埃里的那一天。

趁着还没有多爱，尽早抽身的好。

康堤把颜樱抱进怀里："正因为我是成年人，我知道我想要的是什么，所以，我是认真的！"

颜樱使劲挣扎："这是在单位里，人家会看到！"

"看到就看到，我一会儿出去就告诉大家，我喜欢你，我要娶你！"

颜樱真的吓到了，她老老实实待在康堤的怀里，说："你是知道我的脾气的，如果你这样逼我，我会立即从你面前消失，永远消失的！"

康堤从颜樱僵直的身体里听到决绝的声音，他说："我不会为难你，但我是不会放弃的！"

他松开颜樱。颜樱伸手拍了拍那张英俊的脸，说："小朋友，老房子失火是很可怕的！"

说完，转身走掉了。

康堤坐在办公桌上，摸了摸自己被颜樱拍过的脸，甜蜜地笑了。

爱情真是好东西，能让人一会儿那么苦恼，一会儿又那么幸福。

颜樱，你个傻瓜，不是一向前卫的吗？怎么害怕姐弟恋？康堤这样想，又觉得她简直是这世界上最不可琢磨的女人。

她是在玩手段吗？哼，走着瞧。

Chapter 07

借我满树繁花，赠你天真明媚

我们不再是一张白纸,那么多过往摆在面前。关键的是，我们愿不愿意涂下对方的色彩。如果愿意，那还等什么呢?

01

往年三月末四月初，都已经可以看到柳树嫩绿的发丝了。可是今年却是一场场雪下个没完，到了三月，还把人冻得直想跳脚。

朵渔见了汪律师，出来时心情复杂。路边的柳树还是发了芽，小小的嫩黄的苞。朵渔长长地舒了口气。再怎么晚，春天也终于来了。

朵渔深吸了一口春天的空气。

过了个无比难熬的春节。小汐跟佟童回东北老家举行了婚礼，朵渔没有回去，她在等韩彬的消息。沈家宁帮朵渔找了城中最好的汪开宏律师。每日跟那些法律程序和术语打交道，朵渔买了好些法律和公司管理方面的书来读。

过年前，沈家宁去了一趟乌镇，把小酒馆的图片拍回来，蓝印花与原木底色的设计，纯朴古典，是朵渔想要的效果，朵渔喜欢，沈家宁也喜欢。他说：“有空给酒吧想个名字吧！”朵渔点了点头。

“你还爱他吗？”沈家宁突然问。

朵渔被这个问题惊着了。她侧着脸看沈家宁，沈家宁清秀的脸上微微泛红。他说：“你可以不告诉我！”

朵渔轻轻笑了一下："现在谈爱或者不爱都太奢侈了，得让他出来，尽快手术，控制他的病情……"

沈家宁抱了抱朵渔，转身离开。

朵渔很想在那个怀里哭一场，或是就那样待一会儿，但是，他给她的是背影。她也不愿意自己那么自私。

没有在对的时间，对的地点，遇到又能怎么样呢？

纪琴跟付北兴去了一趟海南，不过那已经是初十之后了。颜樱和朵渔都很替纪琴高兴，说她终于守得云开见日出。但是，总觉得纪琴并没有那么高兴，总是懒洋洋的，做什么都没兴趣的样子。颜樱偷着跟朵渔说："琴和付北兴也不提结婚的事，会不会是付北兴那边还有家？"朵渔被颜樱的猜测吓了一大跳，若是这样，纪琴又有苦头吃了。朵渔总想找时间跟纪琴好好聊聊，可真的坐在一起，又不知从何说起了。

整整一个春节，颜樱都失踪了，电话打不通，人也不知道去了哪里。直到过了元宵节，她才给朵渔打电话，说她去凤凰小城待了些日子。她说："朵，过了几天陶渊明的日子，真他妈的舒服！我正跟人打麻将呢！"颜樱的日子总是鸡飞狗跳的，世俗、热闹、喧哗到让人羡慕。

朵渔一次次申请见韩彬，但都没有被允许。

在等待的日子里，朵渔渐渐平静下来，她开始给韩彬写信，说些零零碎碎的生活琐事。她说："以后，我们去乌镇买间房子吧，像那些老房子里的人一样，看着水静静地流淌，日升日落，挺好！"

某一日，朵渔睡不着，打开电脑，进入博客，写几行字。自从跟韩彬离婚，朵渔就再没写博客了。博客最上端显示着有几个邮件，按进去，四个是垃圾邮件，有一个是韩彬写来的，写信的日期是离婚后一个月的深夜，收到邮件却是在元旦后一周。

我最亲爱的朵：

这封邮件我设定元旦后发信，希望你能过个快乐的新年。也许这不太可能，但是，权且算是我一点奢望好了。

这封邮件看完后，我希望你记住该记的，然后立即删掉。

因为大概你看到它时，我已经出事了。最好的结果是我不在人世了。如果是这样，亲爱的，我希望你别为我哭泣，于我，这已是最大的幸福。真的！

这一年多的时间，发生了很多事。此时此刻，坐在电脑前，千言万语，千头万绪，难以言说。

做生意以来，我感觉自己像被挟裹进了一个旋涡，不停地追逐利益，不停地增加财富，手段都是次要的，过程也是次要的，结果才最重要。朵朵，请原谅我对你隐瞒了所有的事情，我是希望你过无忧无虑的日子。你做你的设计，你跟我一起吃晚餐，你和你的朋友去喝下午茶，你悠然地坐在阳台上看一本书，朵，那才是你的生活。

我以为我可以一直让你过这样的生活，外面的风雨都由我一力承担，但是，我错了。我们是个整体，我有事时，你不会置身事外，以你的性格，你必然会为我倾尽全力。而那是我不希望的。

去大连之前，我就查出了肝有问题。你知道我父亲就是肝癌过世的，与癌症斗争是个什么样的过程我没经历过，但是可以想象，我不希望我们是那样的结局。

我本来打算带你多玩几个地方，但是屋漏偏逢连夜雨，一位主管领导被“双规”，牵扯到我们公司，公司一度陷入危机，但是还好，总算过去了。那时，我就想，我不能让你看到我贫病交加的样子，我要跟你离婚。这样，你自己适应一段独立的生活，就算是知道我出了事，也不会那么难过了。

都说女人是敏感的，男人也同样是敏感的。我利用了小丹对我的好感，我承认这很无耻，但是为了我心爱的女人，我无耻得很彻底。

没有人比我更知道你的伤心欲绝，尽管你没哭没闹，甚至懒得跟我说一句话，我却知道你心里的伤。朵朵，我亲爱的朵朵，我恨不得立刻死掉，让你少受这样的折磨。

那天去帮小丹办营业执照，在咖啡厅外见到你跟沈家宁，说真的，我很想冲过去揍他一顿，但是，我已经没有这个资格了。

我像所有的负心汉一样，在你的仇恨里无地自容。朵朵，我亲爱的朵朵，我每天奋力地想挽回公司的颓势，但是，大厦将倾，我韩彬的力量是微不足道的。

我跟你说过树村轩名字的来历，春上村树，那个我们共同喜爱的作家，那个我们爱情的见证，我用了他名字最后的两个字。却没想到它成了压倒我的最后一根稻草。很多事情表明，这次不会有上次那么幸运了。

我在里面，不会有事，我早有心理准备接受这一天的到来，我罪有应得。无论在你面前，我是多么好的人，对有些人来说，我是不折不扣的坏人。

朵朵，床头柜的盒子里有个钥匙，那是工商行里一只保险箱的钥匙，用的是你的名字。带上身份证明，去了，他们会给你另一把钥匙。保险箱里是我给你买的一只钻戒。你是我今生唯一的女人。

还有，下面这组号码你记好，这是瑞士一家银行的电话，风平浪静后，他们会打给你，那里存着一千万。我知道你不是爱钱的女人，但是，钱可以让你过得更从容些，更有选择些……

朵渔的眼泪铺天盖地，韩彬，你这个王八蛋，谁让你这样了，你不知道爱是什么吗？你不知道婚姻是什么吗？如果爱是危难时，我逃跑，如果婚姻是出了事，你把我排除在你的生活之外，我们又为什么要在一起？

夜黑得无边无际，朵渔坐在电脑前一遍一遍看这封邮件。末了，她自言自语："韩彬，无论怎么样，我都不会拿这笔钱心安理得地过日子，我要你好好的，即使服刑，也没关系！"

朵渔把保险箱的钥匙和那组瑞士银行的号码都交给了检察官姜苏，她提的要求是尽快安排韩彬做身体检查。姜苏拍了拍朵渔的肩膀说："韩彬有你这样的前妻，真是他的福分！"

"对他伤害的那些人，我也希望给经济补偿。我会立即着手卖房子，如果可以的话，也请你们告诉韩彬，我不会放弃他。我从跟他在一起的那天起，让他别痴心妄想想甩开我了！"

朵渔的神情无比坚定，她不再是个柔弱的女子，她是个妻子，她不在意是前妻这件事。

姜苏很郑重地点了点头，说："我会转达的，我想经历了这件事，韩彬也会珍惜的，韩彬不是个坏人，很多事……"

朵渔轻浅地笑了，眼前的一杯绿茶，一片片叶子舒展开来，一叶叶落到杯底，水变得绿汪汪的清澈。

朵渔的心也从来没这样清澈过。

02

颜樱接到了老方的结婚帖子，四月十二号。颜樱把那帖子揉了揉扔进垃圾桶，却坏了好心情。

梅开三度？他妈的，老方换老婆的速度赶得上日本换首相了。是跟那兔子姑娘吧？

电话响了，是田菲菲，她说："收到王八蛋的请帖了吗？"

"收到了，他想得倒挺周到，前妻一个不落啊！想收礼金吧？"

"我给他送个花圈去！"田菲菲仍然恨意难平。她说："颜樱，你知道吗，那王八蛋给我的那点钱不够他九牛一毛的，看他平时装憨卖傻的，脑子精明着呢！"

颜樱笑了："田菲菲，你知足吧，你当初死活从我这儿把他撬走，纯粹是因为爱吗？现在你得到钱了，也许并没你想象的多，也没搭上个好丈夫做赠品，但是知足吧！"

田菲菲落了个没趣，说："最后输的到底是女人！"

颜樱吹了个口哨，把电话放下。康堤进来。

那次之后，颜樱极力地躲着康堤。即便是颜樱那么率直的性格，也知道跟康堤恋爱会遇到多少阻力。她已经筋疲力尽了，她没有办法像堂·吉诃德大战风车那样勇敢。如果年轻十岁，哦，不，年轻五岁，颜樱也不会放过康堤。虽然悲凉，但人生就是这样一回事，看不透也就罢了，看透了便不能一脚踏进去，到最后伤了自己。

很多个夜晚，颜樱是想那个身体的，他的温存，他的好，一点点浸润到心里。一个在男女战争世界里不停厮杀的女子，突然走到了水草丰美的平原，突然到处都是笑脸，不用厮杀，不用争战，只要闭上眼睛，闻到花香，听到鸟鸣就好，谁会不爱呢？

康堤有着良好的家世，他的父亲是新闻界德高望重的老前辈，母亲曾是这个城市的市长，他年轻有为，相貌清朗。或者他的世界里从来没出现过颜樱这样的女子，泼辣，任性，满身伤痕，无所畏惧，所以他才喜欢的吧。那只是新鲜感，过了这一段狂热期呢？是哪本书上写的呢，爱情是需要门当户对的，叛逆期人人都以为有情饮水饱，爱情可以当大米吃。可是，颜樱过了三十岁了，过了三十岁的女人，不能说没有爱情的梦想，但那梦想更现实。

康堤问颜樱有没有时间，晚上一起吃个饭。颜樱停顿了一下，说："昨天我跟朵渔约好了……"

"今天我生日！别拒绝我！"

康堤的目光有种让人心动的清澈。此刻那清澈如酒精般燃烧了起来，颜樱不敢去触碰："生日快乐！"

"我不希望听到这句！"康堤眼里的那团火烧到了颜樱。

颜樱很想躲闪开，可是，他堵住了她的去路，在狭窄的办公桌与墙壁之间，两个人的呼吸局促起来。

"康……堤，这里是办公室！"

"我不管！晚上陪我吃饭！"

"嗯！"颜樱答应得像蚊子哼，康堤却很孩子气地笑起来。颜樱白了他一眼："小男孩！"倒有些撒娇的味道。

康堤不爱听："得罪我后果很严重，看我怎么收拾你！"

康堤出去，颜樱很无力地坐在椅子上，对着电脑。MSN 上有很多人，不知道是从哪里来的，也不知道聊没聊过。

有个叫“清都山水郎”的人问：“能推荐个好的吃面的地方吗？”

颜樱没有回答他，却问他：“你觉得男小女大，这种爱情靠谱吗？”

清都山水郎说：“你问出这个问题来，其实，你已经在动摇了是吧？你已经觉得有些靠谱了不是吗？”

颜樱没有再回答，清都山水郎继续问：“能推荐个好的吃面的地方吗？”

好半天，颜樱说：“H 大学对面有个叫对面的面馆还不错！”

那人说了谢谢头像就黑了下去。

老方打来电话，硬着舌头说：“樱……樱子，哥们儿大婚，你得到，你一定……得到！”

“你就不怕我砸了你的场子？”

“嘿嘿，我就等着你来砸场子呢，那说明我……我在你心里有地位，说明……说明你还放不下我！”

颜樱骂了句脏话，说：“好，老方，我买束白菊花出席你的婚礼，你就等着收吧！”

老方说：“白……白菊花好，樱子，我就稀罕你的白菊花！”

颜樱放下电话，发现自己并没那么生气，反倒觉得好玩。去洗手间时，照了好半天镜子。要不要回去换条裙子呢？换吧，显得太过重视；不换，自己的样子实在是……

颜樱眯眼看镜子里的自己，她轻声问：“颜樱，你到底想怎么样？”

三十二岁，有年轻且条件都好的男人策马扬鞭当宝贝一样追过来，没有女人不高兴，但一想到深不可测的未来，颜樱就不寒而栗。

下班的时间还是到了。康堤发来条短信：稍等一会儿。

颜樱坐在办公室里，心里居然像头一次约会时一样忐忑。脚步声响起，颜樱拎起包迎出去，正好一头撞到康堤身上，撞得人很痛。康堤说：“这算不算投怀送抱！”

颜樱白了康堤一眼：“康总，自重！”

“咱们这又不是外企，没有反对办公室恋情的规定。还有，咱们是报社，记者都跟人精儿似的，你以为风吹草动，他们都没发觉吗？喊，颜樱，你就少自欺欺人啦！”

颜樱回头，目光扔出飞刀：“你还想让我陪你吃饭不？”

“好好好，我投降！”

康堤说的是实情，报社都是找人家蛛丝马迹的，自己眼皮子底下的人和事，哪个不门清啊！

颜樱的脸红了，那帮姑娘小伙子背后不定怎么说自己老牛吃嫩草呢！女孩们也许都等着看自己的笑话呢！难怪那天要闻部的小汪还跟颜樱说以后要多多栽培他呢！

康堤的车子开出去，颜樱一路上想着心事。车子停下时，居然是“对面”面馆。

颜樱指着康堤说：“你……清都山水郎是你？”

康堤笑得很开心：“潜伏得好吧？某些人还把我当成知心哥哥了！”

颜樱恼羞成怒：“送我回去！”

“小心眼可不是你的风格，太不淑女了，又任性，哪有姐弟恋的影子嘛！”

康堤似乎很喜欢看颜樱生气的样子。颜樱的目光跟他的目光对峙，康堤突然吻下来，一吻既罢，他幽幽地说：“我们回家吧，我饿得不行了！”

颜樱的脸红通通的，她拉开车门，率先走进面馆。老板跟颜樱打招呼，颜樱进了小包间。

一根长寿面做了一碗，康堤挑到两根头，说：“你吃这边，我吃这边！”颜樱扭过头，噘着嘴：“幼稚！”

“快点！我今天是寿星公，别惹我生气！”

颜樱只得伸嘴接住康堤用筷子挑过来的那根面条，两个人凑在一只碗口吃同一根面条，面条渐短，两个人的嘴越离越近，颜樱赶紧咬断面条。

康堤把剩下的面条都嘬进嘴里，说：“这是我吃过的最好吃的长寿面！”

“幼稚！”颜樱低头夹菜吃，心里却是甜蜜的。

吃完饭，两人坐进车里，气氛有些暧昧。颜樱很想装淑女让康堤送她回家，然后傲然转身。可是……那不是她的风格，她想要他吗？想把自己做生日礼物送给他吗？

康堤显然早有准备，因为车子直接开到了她家楼下。颜樱放弃了装的想法，她是敢说敢做的颜樱，不就是睡个男人吗，你情我愿，不睡白不睡，白睡干吗不睡？

03

鱼子酱涂抹在苏打饼干上，添上一片切片的白水煮蛋，撒上葱花，装到小碟子里，再备上一杯脱脂牛奶，这便是付北兴的早餐。纪琴没胃口，只给自己倒了一杯奶，想了一下，又拿出两片面包片，付北兴不喜欢她吃猫食。

抬头看了一下表，付北兴应该晨练回来了。进卧室收拾了一下，一转身的工夫，付北兴已经站在了她背后，宠溺地抱着她，问昨晚睡得好吗。纪琴微笑着拉开他的手："赶紧吃吧，一会儿凉了！"

面对面地坐下，纪琴一小口一小口地喝那杯奶。付北兴倒是很有食欲的样子，抓起面包片，三口两口吃进去。他说："晚上我去接端端，然后咱们去度假村过周末！"

纪琴拿纸巾帮付北兴拂去唇边的奶渍，说："好！"端端进了寄宿制幼儿园，一周回来一次。

付北兴吃完早餐，换了衣服，纪琴帮他系领带，拿了皮鞋，送他出门时，他抱了她一下，拍拍她的脸说："晚上收拾得漂亮点，有礼物送你！"

纪琴的脸微微地红了。她还不是很适应他的样子。他变了很多。从前的付北兴霸气，木讷，不会讨女孩欢心。现在的他却很绅士，也懂得制造出一点小浪漫，但是纪琴总觉得感觉不一样了。现在的好，看着在眼前，却又远在天边，能拿在手里的是价值不菲的奢侈品，这并不是纪琴想要的。

纪琴不去兴安公司上班了，付北兴帮她弄了个设计工作室，接一些兴安公司下属公司的家装设计订单，因为有着做全职太太的惯性，纪琴也没心思做些什么，付北兴显然也没想让纪琴真正去设计什么，那设计工作室就名存实亡地摆在那儿。

纪琴走到窗边，看着付北兴的银色宝马开出去，心是没处放的。带着端端出去，付北兴和纪琴一人牵着端端一只手，三个人男的英俊，女的优雅，孩子聪明可爱，是让人羡慕的一家三口。但是纪琴知道，自己的幸福是偷来的，是没办法见天日的。

她总是做梦，被一个陌生女人扇耳光，那女人恶狠狠地骂："你这个狐狸精，偷人家老公！"

纪琴从噩梦里醒来，总要呆呆地坐上一阵子。付北兴在她身边睡得很安稳，他比七年前看起来舒服很多。男人年轻时，总有股子戾气，身上的棱角也都是分明的。年龄大了些，有了自信，也便成熟起来。

颜樱和朵渔并不知道付北兴没离婚的事。或许知道，她们没问，她便没有说。偶尔颜樱会问纪琴什么时候跟付北兴结婚，纪琴表面淡定地笑："那张纸没那么重要，想结不就结了。"心里却兵荒马乱成了一团，怎么会不重要？自己真的不介意那张纸吗？

她一遍遍给自己催眠："这样也挺好，得到那张纸的女人不照样没有爱，独守空房吗。自己得到的远比那张纸多。"可是，人总是得陇望蜀的，这样在一起，纪琴的心没着没落的。

付北兴从来不说他妻子的事，纪琴知道他也尽量不在她面前给那个女人打电话。但偶尔他们在一起时，那女人的电话打进来，开始付北兴会走到阳台，关上门，说好半天。后来，他的电话一响，纪琴就主动走开。

一次，付北兴接电话时，端端在客厅里玩飞机模型，纪琴拉着端端离开，端端正玩在兴头上，死活不肯。纪琴使劲一拽他，他大叫起来："妈妈，你拉疼我了！"说完哇哇大哭。付北兴的脸色很难看了，疾步走向阳台，说：

“没有，没有，开着电视！”

纪琴把端端拉到卧室里，照着端端屁股拍了两下：“让你不听话，让你不听话！”端端越发哭得委屈，说：“妈妈，你真的弄疼我了！妈妈，端端知道错了，下次不敢了！”纪琴的眼泪噼里啪啦往下掉，抱着端端使劲哭。付北兴开门进来看了她们一眼，纪琴以为他会说点什么，但他什么都没说，关上门出去了。

很晚才回来，纪琴弯腰给他递拖鞋，问他吃了饭没有，他抱住纪琴，满身酒气。依旧是什么都不说，只是紧紧地抱着。黑暗里，纪琴急忙抹掉眼泪，说：“我去给你热饭！”付北兴不让，就那样抱着纪琴。许久，纪琴抬头看他，他满脸泪痕。

谁都没再提那件事，但纪琴知道，那件事不过是个导火索，彼此都很客气，甚至是小心翼翼地维持着某种平衡。

纪琴又开始失眠，焦虑，吃不下饭。付北兴很忙，却仍然抽空给纪琴买名牌包、买香水、买衣服。那些东西纪琴看了，收下，放起来，也只在跟付北兴出去时穿一穿。

春节前，付北兴去了新加坡。他走之前给纪琴和端端买了好些东西，他答应着要带端端去香港迪斯尼乐园玩。

纪琴带着端端回父母家过的年。年初五，纪琴找个借口回到城里。

端端会问付叔叔去了哪里，纪琴不知道如何给儿子答案。初七那天，老墨打来电话，问纪琴在哪里，纪琴说在家，老墨拎了吃的过来。三个人一起用电磁炉做了火锅，热气腾腾的。

端端说了许多话，老墨和纪琴都沉默着。纪琴给老墨调小料，老墨苍老了很多，一笑，眼角满是皱纹。老墨原本就比纪琴大三岁，现在，大五岁也不止。

老墨进家门时，纪琴看到老墨的羽绒服上打蜡了一样油亮，她想问点什么，终于什么都没问出口。

老墨看到了鞋架上的几双男式鞋，有些惊讶，问纪琴：“方便吗？”纪琴回身，答 :“没事儿！”

那晚，端端死活不舍得老墨走，老墨也依依不舍的样子。老墨看纪琴的脸色，说 :“他……回来吗？”

纪琴摇了摇头 :“他不住这儿！”撒了谎。

老墨掏出手机给家里打电话，说:“我跟同事玩麻将，就不回去了。嗯，在麻将馆里，我同事，你不认得！”

纪琴给老墨和端端铺了被子。

躺在自己的床上，她听到端端跟老墨闹成一团，叽叽嘎嘎地笑。

纪琴的眼泪顺着脸颊淌，日子怎么就过成了这个样子，两个男人，都不是她的，人虚飘飘的。

做梦，挨耳光，一会儿是付北兴的爱人，一会儿是老墨的爱人。

醒来，夜漆黑漆黑的。妻子才可以被称为爱人，而情人总归是情人，前妻总归是前妻。

04

换了海蓝色的休闲款运动装，把端端和付北兴的同款运动装也装在手提袋里,三个人穿亲子装应该很好看。这套是那次纪琴打端端后付北兴买的。天一直冷，没穿过。临出门时，纪琴又回来取了裙子和高跟鞋，她害怕付北兴会不高兴她只穿休闲装，或者是不愿意三个人那么高调。

什么事都照顾付北兴的想法，纪琴觉得自己又回到了校园里跟付北兴恋爱时的样子。性格决定命运，纪琴一直都是这样的。跟付北兴恋爱时事事以他为主，跟老墨的婚姻里处处委曲求全。生活是有惯性的，习惯了看别人的脸色，揣测别人的心情，在对的人身上是善解人意，在不对的人身上就是忌惮，委屈的浓度是一点点积攒起来的。

爱琴海度假村的桃花和海棠花都开了，远远地望去，如粉色的雾一样，纪琴不禁赞叹，说："这变成桃花岛了！"兴奋得像个小女生一样探头探脑。

付北兴兴致很高，摆弄着手里的大炮筒相机，他问纪琴有没有多带几套衣服。他说："我给你拍几张艺术照，绝对不比影楼城的差！"纪琴答应着，心里想：幸亏多做了一点准备。

纪琴让端端和付北兴换上运动装。付北兴很爽快地答应了，端端也开心，自己比画着往身上套衣服。付北兴很孩子气地赶纪琴下车，说："男女有别，不许看！"端端也跟着说："妈妈，不许偷看，不许耍流氓哦！"

纪琴笑着照大的小的头上一人拍了一下，说："乖乖的，不然……"作张牙舞爪势。

纪琴先跳下车，深深地呼吸了一下空气，心里的乌云被赶走大半。

付北兴对孩子好，对自己好，日子过得丰衣足食，且拥有他的宠爱，这些就足够了不是吗？这是让多少女人羡慕的生活呢！像颜樱和朵渔，那样孤单着一个人漂泊的日子，她真的害怕了。

只是，这些幸福都像沙滩上的画，海浪一来，一切都消失不见了。

之前的海南之行很愉快。在天涯海角，付北兴像莽撞少年一样对纪琴说："我以为这辈子再也不会跟你在一起了，在公司遇到你，我觉得我吃的一切苦都值得了……"

男人的情话总是能很轻易地打动女人。纪琴在走了那么一段泥泞的路之后，遇到从前倾心相爱过的男人，说出如此深情的话来，怎么会不心花怒放呢？

她相信他的爱，她也体谅他的苦衷。自己不能给他别的，给他一点陪伴也是好的吧，能重新遇到，在一起，已经是上天的厚爱了。

纪琴矛盾着，一边不平衡，一边努力找理由安抚自己的。"小三""二奶"，朵渔、颜樱痛恨的这两个词，成了纪琴心口的一把刀。

付北兴和端端一大一小跳下车来，纪琴笑了："我们是吉祥三宝！"端端却噘了嘴："妈妈说得不对，我、妈妈和爸爸才是吉祥三宝！"

纪琴急忙抬头看付北兴，付北兴却像什么都没听到一样，正拿着大炮筒对准一朵桃花拍。

纪琴跟端端在桃树间跑来跑去，付北兴在后面追着给她们抢镜头。

去年今日此门中，人面桃花相映红。付北兴的镜头里，纪琴巧笑嫣然，美丽依旧。自己爱的两个人都在身边，那便是一个女人全部的幸福吧？

纪琴不知道伴随着桃花般浓烈幸福而来的是一场永生难忘的屈辱。

吃过晚饭，三个人围着度假村散步，远远地看到一个穿着黑色衣裙的高个子女人和两个孔武有力的年轻男人站在他们回去的路上。端端正跟付北兴讲着《喜羊羊与灰太狼》的故事，纪琴看到付北兴的脸色突然变了，他握了一下纪琴的手说：“琴，你带孩子赶紧走！”

纪琴一瞬间没明白发生了什么事情，愣在原地没动。

黑衣女人已经到了面前，冷笑两声，脸上的浓妆被扯出几道褶子来。她说：“一家三口其乐融融啊！”

纪琴骤然反应过来：那个噩梦来了。

女人的耳光扇得很响亮，纪琴趔趄了一下，摔在地上。付北兴过来挡，被两个年轻男人拉开。端端哇哇大哭，女人拳脚相加，说着并不标准的普通话：“你们大陆女人就知道不劳而获，不要脸，我一直跟踪你们……”端端小狮子一样冲上来打黑衣女人：“不许你欺负我妈妈，不许你欺负我妈妈……”

纪琴搂住端端，缩成一团，割腕那日的疼痛感觉弥漫上来，她再次闻到了死亡的气息。她死过一次，不能再死一次。她站起来，拉着端端跑，肺几乎被抽空了，人要晕厥似的。端端停了下来，纪琴跪在石板路上，两边的桃花开得没心没肺……后面并没有人追过来，四下空空荡荡，夜幕正在降临，天空呈现出丝绸般温润的暗蓝色。冷，真的很冷。

纪琴摸索着口袋，幸好吃过晚饭出来时把手机装在了衣袋里。

想也没想就把电话打给老墨，她几乎是声断欲绝：“文涛，来救我们！”

“纪琴，你在哪儿，端端在哪儿？”老墨急切地询问。

纪琴费了好大力气说明方位，然后抱着吓坏了的端端坐在地上。人渐渐平复下来，端端困了，睡在怀里，小脸上脏兮兮的。

付北兴跟几个度假村的人跑了过来，付北兴伸手拉纪琴，纪琴纹丝不动，人变成了石像一般。

付北兴蹲下来，示意跟来的人回去。他脱下外套给端端盖上，说："纪琴，我不会原谅我自己让你受到了这么大的伤害！"

纪琴慢慢回过神来，她的目光落到付北兴身上，伸手帮他掸掉肩上的桃花，几乎是对他笑了一下："不怪你，是我自找的！"

眼前一下子被照得雪亮，有车子开过来，先跳下车的是颜樱，后面跟着的人是老墨，见到二人，纪琴的眼泪再也控制不住。

"出什么事了？报警没？"颜樱扫了一眼付北兴，问纪琴。老墨跑过来，揪着付北兴的领子，劈头盖脸给了他两拳。纪琴很无力地喊："文涛，住手！"

付北兴倒在地上，没还手。老墨转过身来抱过纪琴怀里的端端，颜樱扶纪琴起来时，付北兴伸手，被颜樱的目光吓了回去。

"回去我再跟你们说！"纪琴浑身没有一点力气，人像从水里捞出来一样。

颜樱把纪琴送进车子里，跑回来，站在付北兴面前。她说："付北兴，我告诉你，纪琴是个好女人，你伤害了她一次不够，还来第二次吗？纪琴自杀过，跟你有关。她今天过到这份上，也跟你有关。亏我颜樱瞎了眼，你让我帮忙把房子弄给纪琴住，我还觉得你有情有义……我不知道你们之间发生了什么事，但是我告诉你，以后，你离纪琴远点，有多远滚多远！"

付北兴的面色像要拧出水来，他不会解释什么，也不知道要解释什么。付北兴站起来，风吹落桃花片片红，像无边无际漫上的悲凉。

夜色弥漫上来，纪琴回望立在桃花树下的付北兴，一切渐行渐远……

05

老墨接到纪琴的电话时，家里正吵得焦头烂额。

罗美珍跟李金玲大吵三六九，小吵天天有，老墨谁也管不了，那个家也越来越不愿意回去。他在纪琴那儿看到男人的东西，知道应该是付北兴，心里很不好受。老墨跟纪琴说不上有多爱，这些年在一起，却也是有感情的。离婚非他所愿，加上再娶的罗美珍性子暴烈，更衬出纪琴的好来。

罗美珍把家里端端和纪琴的东西清得干干净净，这个家甚至不能提纪琴，偶尔李金玲或者老墨不小心提到，罗美珍立刻跳脚骂。

那晚是罗美珍下班回来时，看到李美玲在小区门口跟几个阿姨聊天，见了她，阿姨们四散。罗美珍便认定李金玲是在背后讲她的坏话，阴着脸进了家门，“当”地踢倒一只凳子，然后指着老墨骂李金玲：“良心都让狗吃了，我一大闺女跟了你个二婚头，到头来让人指指点点，你们老武家的人有人心吗……”

李金玲并没有在讲罗美珍，是那几个阿姨给她物色了个老伴，她不想让罗美珍知道，看见儿媳妇过来，大家这才立刻分开了。

罗美珍进门是她的决定，她万万没想到她是这样的脾气。

不是不想纪琴，只是走到这一步，好强了一辈子的李金玲也只能打掉牙往肚子里咽了。她想，或者罗美珍有了孩子，会好些，却没想到日子难熬。跟儿子说，儿子一副爱答不理的样子，有时扔下句“您自找的”便离开家。自己那边的房子到底被罗美珍逼着卖了，钱都存在罗美珍那儿。李金玲想：自己守了一辈子寡，真的要为自己打算打算了，不然，到老了，就有罪受了。这样一想，人就往外跑得多了。

媳妇闹成这样，她若不出来说句话，倒显得自己真的理亏。她把凳子扶起来，说：“美珍，你嫁到我们武家，我和文涛对你怎么样，你自己心里清楚，不能红口白牙说没良心的话！”

罗美珍本就一个人吵寂寞着，见李金玲接了招，立刻迎战。李金玲虽然厉害，但那是纪琴做对手时，跟伶牙俐齿的罗美珍交手，简直就是轻量级选手遇上了泰森。母子连心，她转身求助儿子，老墨却低头择芹菜，死活不吭个声。李金玲抹着眼泪骂儿子："我当初怎么不把你掐死呢？苦巴苦熬到现在，一点用也没有！"

电话响了，老墨接起来，听到纪琴的喊声穿鞋就往外走。罗美珍拦着门："不许去！"老墨回手一拨拉，她倒在了沙发上，惊天动地地哭。李金玲跟着问出了什么事，老墨闷出来一句："他们娘俩要是有事，咱们就都别活！"然后摔门离开。

在路上怎么也拦不到车，无奈之下，只得打电话给颜樱。颜樱正跟康堤吃饭，听说纪琴有事，立刻赶了过来。

在车上，纪琴闭口不言。颜樱也猜到八九分，她也并不想当着老墨的面问这个。她猜纪琴也肯定不愿意回到付北兴给收拾的住处，径直把车子开到自己家楼下。

颜樱把钥匙递给纪琴，她要开车去超市买些吃的，这样一折腾，肯定都饿了。

老墨抱着端端，纪琴跟在后面上了楼。

进了颜樱家，老墨把端端安顿好，出来坐在纪琴边上。纪琴的额头磕破了皮，他去找医药箱没找到，就拿了毛巾帮纪琴擦脸。纪琴的眼泪扑簌簌掉下来，说："老墨，活着怎么就这么难呢？"

老墨抱住纪琴，说："琴，我离婚，我都想好了，什么都不管了！"

纪琴抬起头像看外星人一样看老墨，好半天才说："我们都走了这么远，怎么能回到原地呢？"

老墨却异常坚定："这辈子我没做过什么主，都是听我妈的话。纪琴，这次你给我个话儿，如果你还想跟我一起过，我武文涛就是拼了一身命，也要守在你跟端端身边！"

端端在屋子里大概做了噩梦，哭了起来。老墨急忙跑进去拍他。纪琴人恍恍惚惚的，浑身发冷。

她没有给老墨答复。颜樱回来，老墨便起身告辞，临走他说："纪琴，我不是随便说说，我等你！"

纪琴睡下了，整晚都在发烧做噩梦。

好容易挨到天亮，颜樱打电话给朵渔让她来照看端端，自己带纪琴去医院。

纪琴死活不去。朵渔赶来，颜樱找来社区医生给纪琴打了点滴，两个人守在烧得稀里糊涂的纪琴面前。朵渔说："付北兴做了什么？"

颜樱说："他把纪琴变成了二奶，纪琴一直在说梦话。她说，我错了，我不该抢你老公。又说，我不是二奶，真的不是……"

朵渔汪了一眼的泪，说："付北兴这个王八蛋，有钱就能这么糟蹋人吗？"

颜樱的脸上很少见地挂着泪，问朵渔："我们真的需要男人吗？如果跟一个男人在一起，会带来这么大的伤害，我们为什么要跟男人在一起？"

纪琴的手机响了，颜樱拿起来看，是付北兴，想也没想便按掉了。

朵渔看了看表，说："我要去见律师，我给小汐打电话，让她过来帮着看看吧！"颜樱送朵渔出门时，康堤立在门前。朵渔不认得康堤，颜樱装成不认识的样子漠然走过去。朵渔进了电梯，康堤似笑非笑："我至于那么见不得人吗？装得那叫一个真，就算是陌生人，好歹我也是一个帅哥，也得瞟我一眼，还目不斜视的！我敢保证你那朋友肯定一眼看透咱俩的关系了！"

"咱俩啥关系？"颜樱弯腰给他拿拖鞋。

"很深刻的关系！"康堤嘴贫。颜樱抽出一根烟，刚要点，被康堤接过去，抖了抖手里的餐盒："我是来捉奸的，昨天那么急匆匆走了，也不接我的电话，我一宿没睡，一大早起来看你家里藏没藏人。没藏，表现不错，犒劳一下美女！"

颜樱说："小白脸走了，你没堵着！"

康堤捏了颜樱的脸，说："有我珠玉在前，你还能把谁放眼里？"

“这倒也是。康堤，人家说：有人把你放在心上，有人把你放在床上。你把我放哪儿？”康堤拉着颜樱的手放在他的胸口：“放在这里！”

颜樱笑了：“别弄得情深深雨蒙蒙的啊！我要是真陷进去，老房子失火，可没救了！再说了，我得清醒点，你说咱俩一起混，我混得人老珠黄了，你还钻石王老五一枚，到时，我哭，去哪儿找调门？”

康堤收起了嬉皮笑脸的模样：“樱，跟我回家见我父母吧！”

颜樱的心很不淡定地狂跳，她终于笑了出来，说：“得了吧，弄得跟真事似的！”

06

律师坐在朵渔和沈家宁的对面，面色凝重：“韩彬昨天在看守所晕倒，他肝硬化得很厉害……”

朵渔紧紧地握住沈家宁的手，朵渔的手冰凉。“他……没事吧？”

“没事，我已经申请他保外就医！”

“我可以去看看他吗？”

“再等等，我跟他说了你不惜一切代价为他减罪，他掉了眼泪，说这是他最不愿意看到的结果……朵渔，作为朋友，我也不得不说，你这样做的确有情有义，我经手过很多案子，别说是前妻，就是现任妻子抓住钱不放的也有很多。”

汪律师指的是朵渔把自己的财产都交出去尽力救韩彬的事。

朵渔交出去的账号里果然就是那失踪的一千万，钥匙是银行保险柜的，那里面放着一枚钻戒和一个房产证，房产证上写的是朵渔的名字，保险柜也是以朵渔的名字开的。

朵渔跟韩彬结婚时，韩彬给朵渔买了枚小小的银戒指，一直戴在朵渔手上。离婚前去大连的那个夏天，丢在了宾馆里。

韩彬说丢了就丢了，我给你买钻的。朵渔本就不是爱戴首饰的人，只是可惜了那个银戒是最好的纪念。后来发生了一系列的事，戒指的事没人再提起。

朵渔不知道韩彬什么时候买了那枚戒指，钻石很大，光芒璀璨。

检察官姜苏把那枚戒指还给了朵渔。理论上，这些东西已经跟韩彬没半点关系了，他们夫妻离了婚，这些是朵渔的。朵渔往手上套了一下，很沉，像负担，摘了下来，还给姜检察官。她说："帮韩彬赔偿公司损失或者业主损失都可以！"

"一周后会开庭，无罪的可能性很小，尽量减吧！"

汪律师离开后，沈家宁陪着朵渔坐了好一会儿。沈家宁一直握着朵渔的手，说："别想太多，是山，总能爬过去。"

出茶室时，朵渔头晕了一下，沈家宁扶住她。她做微笑状："大概有些血糖低！天热起来了，每年夏天都会有些这样。"

回去的路上，沈家宁停车去买了生脉饮，还买了许多吃的。送朵渔上了楼，让朵渔先睡一会儿，他给她往冰箱里塞东西。

朵渔真的昏昏沉沉睡了过去。醒时，夕阳从窗里歪歪斜斜撞进来，屋子里光线暗，只有夕阳落的几处，红润润的。

沈家宁进来，手里端了一碗粥："正想叫你！喝了吧！"

是绿豆冰糖莲子粥，熬得很稠很烂，也凉过，口感很好。朵渔说："家宁……我一直想说谢谢！这段日子，如果没有你，我不知道自己该怎么走下去！"

沈家宁推了推眼镜，笑了："咱们之间不用这样客气！对了，酒馆开张了，谢阿婆总念叨你！"

"我也想念那段日子，安安静静，人都是通透的！"

沈家宁指了指书房："你在看法律的书？"

"嗯，能多了解一点也好，我不知道能帮上他什么。说真的，那些案情，很多我都听不明白！"

沈家宁接过朵渔手里的碗，放在床头柜上，坐在她的对面："朵渔，有些事，我一直没有告诉你，你跟韩彬离婚之前，他见过我……"

朵渔的目光充满了疑惑："他说什么？"

"他拜托我好好照顾你，他说他辜负了你们结婚时的约定，不能陪你到老了，他说他知道我喜欢你，他甚至暗中调查过我，在信任我的人品之后，才决定把他一生最爱的女人托我照顾……他说他要出国，去澳大利亚，或许再也不回来了……"

朵渔的眼泪一滴一滴掉下来："我是一件东西吗？想把我转让出去就把我转让出去？"

"他是爱你！朵渔，你也值得他这样爱。虽然我不赞成他这样极端，甚至不惜欺骗你，他可能想自己客死他乡，你有钱保障生活，不会那么悲伤……"

朵渔拂了一下脸上的泪水："我吃了那么多苦，他怎么能那么狠？他明知道对我来说，什么是致命的，他偏偏挑中命门来打……我宁愿陪着他打官司，等着他出狱，宁愿守在他的病床前，也不愿意接受他背叛我，他怎么就不明白这个呢？"

沈家宁轻轻地抱住朵渔："出发点和结果总不一定是吻合的。朵渔，男人的思维和女人的并不相同，也许，他认为这是他爱你的最好的方式了。你只要记住他的好就行了。"

朵渔点头。前面还有很漫长的路，韩彬要跟病魔做斗争，要打官司，自己要做他最坚强的后盾。她问："家宁，你觉得我行吗？"

沈家宁知道她的意思："你行的，你还有我！你还有你的朋友们！"

一句话，把朵渔的眼泪又惹了出来。朵渔觉得自己真的是太自私了。从前，竟然不知道韩彬的肝病；现在，也不敢问家宁跟女友的事。

好半天，光线在沈家宁的脸上闪来闪去。朵渔说："家宁，我知道你对我好，可是……这辈子我什么都没办法给你……"

家宁把朵渔的头发往后别了别："我什么都不要，我只希望你快乐！

我也要履行我的诺言，我会照顾你，哪怕是替他照顾你……”

小时候，幸福是件简单的事；长大后，简单是件幸福的事。自己把曾经拥有的最美好的单纯都丢掉了。思前想后，疑神疑鬼，甚至不能跟他好好聊一聊。如果自己当初理智些，跟小丹和韩彬都好好聊一聊，或者也不会到今天这个地步。

人生哪有后悔药吃的？

家宁离开，朵渔给颜樱打了电话，纪琴的烧已经退了，老墨接走了端端，明天送他去幼儿园。颜樱问韩彬的事，朵渔说：“没事儿，就快开庭了，也许能保外就医！”一时间两个人都无话。

放下电话，朵渔觉得浑身无力。

门铃响了，竟然是小丹和她的男友。她提着很多菜，说：“朵渔姐，没打扰你吧？你脸色不太好呢！是不是血糖又低了？”

小丹的男友提着菜进厨房，小丹麻利地给朵渔冲糖水。朵渔安心地听着小丹的指派，一切好像回到了从前，如果不是韩彬不在的话。

朵渔突然觉得很满足，颜樱和纪琴说得没错，自己一直是个很幸运的人，没有遇到纪琴那样的极品婆婆，也没有遇到老方那样的极品男人，韩彬从始至终都是爱她的，尽管那种方式她不能接受，但那是出于爱……还有小丹。虽然心里还是因为她说喜欢韩彬的事别扭，但已经不是如鲠在喉了，慢慢可以释然的。

还有沈家宁。越来越多的时候，朵渔心理上开始依靠他，想到他在，会踏实。曾经，她对韩彬就是这样的情感。

她不允许自己情感里有这样的小苗发芽，她不想对韩彬不忠，哪怕是想想也不行。但这不是理智能控制得了的。

她问过自己：如果韩彬真的出来了，身体也无大碍，自己还会跟他在一起吗？还会吗？

会的，那是朵渔。她会陪着韩彬慢慢变老。只是经历了这么多事，最单纯的爱情已变成了相依为命、白头偕老吧！

这样想着，心里的悲凉又加了一层。

小丹跟男友有说有笑在厨房里做饭，朵渔坐在书房里开始给韩彬写一封信，写了几个开头都揉成团扔掉了。

有多久没见过他了，他瘦了老了吗？

他会常常想起从前的旧时光吗？

朵渔这段时间常常会想起，甚至梦到。

第一次牵手，他的手心里全是汗，她的两根手指被他拉得疼。

第一次接吻，他的牙碰到她的牙，她很不严肃地笑场了。

第一次去见未来的岳母大人，听说她老人家喜欢吃黄桃罐头，这家伙竟然买了十箱雇车拉回去，弄得朵渔的家人以为这未来姑爷是批发罐头的……

知道朵渔没办法生小孩，他心里一定是难过的，他那么喜欢小孩，每次端端来，他都是又当牛又当马，楼上楼下陪着玩……可是，他说：我最爱的人是你，我也希望你最爱的人是我，这下好了，没人来抢你的爱了！

朵渔想着想着就掉眼泪了，他后来怎么变得那么狠心，连自尊都不要了，他还……朵渔想，等他出来，自己不会饶了他，凭什么两个人的事要他自导自演一出戏？

朵渔在纸上写：彬，你一定要好好地回到我身边，知道吗？因为，你对我的伤害，要用你后半生来弥补，不许赖账，不然，我不会放过你的！你知道我林朵渔是说到做到的人。

07

纪琴回去收拾东西时，意外地看到付北兴穿着衣服醉倒在床上，客厅里摆满了啤酒罐和吃剩下的熟食。

付北兴没什么酒量，纪琴是知道的。他一直住在这里？那夜又一样的正牌夫人回新加坡了吗?

纪琴犹豫了一下，还是过去，帮他拉掉松垮下来的领带，吃力地把他的一条腿搬到床上去。

纪琴在颜樱家住的那几天中，付北兴打过两通电话，一次颜樱没让纪琴接，一次纪琴接了起来，付北兴说 :“没什么事儿，收拾收拾回来吧! ”

就是这份轻描淡写让纪琴心里凛然一震，自己是二奶，怎么能背着恩客出逃呢? 也就是那一刻，她决定无论如何要结束这段关系的。

替付北兴拉被子时，他的胳膊缠过来，下午两点，外面下着小雨，屋子里昏暗得像傍晚。他醒过来，看到纪琴，笑了，纪琴承认，他的笑还是很有杀伤力的，他是她这辈子最爱的男人，也伤她最深，当初，为了她的试探暴怒分手。现在，使君有妇，而她也变成了个可怜的离婚女人，两个人背弃了当初美好纯洁的初恋，不清不楚地走在了一起，欲望多过爱情，纪琴一直不敢问付北兴你还爱我吗。

付北兴的右臂轻轻一用力，纪琴倒在了他的怀里。纪琴没有动，说:“北兴，我们分开吧! ”

“因为她? ”付北兴本不应该有问题的，他那么聪明的人，不该问这种白痴问题。

纪琴说 :“因为过去的都过去了，你找我，不过是想圆当初的一个梦，现在梦碎了，也到了该分手的时候! ”

付北兴翻过身来，霸道地吻纪琴。纪琴使劲挣扎，说:“北兴，北兴……”这倒像是求饶，付北兴像海浪一样席卷了纪琴，纪琴的眼泪使劲往下掉，心里是屈辱和悲伤的。可是，身体却是迎合的。那些年，跟老墨在一起，从来都是压抑的，有时纪琴觉得自己就是个要爆炸的炸药包。

她在付北兴这里终于找到了出口。付北兴是个好情人，纪琴也是。如果不是想要更多的话。

只是，纪琴没办法接受自己的处境。将来她该怎么给端端解释自己的位置呢?

在来收拾东西之前，纪琴重又回到从前租房的地方，很巧，那房子刚好空了出来，旧房主知道纪琴稳重，乐得她重新回来住。

付北兴一遍遍地吻着纪琴，带着浓重的酒气和隔了夜的口气味道。纪琴觉得那味道很像自己腐朽了的生活。

付北兴一动不动，纪琴拨开他，一件一件穿好衣服，昏暗的光线里，屋子里的一切像一幅旧油画。所有付北兴送她的东西她都没带，付北兴给她的钱和首饰她也都完完整整地摆在客厅的桌子上，拎着那只和老墨离婚时就提着的旧皮箱，拉开门时，付北兴突然哑着嗓子叫了一声："纪琴，我现在什么都没有了，我离婚了！"

纪琴呆在原处，好半天，她不知道自己是要离开还是要留下来。眼泪滴滴答答顺着脸颊往下淌，她说："北兴，你怪我吗？如果不是我，你什么都不会失去！"纪琴有些贪心地想，如果付北兴说"没有，我愿意失去一切跟你在一起"，那么纪琴就留下来，他们可以光明正大地在一起，即使没有很多钱，有很多爱也足够了。

只是，他离婚了，为什么不主动去找她呢？他离婚了，为什么看起来并没有很高兴呢？是的，如果他真心实意想跟她在一起，他早就那么做了，何必等到现在呢？

果然，付北兴没有回答，屋子里的空气闷得人喘不过气来。纪琴的嘴角向上扯了一下，原本就是这样，女人总是喜欢做梦。

雨下得大了，打在窗子上，啪啦啪啦响。

纪琴拎起箱子走出去，带上门，还是回头瞅了一眼。那么多的幸福时光，偷了来，又还回去。她和他，曾经的恋人，曾经的情人，已经没有将来了。

打不到车，在雨里走了很久。人被雨淋着，才感觉自己还活着，渐渐便也麻木了。回到颜樱那儿时，如孤魂野鬼一样。颜樱正在跟康堤讲电话，见纪琴这副德行，赶紧收了线，跳着脚接过她手里的皮箱。

那一晚，纪琴又发烧，说胡话。颜樱守在她身边，说："琴，对男人就他妈的应该无情，你看你付出那么多，得到什么了？”

隔天上午，老墨来坐了很久。颜樱去上班，纪琴问老墨不上班吗，老墨说请了假。纪琴昏昏沉沉，一会儿睡着，一会儿醒过来。

老墨就那样枯坐着，什么话也不说。纪琴说：“你回去吧，我没事儿！”

“我跟她提出离婚了！”

事情很像一幕诡异的话剧。身边的两个男人突然都因为她要离婚，很搞笑，但是又让人笑不出。

“文涛，你真的觉得我们可以重新在一起吗？在我做了付北兴的情妇之后，我们还能再在一起吗？”

老墨弹掉手里的烟灰：“就是我们没缘分再在一起，我也不想继续这样的日子了，我窝囊了三十几年，我为了我妈离了一次婚，结了一次婚，如果说报答，这也够了！琴，我知道我一直很自私，在你和我妈之间，我一直希望你委屈一下，我也一直逃避着，可生活并没有因为我的避让就变得好起来……这段日子我想了很多，你从前说得很对，每个人都要有自己的生活，我妈也是。她不必为了我牺牲掉她的人生，我也不能……”

这是纪琴不认识的老墨，他坚毅平和，理性阳刚。

“如果你能这样想，那就按你的想法去做吧！”

两个人第一次像朋友一样，彼此没有怨恨或者愧疚地说话。

只是，生活的情节远比我们想象的复杂得多。老墨跟罗美珍提离婚时，她只是冷笑着给了老墨两个字：“做梦！”

那些天，武家都是骂声不绝于耳：“吃着碗里的，看着锅里的，那前妻放个屁，你就跑十里地……”

李金玲开始还嫌丢人，后来也实在没力气管这些，索性关了房门，任罗美珍吵闹。

老墨只下了一条横心：这婚非离不可！

08

颜樱没有去见康堤的父母，康堤的父母倒来见她了。在报社外不远的一处私人会所，派了司机来接颜樱。

颜樱不是没有见过世面的女子，但还是紧张。她让司机稍等了一下，然后去洗手间补妆。镜子里，颜樱依然美丽。三十岁的女子，多了一份韵致，却也会少了一份勇气。如果是二十几岁，颜樱不会瞻前顾后，想三想四，会立马站到康堤父母的面前。当然，那时的砝码也是足的，自己是清白女子，有着姣好的外貌，不俗的学历，大把的青春。可现在，有了一份失败的婚姻，到底是先怯了半分。

棉纱质地黑色露肩连衣裙配着一双金色鱼嘴高跟鞋，金色的手包和腕上的金色手镯是呼应，这金色会不会太惹眼？露肩的裙会不会显得太轻浮？口红颜色会不会太艳？

颜樱意识到自己在纠结这些时，突然笑了，她问自己："颜樱，你不是没把自己陷进去吗？干吗那么在意？"

袅袅婷婷地走出来时，已经又是那个无所畏惧的颜樱了。

康堤的父母很和善，没有盛气凌人。颜樱从前见过他们，不过，那时她还是个记者，他们都是这座城市的风云人物。

康堤的妈妈一头白发，穿着得体的套装。康堤长得像父亲，身长如玉，举止儒雅。他们转着弯子问了颜樱的工作、生活状况。颜樱知道这些他们肯定都知道，知己知彼。康堤的父亲说："学设计的，怎么到了报社呢？"

颜樱抿了一口茶说："我的性格不适合安安静静做设计，更喜欢与人打交道些。也是机缘巧合吧！"

"我们知道你很出色，工作能力很强……"

颜樱不想再转到喜马拉雅山上说话了，她开门见山："叔叔阿姨，我知道你们找我跟康总有关，有什么话，你们尽管说，我会认真听着！"

康堤的母亲回头看了康堤的父亲一眼，康堤的父亲立刻站起来，说："你们聊，我出去松松筋骨！”这大概都是彩排好的章节。

康堤的父亲出去，母亲转头拉过颜樱的手，说：“阿姨很喜欢你这种性格，那咱们就不绕弯子了。颜樱啊，你知道康堤从小环境太优越，人就容易迷失，总是想挑战些不可能，或者说总是想离经叛道……也会对许多东西不珍惜。他之前有过好几个女朋友，都是三分钟的热度，也许你有所不知，为他自杀过的也有，伤了很多女人的心……如果你年轻十岁，阿姨也不跟你说这些。年轻可以失败，失败了可以重新再来，可是，你受过伤害，也没有时间再经受一次打击，所以……”

“这是康堤的女朋友，正在加州读 MBA，就快回来了。康堤定力不够，可能给了你错误的暗示……”

照片上的女孩戴着黑色的学士帽，清秀端庄。颜樱把照片慢慢推回去，目光移向窗外，自尊一片片裂开，碎成片。

阳光真好，私人会所里的一切都彰显着不俗的品位，那些用金钱打造的品位不着痕迹，墙上的油画货真价实，屋子里的家具清一色是红木的，案上的茶具亦是青花。自己脚上腕上的金色显得低俗到虚张声势，颜樱悄悄用手按住腕上的手镯，起身告辞，说：“阿姨，我想我听懂了您的话！报社里还有事，我先告辞了！”

康堤的母亲笑意盈盈，仍旧拉住颜樱的手：“我跟你非常有眼缘，以后有什么事，尽管找阿姨，阿姨虽然退了休，但是余热还是有的。还有，有时间来家里玩！阿姨一直就想有你这样一个女儿……至于今天咱们见面的事，还是……别告诉康堤为好，他那牛脾气……”

颜樱想，自己一定笑得很难看，但她还是努力地装作很从容地笑了。康堤的母亲做了那么多年干部，做个思想政治工作滴水不漏，说的全是为颜樱好的话，骂的也全是儿子康堤的花心，不负责，不争气，但是言外之意颜樱都听明白了。他们康家是不会让她这样的女人做媳妇的，绝不允许。

阳光很好，颜樱没有让司机送，她想一个人走走。只是走出那高高在上的私人会所没几步，她便坐在了路边的长椅上，眼泪夺眶而出。自己不是不聪明，一开始就想到会有这样的局面，怎么还会一脚踏进来？自己不是一心嫁入豪门的女人，她是视自由如风如雨如阳光如空气般重要的颜樱，她怎么能像纪琴一样做委曲求全的媳妇？那样的生活她不要！

一辆银色的奥迪开了过去，又转回来，停在颜樱边上，老方从车上下来。颜樱慌忙擦眼泪。

老方满面红光，换了新车，应该混得不错吧。看到前妻落魄，特别是曾经很牛地甩掉他的前妻当街落泪，会很开心吧？

"我老方眼睛就是毒，心想，这是哪个美女在这坐着这样孤单啊，仔细一看，这不是我家小樱子嘛！怎么了，谁欺负你了，告诉我，我收拾他个生活不能自理！"

颜樱眯了眼，说："敢情是春风得意来我这显摆来了！"

"这个真没有。樱子，在别人面前，我老方敢嘚瑟，在你面前，我还不就是个啥也不是？相约不如巧遇，走，咱俩喝两杯！"

颜樱有喝酒的心情，老方就老方吧！

还是上午，东北那家馆子里的小服务生大概也才上班，一个个哈欠连天的，倒是老板一如既往扬着弥勒佛的笑脸迎客，说："二位好久没来了！"

老方回头说："我只跟你来这，只有你配得上俺们东北馆子，爽气！"

颜樱白了他一眼，好像是多大恩典似的，呸！

坐下，把困倦的服务生赶出去，老方给前妻倒水。颜樱问："你家的兔子姑娘有没有被小五攻战？"

"哪个兔子姑娘？"老方给自己倒满茶。

"还有哪个，就是跟你去开房那个，你发了请帖结婚的也是她吧？"

"那个啊，早过去时了！那婚也没结成，哥们儿现在单着呢！"

"没结成？为啥？"

"结婚那天，那田菲菲大闹婚礼现场，那娘儿们真他妈的泼啊，我也是酒高了，过去给了她一巴掌。我说：为了你，我跟最爱的樱子都离了，你还想咋的？结果婚礼大乱，我被拘留十五天，寸吧？在看守所的那十五天，突然觉得什么都没意思了，这日子越过越没意思，出来，婚就没结！”

“方为纲，你这是祸害一个算一个啊！我跟田菲菲就算了，兔子姑娘那么小鸟依人的，你还做了落跑新郎，真亏你他妈的做得出啊！”

老方嘿嘿笑：“樱子，我想明白了，也改邪归正了，最近狠挣了一笔，折腾来折腾去，还是咱俩在一起最有感觉，咱俩复婚吧！”

颜樱一口茶喷了出来，怎么，最近流行复婚吗？

“老方，你吃错药了吧？”

“我说的是真的！”

“真他妈的讽刺，在路上碰到，然后就说跟我复婚，老方，你脑子进水了还是怀疑我颜樱的智商？”

颜樱拉开椅子要走，老方赶紧拦住：“我说错话了，我错了，行吧，喝酒，喝酒！”

09

再次见到韩彬，朵渔觉得像隔了一个世纪一样。

他穿着蓝白条的病号服躺在床上，从前那么有力量的男人，突然之间就成了一个让人呵护的孩子，朵渔的眼泪瞬间淌了下来。沈家宁握了一下朵渔的手，转身出去，把病房的门关上。

朵渔坐在韩彬面前的椅子上，他瘦了很多，面色黑黄，额角的头发灰白。朵渔感觉出了陌生。

他睁开眼，看到朵渔，眼里并没有太多的情绪，说：“你还是来了！”

朵渔准备好的话瞬间飞得无影无踪：“想喝水吗？”

抛去最无用的寒暄，两个人迅速回归成有过十年感情的老夫老妻。

朵渔拿着勺子一口一口喂韩彬喝水，他的眼睛始终没离开她的脸。她的眼神里蓄了笑意：“怎么，老了吧？”

“没有，你一直像我第一次看到你时那么漂亮！”

“撒谎！”朵渔的脸还是微微地红了。

重新坐下，拉了韩彬的手，问：“给我留那么多钱干吗？想让我找小白脸？”

韩彬的手拂过朵渔的脸颊：“是想让你过得自在一些。”

“怎么那么傻？你想没想过，如果我跟别人在一起，然后知道你为我所做的一切，你让我如何自处？”

韩彬默不作声。

许久，他说：“我梦到海了，我捡贝壳给你，捡了很多，可是一转身，却怎么都找不到你了……”

“你好好的，病好后，咱们去看海。要不，咱们就在海边买个小房子，咱们做渔夫渔婆！”

韩彬愁眉苦脸状：“你会让我去管金鱼要这要那吗？”

“要，我要你所有的爱！”

朵渔把韩彬抱在了怀里，那些旧时光轻轻灵灵地从两个人身上跳过。终究因为爱，让他们重新在一起。

病房外，沈家宁轻轻叹了口气，把手里的花放在门口，转身离开。

纪琴和颜樱到时，已是黄昏。韩彬的精神状态好了许多，所以颜樱轻轻给了韩彬一拳，说：“你怎么能那么招人恨呢？让朵渔掉了那么多眼泪，我都想找人灭了你了！”

韩彬嘿嘿笑，朵渔削着一只苹果也笑。纪琴倒是眼睛酸酸的，朵渔守得云开见月明，无论韩彬是病是灾，到底两个人是相爱的。

佟童来查房，他告诉朵渔，小汐订了饭，一会儿就送来。颜樱咬了口苹果，问佟童：“你家妞现在还闹腾不？”

佟童红了脸：“她天天河东狮吼，若不是看在她……”

“怎么样？”小汐挺着圆圆的大肚子站在佟童身后。佟童立刻做出极夸张的手捂头的动作：“老婆大人饶命！”

笑倒了一屋子的人。

小汐的预产期快到了。小汐说：“生完了就做亲子鉴定，不一定这娃是谁的呢！”

佟童抱拳求饶：“姑奶奶，杀人不过头点地，在这么多姐姐面前，能不能给我点面子，不要哪壶不开提哪壶？”

小汐娇嗔地揽住他的胳膊：“这可都是我娘家人，以后你老实点儿！”

这两个活宝啊！

朵渔跟医院的大夫们开了个小会，韩彬已经是肝硬化晚期，韩彬的父亲就是肝癌过世的，很可能是遗传性和代谢性疾病，致某些物质因代谢障碍而沉积于肝脏，引起肝细胞变性坏死、结缔组织增生而形成肝硬化。

朵渔静静地听着，胖胖的齐大夫说：“目前，换肝是比较好的选择！”

韩彬没有兄弟姐妹，父亲过世，母亲心脏不好……那是不是说他只有死路一条？

朵渔虚飘飘地从大夫的办公室走出来，走了两步又走回去，问：“我可以做做配型吗？”

10

纪琴已经有半年多没见过李金玲了。

她打电话约纪琴出来，说：“找个离你家近点的地方，我说几句话就走！”

李金玲很少会替人着想，这会儿，却有点善解人意了。

纪琴说：“还是我过去吧，就在小区外面的冷饮店！”李金玲犹豫了一下：“还是远点吧，万一让罗美珍看见……”

纪琴心里冷笑了一声：“真是一物降一物，在自己面前老佛爷一样的李金玲，在罗美珍那儿倒胆小如鼠了……”

见了她说什么呢，劝她不要再缠着老墨？让她劝老墨不要离婚？纪琴心里像放了一块硬硬的铁，无论她说什么，自己都要给她顶回去，这是他们武家的事，跟她纪琴有什么关系呢？这辈子，她除了有个他们武家血脉的儿子没办法改变，没想过再做李金玲的儿媳妇。

李金玲坐在对面，她明显老了很多，头发灰白，像落了一层霜。

纪琴没想到李金玲一句话没说便开始哭。纪琴递纸巾给她，心软了下来，说："妈……有什么话你说！"

李金玲擦了擦眼睛，目光飘到窗外，半晌，飘回来，落到纪琴的脸上，眼睛仍是红红的，说："纪琴，这些年我对不起你……"

纪琴心里的刀枪剑戟都收了起来："都过去了，还提这些干什么？"

"我这辈子做得最错的事就是拆散了你跟文涛。我一个人把文涛从小带大，总是害怕有人来把文涛抢走，他是我唯一可以依靠的人。纪琴，你现在或许还不明白这种感觉，端端还小，等他长大后，你要做婆婆时，或者会理解。其实，哪有当妈的不希望儿子幸福的……说起来，我真糊涂，好好的日子，让我搅得一团糟。"

纪琴看着李金玲，心里疑惑，她那么好强的个性，怎么这会儿来向自己道歉？

"失去才知道可贵，但是，纪琴，人没办法走回头路，罗美珍是老天爷对我的惩罚！"

纪琴默默地转着手边的茶杯，听她说下去："文涛要跟罗美珍离婚，罗美珍怀孕了！"

纪琴手里的杯重重地落到了托盘里，原来她要说的是这个。要说"恭喜"吗？那样刻薄的话纪琴说不出。要说"我不会介入他们的婚姻"吗？纪琴原本就没介入过他们的婚姻，为什么要此地无银三百两？

"纪琴，无论你从前多恨我，现在也请你看在我是端端奶奶的分儿上，帮我劝劝文涛，罗美珍年纪小，有了孩子定定性脾气就好了，这结了再离……说出去也不好听……他在单位报名去西藏援建……我就这么一个儿子，他去那么远的地方……”

老墨要去西藏？他一个字都没说呢！纪琴抓起背包：“除了端端妈妈这个身份，我已经和你们武家没关系了，所以，以我的立场，我没能力也不愿意去干涉武文涛到底是离婚还是继续过日子！他不是小孩子，知道应该怎么做！不好意思，我还有事，先走了！”

纪琴去一家卖室内装修材料的店里应聘，试用期三个月。纪琴拖着疲惫的身体回到家时，付北兴在等她。

他收拾得很干净，没有了那日醉酒的落魄。

纪琴开了门，让他进去。

付北兴进到屋子里，把门关上，一把抱住纪琴，什么都不说。纪琴的两只手臂垂着，许久才说：“北兴，我们结束了！”

付北兴松开纪琴，站在原地，夕阳把他的影子拉得很长。

纪琴翻出那封付北兴最后写给她的信，一点点撕。付北兴过来抢，说：“纪琴，我是真心的，我们那么不容易才重新在一起，我们现在就去结婚！”

纪琴手一松，发黄的信纸成了许多只蝴蝶，飘落到地板上。

“我知道你是爱我的，颜樱说你为了我自杀过……我可以从头再来，我会让你和端端幸福的！”

纪琴半跪在茶几的地毯上：“我曾经无数次幻想过幸福：跟老墨在一起时，想象的幸福是一家三口出去玩，能不看婆婆的脸色；跟你在一起时，想象着能有一天不再做被扇耳光的噩梦，能名正言顺地挽着你的胳膊出去，能心无愧疚……北兴，我们都不是小孩子了，把幸福寄托在别人身上，那是多不靠谱的一件事啊！我承认我爱你，我嫁给老墨，也一直在想你，然后我看到了你写给我的那封信，知道你回来找过我，而我错过了你，那时我感觉心被剜了一样，但我自杀并不完全是因为你，而是对生活的失望……我不是个有野心的女人，一直只想要平平静静的生活，只想努力对身边的人好，可是，无论我怎么做，得到的都是冷冰冰的脸……

“我一直都依靠男人，从老墨到你，我也很不相信自己了。北兴，你忘记我非常能干了吗？我可以做得很好，我的设计也得过奖，可是，我想做贤妻良母，我把自己丢进了生活。我爱哭，是因为除了哭，我什么都做不了。可是哭又能改变什么呢？

“你不是女人，也许觉得那张结婚证没什么用，但对女人来说，它是安全感，虽然离婚也是件容易的事，但在婚姻里，女人是心安的，你没有给我，说明在你心里，有比我更重要的东西……”

纪琴很少说这么多话，这些话在她的心里发酵了一样，一股脑说出来，原来，她也有这么好的口才。

付北兴一直在抽烟，烟雾弥漫，付北兴成了夕阳照耀下窗子前的剪影。

“我现在只想过我自己的生活，努力养活自己，养活端端，至于有没有再爱下去的能力，那就看时间吧！”

纪琴终于说完了要说的话，口干舌燥，心里却轻松了许多。

良久，付北兴说：“琴，我尊重你的选择，我会等你！”

纪琴望着窗边挡住夕阳的付北兴，灿然一笑。

Chapter 08

相逢盛世，同往锦年

躲在某一时间，想念一段时光的掌纹；躲在某一地点，想念一个站在来路也站在去路的，让我牵挂的人。我们遇到过，爱过，唯此，足矣。

01

颜樱跟老方一同出现在报社的停车场时，康堤简直想杀人。

他一步蹿上去揪住老方的衣领，说："谁让你又纠缠她的？"

老方转头看颜樱："樱子，这哥们儿不是文化人吗，咋比我这老粗还爱动手？"

颜樱穿了一条清凉的吊带露背碎花裙，头上戴着遮阳帽，香奈儿墨镜，不像是来上班的，倒像是去度假的。

颜樱说："头儿，介绍一下，这是我前夫，即将荣升老公。亲爱的，晚上早点来接我！"

老方胖得鲶鱼一样的身体扭了一下，很洋范儿地亲了颜樱的双颊，说："晚上想吃什么，电我，我做给你！"说完，打了个响指，给康堤留了个华丽的背影。

康堤脸色铁青："颜樱，你跟我来！"

颜樱甩了一下手里的包："头儿，你迟到没事，我是兵，要扣钱的！"

康堤不管，拉着颜樱的手半拖半拉地把她塞进自己的车里，车子疯了一样开出去。颜樱满不在乎地掏出一根烟点着，说："康堤，我早跟你说过我不是个适合做妻子的女人，我的心太野！”

车子“咣”地停住，前面一个骑三轮的慢悠悠地骑过去，康堤打开车窗骂了几句。

颜樱想不能再刺激他了，不然肯定出事。

车子停在了康堤家的楼下。他把她拉上楼，甩到沙发上，铁青着脸，什么都不说。

颜樱笑了：“小朋友，你不会告诉我，你真的爱上我了吧？我们不是说好是一场游戏一场梦吗，我都没好意思缠你，你干吗反应这么激烈？对了，一定是你觉得被我甩没面子，那好吧，你甩我！没事了吧？没事我走了！”

康堤一把把站在门边的颜樱按到墙上，吻恶狠狠地压下来，伴随那个吻的还有眼泪。颜樱一动也不敢动，她害怕动了，会前功尽弃。她很想抱住他狠狠爱，但是，她三十岁了，她有过那么沧桑的经历，她很想说：“如果有来生，让我在最单纯的时候遇见你，爱上你，不分离……”

可是现在……她狠狠地推开他，使尽全身力气给了康堤一个耳光。康堤疯了，他把颜樱扑倒，说：“颜樱，你想要什么，体力吗？我有。钱吗？我也会挣来。你说你想要什么？你怎么能那么贱，那个人渣怎么配得上你，错一次还不够，还要错第二次？”

颜樱被康堤压在身下，怒目而视：“放开我！”

康堤松了手。颜樱站起来，裙子的吊带被康堤拉断了，裙子歪歪斜斜丑着一张脸。颜樱的眼泪掉了下来，说：“你说得没错，我就是贱，被人家抛弃还跟人家纠缠不清，我离了男人不能活，我跟小我四岁的男人上床，康堤，你让我怎么办？难道我要跟你厮混下去，看着有一天，你娶了别的女人，而我人老珠黄？康堤，你个王八蛋，你让我怎么办？”

康堤把颜樱紧紧地抱在怀里：“我娶你，我们现在就去领证结婚！”

颜樱再次推开他，拍了拍他的脸：“小朋友，如果是道这么容易的题就好了。你会抛弃所有的一切跟我结婚吗？如果我让你放弃现在拥有的一切，跟我远走他乡，你愿意吗？”

康堤使劲点头。颜樱"喊"了一声，嘴角撇出一丝笑："哦，我忘了，你还年轻，正是为爱情冲动可以不顾一切的年纪，现在你可以什么都不要，只要爱情，将来你就会后悔的。那个在读 MBA 的女孩很适合你，你们将来有了孩子，我可以给孩子当干妈！"

"你听好了，我的孩子只能有一个妈，她叫颜樱！"康堤执拗得如同任性的孩子。他突然反应过来，说："你怎么知道 MBA？我父母找过你？"

"没有，是我自己知难而退。我早就过了做梦的年纪。老方还愿意跟我在一起，他是花心，但是也无所谓，怎样不是过一辈子呢！"

颜樱的手抖着去掏一支烟，康堤把烟盒抢过去揉烂在手心里。他红着眼睛问："颜樱，我只问你一句，你爱不爱我？你爱没爱过我！"

颜樱的心从来没这么疼过："爱过。我以为我跟老方那便是爱情，可是遇到你，康堤，我才知道什么是真正的爱情，遇到就想上床的那种不算是爱情。跟你在一起，我变成了小女孩，我喜欢躺在你的腿上什么都不做，我喜欢在你做饭时跑去厨房捣乱，我喜欢看着你熟睡的样子，我愿意什么都不做，就跟你在同一间屋子里……"

康堤的目光柔和得像一池秋水，他吻着她的卷发："就是这样，一想到下班可以跟你在一起，就像小时候家里有块蛋糕等着去吃一样！颜樱，既然这样，我们为什么不能在一起呢？谁说什么我都不害怕！我都不在意！"

"我在意！我颜樱一辈子天不怕地不怕，受过伤，爬起来掸掸土什么事都没有了。可是现在我害怕，我害怕像纪琴那样，跟相爱的男人在一起后，他为她丢了一切，时间长了，他会怨，他会觉得她欠他的，他会觉得不值得。我更害怕新鲜感一旦不在了，你会厌倦我，像别的男人那样把我变成怨妇……我不要那样的结果！

"这世界上相爱不能善终的人太多了。康堤，让我们彼此保留这份美好分手吧！"

颜樱说完这些话，人像被抽空了一样。

康堤的目光一直留在颜樱的脸上，仿佛是要看透她到底在想什么一样。

他说："你能不能单纯一点？"

"MBA 很单纯，我是有经历的女人，没办法！"

"如果你不够相信我，那么答应我一个要求：别轻率地跟老方在一起，他不配跟你在一起！"

"如果我答应你，你就同意分手吗？"颜樱看着康堤的眼睛，那双眼睛里已经噙满了泪水。他说："不是分手，而是希望你给我足够的时间证明，我不是随便说爱你的！颜樱，你小瞧我康堤了！我得到今天不靠父母没人相信，但是我以为你是知道我的能力的……"

"我当然知道！"

"那就给我一点时间，两年，不，一年。如果在这一年里，我没撑住，那算你瞎了眼。我给你写协议，如果我没撑住，我把这套房给你……"

颜樱立在那儿，看着面前满脸认真的男人，她拉着他的手说："带上你的户口本跟我走！"

"去哪儿？"

"领证！"

02

韩彬出庭那天，朵渔早早起来给他准备早饭，衬衫、裤子是前一晚都熨好的。朵渔心里是忐忑的，她从来没想过自己会在法庭上出现。韩彬会被判刑吗？他的病……

朵渔敲了婆婆的房门，公公给她开了门，她说："爸、妈，我跟韩彬准备复婚！"婆婆的目光盯在朵渔脸上看。

好半天，她哽咽着说："朵，妈没听错吗？你说的都是真的吗？"

朵渔说："妈，您没听错，是真的！我原谅他了！"

"我这几天右眼睛总是跳个没完，闭上眼睛就做噩梦，他这案子不知道会怎么判，如果判个十年八载的，朵……”婆婆始终是个善良的人，她害怕委屈了朵渔。

朵渔握了婆婆的手：“无论怎么样，我都会跟他在一起！”

婆婆又哭。公公劝：“这是好事！别哭，难关咱们都会渡过去的！”

一千万做了树村轩的维修费用。汪律师说：“公司不是韩彬一个人的，他送礼行贿也是企业行为，而非个人行为，这要看几个合作者的态度！”

朵渔一个一个拜访韩彬从前的合作者。只是吃过饭的交情，朵渔对他们了解得并不多。人走茶凉，况且是出了这么轰动的事，人人都怕沾染上自己，躲之不及。

公司现任执行总经理马之间坚决不肯给出证明说买新地皮时决定砸重金给某主管是董事会做出的决定。他给朵渔的答复是：“当初韩彬吞了公司那么一大笔钱，现在我们还替他担罪，那以后我们还怎么管理公司？”

马之间的态度影响了很多人，大家都想既然韩彬进去了，莫若顺水推舟，省得再牵连出公司的其他事。

朵渔去了好多次马之间的别墅，每次连门都进不去。她也不急，每天都去。她不会开车，好在住得并不远，走半小时路，再坐段地铁就可以回来了。

朵渔把它当成锻炼。从医院回来，朵渔就去马之间那儿。

那天看到路边有个老太太坐在地上，朵渔过去问怎么回事，原来是出来散步，脚崴了。老太太脸色煞白，呼吸困难。

那是别墅区，很难打到车，朵渔急着从医院出来又忘记带手机，无奈之下，朵渔扶起老太太。老太太很胖，到她家有很长的一段坡路，她的右边的脚不敢吃力，几乎半边身子都压在朵渔的身上，朵渔满头汗。

终于到了老太太的家，朵渔抬眼一看，无巧不成书，竟然就是马之间家。

老太太把朵渔让进了家里，家人急忙给老太太吃上速效救心丸，叫家里的私人医生过来。

朵渔知道这是老天给她的绝好安排，她跟老太太说了韩彬的事。老太太是知道韩彬的，只是没见过朵渔。

她打电话把马之间叫了回来，她指着朵渔说：“今天要不是朵渔，你妈这条命就没了！”

马之间是孝子，说：“朵渔，韩彬的事，我会尽量帮忙！”

老太太不高兴，说：“韩彬是跟你一起创业的兄弟，他有难，怎么能说尽量呢，要全力以赴！”

这样，朵渔拿到了至关重要的证明。马之间也愿意让公司替韩彬担罪。汪律师说这样判的刑会轻很多，朵渔长长地舒了一口气。

韩彬站在法庭上，面色憔悴，人却是平和的。

朵渔的手一直紧紧地攥着颜樱的手。休庭时，朵渔看到坐在角落里的沈家宁，他摆摆手向朵渔打招呼。朵渔冲他微笑，莫明地，心安定了下来。

佟童打来电话，很兴奋地喊：“姐，姐，你当大姨了，小公主，六斤六两！”朵渔的眼睛有些湿了，说：“小汐辛苦了！”

颜樱笑嘻嘻地挽着朵渔的胳膊：“我也有好消息告诉你！”

朵渔一早就觉得颜樱不大对劲，说话莺莺燕燕的，一副小女人的甜蜜样。有人说这世上有两样东西是瞒不了人的，一样是打喷嚏，一样是陷入爱情中。

“我结婚了！”

“跟谁？”

“你见过，就是纪琴发烧那次，你在我家门外见到的那个！”

朵渔给了颜樱一拳：“你不是报社的吗，现在怎么调到保密局去了，瞒得这个严实，纪琴知道吗？”

“这其中的大戏啊，改天得空，我再跟你细说。哪天韩彬精神好，咱们几个凑一起吃顿饭吧！这段时间也不知道怎么了，一件事接着一件事，把人闹得晕头转向的！”

“樱，祝福你！”朵渔握住颜樱的手诚心诚意地说。“朵，我们都会幸福的，一定！”颜樱同样诚心诚意希望自己的两个朋友也能尽快从情感的泥淖中挣脱出来，“我们不求大富大贵，只要平淡相守的幸福，我们要的不多，不是吗？”

朵渔点了点头，心里被这两个好消息鼓舞着，快乐了许多。

法庭上的形势对韩彬不大有利，朵渔的心一直悬着，这会儿好不容易轻松了一下，却听到法庭内一阵喧哗，朵渔跑进去，只见韩彬脸色煞白，口吐白沫。急救车来了，韩彬从法庭一出来便陷入了肝昏迷。朵渔再次去找了齐大夫，要求做配型。齐大夫摇头："夫妻间能配上型的例子极为罕见。当然，如果你愿意，那咱们可以试试！”

沈家宁黑着一张脸站在齐大夫的办公室外，朵渔出来，他说："朵渔，我不同意你这样，难道要把一个病人变成两个病人吗？”

朵渔的眼泪夺眶而出，说："那怎么办，我不能眼睁睁地看着韩彬死！”

“我做配型！”

“你？”

“嗯，我比你身体好！”朵渔的头摇成了拨浪鼓："不行，万万不行。家宁，我已经还不起你的人情了，这样我和韩彬都不会同意的！”

“朵渔，如果你把我的好意当成负担，那我就太难过了！”

“不是的，家宁，是你太好，这样帮我……”

“我们都试试吧，没准谁有缘分呢，这之前说这些一点意义都没有，不是吗？”

朵渔眼泪汪汪，却不再说话。

03

纪琴刚接到端端准备走时，罗美珍从人群里冲了出来，抡起包冲着纪琴就砸。纪琴护着端端，端端哇哇大哭。纪琴刚好看到端端的一位幼儿园阿姨在旁边，就把端端推到她那儿，人却躲闪不及，撞到了一辆来接孩子的宝马车上。人像一片叶子，轻飘飘地飞起，在空中划了半个弧，落到宝马车前。

时间一瞬间凝固了一样，世界变成了单调的黑白两色，所有的人，所有的痛苦都消失了，静静地躺在那里，这样真好啊！

世界又重新喧哗了起来，天重新变蓝了，许多张脸出现在纪琴的面前。她几乎是向众人笑了一下，她想说“我没事儿”，可是尖锐的疼痛让她没办法发出声来，世界渐渐变得模糊，最后听到的声音是端端在喊：“妈妈，妈妈，妈妈！”

不知过了多久，纪琴睁开眼，天是黑的，她伸出手“呀”了一声，她的手被一双大手握住了，她看不到他是谁。

“琴，没事儿的，真的没事儿的！”是老墨，纪琴的心里翻腾了一下。

“端端呢？”

“端端跟奶奶在家里，你放心！”

“我的眼睛怎么了？”

“是暂时性的，没事儿的！”老墨的声音有些哽咽，“琴，咱俩都离了，我还给你带来这么大的伤害，我真不是个男人！”

纪琴不知道自己要怨恨谁或者是该怎么样大放悲声，她只是累了，说：“让我一个人待会儿！”

老墨没有离开，却不再说话。

许久，纪琴问：“现在是什么时候？”

“夜里一点一刻，颜樱跟朵渔一直都在这里陪着你，晚上十点多我让她们回去了！”

“哦！”纪琴很想问问自己会不会一直都看不见了，但还是忍住了。很多事情问了明明知道不会有明确的答案，现在，纪琴不想问了。她想：随便好了。如果老天让她这个样子，也是没办法的事。

“端端的奶奶说你报了名去西藏？”

“嗯，我一直是个胆小鬼，把生活搞得一团糟，我想换换环境，出去透透气。”

纪琴的手在床边抓了两下，碰到老墨的手，两个人的手握到了一起。纪琴知道自己不容易，其实，老墨更不容易，夹在两个女人中间，后来，夹在三个人之间。每个人都有自己的立场，都把自己当成受害者，老墨固然有个性的问题，但他也是受害者。

好好的日子，怎么就过成现在这样子了呢？

“琴……端端的奶奶熬了粥，你喝一点吧！”

纪琴摇了摇头：“端端的奶奶在家里熬粥，她会吵闹吧？别弄这些了，随便买一点就行了。还有，老墨，我们已经没什么关系了，明天你给我爸妈打个电话，让他们过来照顾我就好了！我……不希望介入你们家的纠纷！”

后面这句说得冷硬，老墨一时无语回复。

“你睡吧！天应该很快就亮了！”说完这话，纪琴的意识突然醒来似的，以后每一个天亮都跟自己没关系了吧？

恐惧突然袭来，纪琴伸手在空中用力地抓，老墨及时把手递过来：“我在这里！”

纪琴哭了起来，说：“老墨，老墨，我什么都看不见，我会永远都看不见吗？我从来不作恶，为什么要用这种方式折磨我？”

老墨的脸贴到纪琴的手上：“琴，无论怎么样，我都会在你身边，一步都不离开。琴，你放心，我不会离开你的，永远都不会！”

纪琴的哭声小了，她仔细地听着外面的动静：“下雨了吗？”

老墨停了一下，沙哑着声音说：“没有，只是风吹窗户！”

“还有八天就是端端的生日了，我本想带他去游乐场玩的，没想到……他吓坏了吧？孩子跟着我吃了很多苦……端端还小，多陪陪他！还有，文涛，如果……我出院后，端端还是你带着吧，我跟父母回家去。罗美珍这样闹，大概还是想跟你好好过。端端的奶奶说罗美珍怀了孕，我只希望你们有了宝宝，也看在端端可怜的分儿上，看在我纪琴在你们武家没功劳有苦劳的分儿上，对端端好些……”

老墨呜呜咽咽哭了起来：“琴，你别想这些，你会好起来的，你一定会好起来的！我跟罗美珍的事，你就不要管了，我会处理好的！琴，你别哭，哭对眼睛不好。你好好养病，病好了，咱们一起带端端去游乐场。还有，你不是一直想去黄山吗，咱们去黄山旅游……你忘了咱们蜜月时去青岛，在海上坐船冷，我抱着你，你说，我们一辈子都要这样，同舟共济……”

纪琴笑了：“那都是多远的事了，感觉像是上辈子呢！”

“你不知道，在你那儿看到男人的拖鞋，我回家喝了一晚上的酒。我没能力给你幸福，我希望你过得幸福，更何况，我又成了家，可是……可是，看到那双拖鞋摆在你的门口，我心如刀割！后来，你受了欺负打电话给我，在颜樱开车去度假村的路上，我恨不得把付北兴给劈了！

“琴，我们经历了这么多，你吃了这么多苦，没有人比我更难过，更心疼，但我是个懦夫。我只能远远地看着，不能保护你，我恨我自己……人总有长大的时候，我现在要做个真正的男人，我不会说豪言壮语，也没有付北兴那样的才华与财富，但是，琴，相信我的诚意！”

纪琴的眼泪像开了闸的洪水，流也流不尽。

“那罗美珍怎么办呢？”

“罗美珍的孩子不是我的，我并没有跟她一起睡，这也是她闹我的原因。”

纪琴被老墨的话震住了：“你们……没有同床？”

“不知道为什么……我的身体……”病房里一时间静了下去，老墨抬起头，昏暗的窗台上只有几许清凉的月光，如梦似幻。

云走得很快，一会儿遮住月亮，一会儿又闪开远去。

04

颜樱接到社长有请的通知时，深深地吸了口气：该来的总会来的。

先去照了照镜子：裸色雪纺不对称领小衬衫配深棕色短裤，淡棕色高帮鞋，长卷发用只米色的蝴蝶卡子别在耳后，清凉的淡妆，依旧是那个风情万种、妖娆爽利的颜樱。

她进了社长办公室。社长是个胖胖的老太太，她一向很欣赏颜樱的才干。她示意颜樱坐下，盯着颜樱的脸说："知道我叫你来的目的吧？"

"应该知道，我是不是该打包袱走人了？"

"颜樱，我一向很欣赏你的聪明能干，你也相当自信。但是，通常女人弱势一点，笨一点，幸福的机会才会更大一些……我算是你的长辈，所以我今天可以说句重话，我觉得你跟康堤，是个错误的选择！"

颜樱大咧咧地坐在社长面前的椅子上，跷了二郎腿："老大，我也没觉得是对的选择。但是，你能告诉我什么是对的选择吗？"

老太太起身给颜樱倒了杯水："死丫头，严肃点！康堤的确是个不错的男孩，但是，是男孩，不是男人。颜樱，你要找个成熟稳重的男人，他能包容你的缺点，接受你的任性。康堤还年轻，三分钟热度……"

大概是要走了，颜樱很放松，她拍了拍手："头儿，你说得太对了，我也想找梁朝伟那样的男人，可是，哪有啊？你手里有货，介绍一个？"

"又鬼扯。我知道我说啥你也听不进去，你们年轻，爱情至上，只是，女人可以选择的时间太短，可以选择时，要理智！你很聪明……"

"头儿，你也说我聪明，我的婚姻失败过一次，你以为我会没考虑没挣扎吗？他比我小四岁，他家世好，长得帅，很多女孩子如狼似虎地追，我结过一次婚，再找这样的，纯粹是给自己找雷踩。但是，这年头儿，找谁能保证白头偕老、共度一生呢？我一个人过了这么久，平常还好，有朋友有工作，可是，逢年过节，我就成了孤魂野鬼。今年过年，我去凤凰小城，一个人发烧躺在客栈里，当时想，我死在这里，谁会知道呢？我躲过康堤，拒绝过他，他策马扬鞭，不管不顾地追过来，对我好，照顾我，我该怎么办呢？我不知道前面等我的是幸福还是伤痛，那么就试试吧，我相信我颜樱有足够粗壮的神经能够经受住伤害……现在，幸福在面前，先抓住好了！"

老太太叹了口气："嗯，听你这么说，我也不知道再说些什么了。好了，话我也不再多说了，这是我老朋友的广告公司，你去他那儿，就说我介绍的。"

颜樱站起来，手往额前举了一下，俏皮地说："谢谢头儿！我是不是不用请您喝喜酒了？"

老太太拍了颜樱的脸蛋一下："少贫，无论怎么样，都好好照顾自己！"

颜樱突然鼻子一酸，抱了抱老太太，然后一刻不停地转身离开。

收拾东西时，康堤走了过来，低声问怎么了。颜樱说："辞职啊！"颜樱的后背发凉，那是十几双眼睛的杀伤力。

康堤沉了脸，说："你跟我来！"颜樱把东西一股脑收进纸盒里，康堤却没让她拿："放着，谁说让你走了！"

那十几双眼睛再次袭来，颜樱赶紧跟着康堤出来。康堤直奔停车场，颜樱小跑跟着："去哪儿？"

康堤的车子载着颜樱停在了一幢独立的二层小楼前，颜樱顿时明白，这是康堤的家！

"我没准备见你父母！"颜樱退缩了。

"你这么没种？他们又不是老虎，不会吃了你！"康堤拉着颜樱的手腕，拉得她生疼。她心一横，丑媳妇早晚还不是要见公婆？

康堤的母亲正在小院子里浇花，见到颜樱和康堤，转身进了屋。

康堤一直拉着颜樱的手，进了屋，坐在沙发上的康堤的父亲也正起身想回房间。康堤拦住了，然后大声说："爸，妈，这是颜樱。我知道你们见过她，她现在已经是你们合法的儿媳妇了。你们同意，我们就开心地过日子；你们不同意，我也没办法，我就搬出去。还有，你们都是做过领导干部，有文化的人，我没想到你们会用鸡鸣狗盗的手段来赶走颜樱！"

康堤说完自己气得脸涨红。两位老人面面相觑，冷着脸，完全没有了那日跟颜樱谈话时的和颜悦色。颜樱不知道自己该说些什么，只是小媳妇一样站在康堤身边。

康堤站了一会儿，见没人吭声，大步进房间收拾东西。颜樱站在原地，客厅里的空调开着，人的寒毛都张开了，她抱了一下胳膊："叔叔，阿姨，对不起。我知道在你们眼里我配不上康堤，但是，我们是相爱的，至少目前是这样。我们也没有儿戏，是很认真地想在一起。我也很理解你们的想法，说真的，我对这段婚姻也没什么信心，但是，我们会努力，努力幸福！”

康堤出来，拉着颜樱的手，两个人一同走出家门。

天真高，真蓝，路边的大槐树枝叶茂密。

康堤说：“老婆，我背痒，给挠挠！”

颜樱的手在康堤的背上拍了两下。

康堤拧了一下肩膀：“老婆，你是不是早上没吃饭啊？不行，重挠，伸进手挠！”

颜樱瞪大眼睛瞅着康堤：“我说……老公，这可是大街上，帅哥美女当街挠痒，一会儿咱俩回家，照片准上网了！”

“不管，难不成你要谋杀亲夫？挠嘛，快点！”

颜樱前后看了看，嬉笑着把手伸进康堤的短袖衬衫里，快速挠了几下，顺势揽住他的腰：“以后撒娇是我的专利，你不许，知道了吗？”

“遵命，老婆大人！”

颜樱在心里悄悄叹了口气，她贪恋这样的小幸福。

有一晚，她给康堤讲自己的身世，讲去找父亲，父亲见她如陌生人一样。她的眼泪落到他的胸口上，他吻着她，说：“樱，以后我会好好照顾你，咱们生个宝宝，好好疼他！”

颜樱跟老方在一起时，从没想过要孩子，她嫌麻烦，怕影响身材，现在，却那么强烈地希望要个宝宝，她觉得自己从来没有这么勇敢过。

05

奇迹没有出现。沈家宁和朵渔的肝配型都没有成功。

朵渔无力地坐在医院走廊的椅子上，沈家宁站在一旁。

“朵渔，告诉你个好消息，咱们乌镇的酒馆设计我拿去参加亚太地区室内设计大赛，得了银奖！”

朵渔很努力地挤出一丝笑容，她知道家宁是想让她开心一些，但是，她真的没心情去顾别的。

“生活总得继续，一切都会好起来的！”

朵渔笑着站起来，说：“对，医生说病情并没有发展，没准会有转机，唉，我得给韩彬去买件新衬衫，下次出庭穿，还要陪他去剃剃头发！”

家宁说：“领了奖金，我请你们吃大餐，叫韩彬好好想想要吃什么！”

朵渔转身抱了家宁，虚虚地抱住他，不言不语。半晌，她转身走进病房。

韩彬醒着，正在看村上春树的《当我谈跑步时，我谈些什么》。朵渔坐在床前，拿过他手里的书：“谈跑步时，他谈了些什么？”韩彬指着其中的一行：“别人大概怎么都可以搪塞，自己的心灵却无法蒙混过关。”

“这话说得对，自己的心灵无法蒙混过关，以后，再昧着你的心来伤害我，哼，你就等着！”

韩彬吐了一下舌头：“小心眼，还提！”

“那当然，对陈世美，我恨之入骨，当时我还想，我要好好过出个样来，让你后悔。那次，我那么低微，你……”朵渔一想起韩彬那么无情，眼圈就红了。

韩彬握住朵渔的手：“你有多疼，我就有多疼。我多想抱住你痛哭一场，可是我不能，我身上一堆事，还有一身病，我不想连累你。还有，我想看着你离开我，自立，有好的归宿，沈家宁跟我一样好……”

朵渔轻轻拍了韩彬的手一下：“真是有情有义，还带给前妻介绍男朋友的！我是不是应该感谢你这个大媒人？你还真以为你自己是雷锋啊！”

韩彬把朵渔拉进自己的怀里。朵渔说：“我得奖了，乌镇那酒馆，好像还挺大的一个奖，拿了奖金咱俩去乌镇买间房子……”

“好！朵渔，这段时间我一直在想，我原本不是那么追名逐利的人，你也不是爱财的女人，我怎么就一路走到现在了呢？”

“人总会走错路，或者被挟裹着，还记得当初你我的愿望就是留在大学里教书吗？如果你真的留在大学里，现在没准是个受学生欢迎的年轻教授了呢！很多事真是很难说，付北兴你知道吧，纪琴离了婚，恰好进了他的公司，然后……唉，原来多好的一段恋情，结果他把纪琴变成了他的情妇，你没见纪琴可怜的……他妻子不是好惹的主儿，据说把他的权利都夺去了，净身出户……”

“纪琴现在怎么样？”

“唉，说来话长，她跟你住在同一所医院里！她现在眼睛看不见！”

韩彬跟朵渔的手指扣在一起，紧紧的。朵渔说：“彬，我一直都很感恩我拥有的一切，我不够好，很自我，只关注家里的事，我都不知道你公司里有了怎样的变故，不知道你的肝不好，你经历着怎么样的恐慌折磨，但是老天对我那么好，你一直为我着想，琴却没这份好运气：付北兴爱她，却不能给她完整的婚姻；老墨爱她，却懦弱得只能跟她离婚……”

韩彬的呼吸落到朵渔的耳畔：“我现在很后悔那么愚蠢了，我明明知道你会为感情飞蛾扑火，明明知道你得知我有事，即使成了前妻也不会袖手旁观，我还做了那么多伤害你的事，今天妈把我狠狠地骂了一顿……”

“就是你真的跟小丹在一起，然后出了这样的事，为了过去我们的那段感情，我也会尽力帮你。”朵渔深情地注视着韩彬。

半晌，朵渔顽皮一笑：“还有，我要让你后悔，把这么好的妻子变成前妻了！”

韩彬无比依赖地搂着朵渔：“我现在肠子都悔青了！”

“咳咳咳！”小汐抱着宝宝进来，看到姐姐姐夫起腻，拿腔作调地假咳提醒。

两人都有些害羞，朵渔起身抱宝宝给韩彬看，韩彬想抱又不敢抱，只用手碰碰宝宝嫩得像豆腐花一样的小脸蛋，宝宝居然冲他笑。韩彬说：“看……看！”宝宝“哇”的一声哭了出来。

三个大人都笑了。朵渔赶紧抱起来摇晃，顺便问佟童这个奶爸当得怎么样。小汐噘着嘴：“天天嚷着觉不够睡，又不放心我弄孩子，紧张着呢！”

“小汐，以后柔软些，别总是那么任性，都是当妈的人了！”朵渔叮嘱。

“姐夫，我姐烦不烦，都快赶上早更老太婆了！”

韩彬笑着瞅朵渔，朵渔“哟哟哟”地逗宝宝。

韩彬额头上豆大的汗珠就冒了出来，人还在笑着，却是虚无无力的样子。小汐问：“姐夫，不舒服吗？”

韩彬还撑着摇头，人却软软地倒了下去。朵渔抱着孩子喊：“大夫，大夫！”

韩彬再一次陷入肝昏迷。

离再次开庭还有一天。

坐在抢救室外面，朵渔手脚透心凉。小汐把孩子交给佟童，自己陪着姐姐。韩彬的父母很快赶了过来，韩彬的父亲给老伴掏速效救心丸。朵渔握住婆婆的手，婆婆平静了一下说：“朵朵，事情到了这个地步，早做些打算吧！当初韩彬父亲走时，我也觉得万念俱灰，但是又能怎么样，走的人走了，活的人还要活下去！”

朵渔泪如雨下。从前韩彬跟小丹时，自己是恨过的，恨不得他一时死了，可是现在，叫她怎么能舍得？

她说：“韩彬答应我了，他不会那么狠心扔下我的，一定不会的！”

站在一旁的小汐和朵渔的公公也都跟着掉眼泪。

大夫出来，无奈地摇了摇头，说：“你们都做做准备吧！”

医院下了病危通知单，朵渔软软地倒了下去。

她太累了，这段时间她一直硬撑着，撑得筋疲力尽。

不知过了多久，朵渔从头痛中醒来，睁开眼，看到颜樱，那么乐观的颜樱眼睛哭得红红的，她说：“朵，你们都怎么了？你躺在这里，琴躺在那里……”

朵渔按了按太阳穴，问：“琴好些没有？”

“嗯，情绪还算稳定。”

“韩彬呢？”

“他醒了，没事！”

“我要去看他！”

朵渔面色苍白地站在韩彬面前，当着满屋子的人，她听见自己清晰地说：“韩彬，当初离婚是我提出的，我错了，现在，我要跟你复婚！”

屋子里瞬间安静了下来，朵渔与韩彬四目相对，两个人眼中都噙着泪。

问世间情为何物，直叫人生死相许。

许多人悄悄抹起了眼泪。

阳光把病房填得满满的。

06

付北兴是在看社会新闻时偶然得知纪琴出车祸进了医院的。社会新闻里说某幼儿园门前发生恶性交通事故，因一女人追打丈夫前妻，导致前妻撞到迎面开来的宝马车上，该名女子当场昏迷，经抢救无生命危险，但暂时失明。画面停留在端端挂满泪水的脸上，虽然打了马赛克，但付北兴还是一眼就看出了那是端端。

他打电话找朵渔，问纪琴在哪家医院，朵渔的声音暗哑，说：“付北兴，现在纪琴已经很难过了，你能不能离她远点！”

付北兴说：“朵渔，你是她的好朋友，我知道你们都心疼她。但是，我真的是想看看她。就算以后不再相爱，我们也是朋友！”

朵渔没了话说，说出了纪琴所住的医院和病房号。

拿着一大束白百合出现在纪琴的病房时，老墨恰好不在。纪琴的母亲守在纪琴身边。纪琴的父母见过付北兴，知道他是女儿新处的对象，现在出了这种事，纪琴妈还有些不好意思，跟付北兴解释：“端端的后妈误会了，纪琴跟武文涛早没什么了……”

纪琴打断母亲的话：“妈，我想吃素馅馄饨，你回去给我包一碗吧！”

纪琴妈听说女儿有想吃的东西，连忙答应，又不放心把纪琴一个人扔在医院里。付北兴忙说："阿姨，我没事儿，我在这儿陪着她！"

纪琴妈千叮咛万嘱咐地离开了，屋子里一时安静了下来。纪琴闭着眼，半躺在病床上，说："去告诉她，小三受到报应了。北兴，我们重新在一起是个错误，你回去找她吧，女人都是嘴硬心软的，向她认个错，她会原谅你的！"

付北兴调整了一下姿势，努力想看清纪琴的脸。

纪琴的脸逆着光，看不清眼睛是睁是闭。"还记得大学时吗，我笨，你过生日，我总是记不住，你提醒了，我也没察觉，后来，你生气了，不理我，我竟然也浑然不觉。你说我像树懒，扎一下，一周后才能反应过来疼。纪琴，我一直是个太以自我为中心的人，我不知道怎么样去爱一个人，不知道怎么样珍惜一个人。颜樱找了师妹来试探我，其实我就应该反省自己，是我太忽略你了，你没有安全感，才会做这样的事。但是，我当时简直气疯了，觉得你不信任我。信任是爱情的基础，如果你都不信任我，我干吗要跟你在一起？毕业那段日子，我回了西安，天天醉酒，忙着办出国手续。

"我想这不过是一次失恋，没什么了不起！

"有一天晚上，突然醒来，想到也许这辈子再也见不到你了，想到你会成为别人的妻子，我出了一身冷汗。我立刻买了车票来找你，可还是晚了，你跟老墨去度蜜月了！

"我跟她没什么感情。她很强势，这几年下来，我度日如年。然后我回国开了公司，见到你，我一直犹豫着要不要介入你的生活。如果你幸福，那么我应该远远地看着。但是，你离了婚，来了我的公司……只是，纪琴，我还是太贪心了，我以为我给你我的爱就好了，我们并不要其他……"

纪琴的手紧紧地握着被子，眼泪顺着下巴往下滴："都过去了，别再说了……"

"我重新组建了公司，这些年，我也有些人脉和积蓄。琴，如果你愿意，我们也可以离开这里，一切重新开始……"

有很多选择就是没选择。老墨和付北兴这两个伤纪琴最深的男人现在同时伸出玫瑰花，纪琴的心乱成了一团麻。在感情上，纪琴还是喜欢跟付北兴在一起，他是她爱的人，她喜欢他做事果断，他可以让她很安心。但是，老墨那儿端端是个很重的砝码。跟老墨生活了那么久，也是有感情的，那种亲人般的感情：他痛苦，她会难过；他煎熬，她的日子也绝不会轻松。

夫妻，也许从躺到一张床上那天开始，就注定了纠缠不清的命运。

“如果你是我，在当下，你会选择什么吗？我现在只想眼睛好起来，然后安安稳稳地打份工，好好跟端端在一起，至于其他，再说吧！北兴，我相信你也是，好好规划自己的生活，财富会让人迷失，韩彬是个例子，无论爱与不爱，我都不希望看到你失去你最初的锐气。”

付北兴重重地握了握纪琴的手。老墨开门进来。端端喊着妈妈。纪琴满脸是笑，伸手去抓，端端的小手落到纪琴的手里。纪琴换了语调：“乖不乖？吃饭了吗？想妈妈没？”

屋子里的两个大男人看着纪琴跟端端，一时间，心里都很不是滋味。

07

入夜，躺在康堤的腿上看片子，《谢利》，年轻的谢利爱上了母亲的朋友妓女莱娅，相处六年，然后被母亲逼着另娶他人。莱娅装作若无其事地帮他收拾东西，告诉他：她终于可以不用为他花钱了，他不是第一个离开她的年轻人，她会很难过，但别指望精神崩溃着死去……她极力掩饰着自己的难过……

康堤昏昏欲睡，清醒过来时，看到颜樱满脸是泪。他弯下腰吻干那些珍珠一样的泪，说：“不过是个电影而已！”

颜樱指着电影里的谢利和苍老的莱娅：“将来有一天，你离开我，我也会这样告诉你，我会难过，但我不会精神崩溃着死去……”

“干吗扯到我们？傻瓜，我不是谢利，你也不是莱娅，不许胡思乱想，我喜欢有自信的快乐的颜樱，笑一个！”

颜樱噘着嘴笑了一下，却满心凄凉。这一年多，看了太多的悲欢离合，觉得幸福不长久，就越发害怕恐慌。

颜樱没有去老社长介绍的单位，康堤也从报社辞职出来，两个人一时间都赋闲在家，看看碟，做做饭，晨昏守在一起，有老夫老妻的感觉。

颜樱竟然很贪恋这样的幸福。如果能这样天长地久多好。

康堤的母亲又约颜樱出去过一次，她把一张银行卡推到颜樱面前，说：“这对你来说是件简单的事！”

颜樱瞟了一眼那张卡，很郑重地把它推回去，说：“阿姨，我不能答应你的要求，这真的不是件简单的事。您也年轻过，如果换作是您，您会随随便便放弃跟自己爱的人在一起吗？”

“我当然年轻过，正因为年轻过，才知道爱的不确定性。他现在可以爱你，明天后天，他也可能爱别人，到那时，对康堤的影响并不是很大……”

颜樱喝了一口咖啡，说：“既然您也说对康堤的影响不大，那就好。您放心，我选择了这样的爱情和婚姻，当下是幸福的，我就不会放弃。至于将来，就算不幸福，也没关系。”

康堤的母亲有些恼怒，一杯水冲着颜樱的脸泼过来，颜樱头一躲，水泼到了座位上。颜樱站起来拿了包，说：“您多保重，等您接受我这个儿媳妇，我会很高兴地上门去孝敬您二老。还有，我们决定要孩子了！”

这件事颜樱没有告诉康堤，只是在那个晚上，她的脸贴在他的胸前说：“我要做个铁箱子，把你关在里面，让别的女人看不到你！”康堤捏着她的鼻子说她是个傻姑娘，他选择了她，就说明她足够好，不需要胡思乱想，庸人自扰。“如果真的有什么，会有很多人看我的笑话吧？罢了，罢了，笑且笑去，能怎么样啊，老娘就吃了你这嫩草了！”颜樱那样强势无所谓的大女人终究有了顾忌，她在努力找回从前的自己，那个潇洒地输得起的颜樱才会让她万一在未来真的遇到婚姻悲剧，真的变成康堤的前妻时，能坚强地挺过去。

康堤不高兴了："你是不是得了婚姻恐惧症？这么没自信，我怎么就没看出来呢？"说着吻颜樱，颜樱嘻嘻笑着喊投降。

她伸了个懒腰躺在康堤身上："明天出去找工作，顺便也结识几个帅哥！"

"找工作我不管，但要经过我审查，有帅哥的绝对不行！"

"你吃醋？"颜樱嘻嘻笑。

康堤想起什么似的，起身去书房找出了一个香港某传媒公司的聘请函。颜樱的心里咯噔一下："你要去香港？"

"这要问你，如果你去，我就去！你不去，我哪都不去！"

颜樱的脑子转了一千转："留在这儿，你父母的干涉，不会让你找到合适的工作的……要不，你先去吧，然后我也找机会过去！"

"不行，我们才新婚！我不想过两地分居的日子！反正你不去，我是不会去的！"

"人家又没请我，我去了当全职太太？像纪琴那样，我可做不来！"

围绕着要不要去香港，两个人起了争执。颜樱说男人要以事业为重，自己已经拖累得他失去工作了，再失去这么好的发展机会，将来他会恨自己的。康堤则认为颜樱把他想得太不成熟了，他知道他要的是什么，如果把对对方的付出都当成委屈的牺牲，康堤说："樱，你觉得那是爱吗？爱从来都是心甘情愿地付出，而不是委曲求全！"

颜樱何尝不知道这个道理，但是她真的害怕，因为人总是会变的。现在爱着，什么都是好的；不爱了，就什么都是毛病了。

那晚，两个人第一次背对背躺下。谁都没有睡着，心比眼睛还亮。

康堤的胳膊从背后伸过来，抱住颜樱的腰，吻颜樱的蝴蝶骨，颜樱瞬间柔软了下来，一场及时雨般的欢爱化解了两个人心中的芥蒂。

当初，只当成一场酒醉后的游戏，却没想到有今日的幸福。颜樱咬着康堤的肩膀，康堤大叫谋杀亲夫。

颜樱媚眼如丝："说你爱我！"

"我爱你，爱死了！"

月亮再次害羞地躲进云层，屋内春色旖旎。

08

阴历七月十八，是韩彬三十三岁的生日。

朵渔一大早起来，重新看了一遍床头上的菜单，已经给小丹打了电话了，她会过来帮忙，不然，朵渔还真没做出这些菜的实力。

今天还有项最重要的事情要办。朵渔光着脚拉开衣柜，里面放着条海洋印花荷叶摆长裙，配着一双蓝色漆皮蝴蝶结平底鞋，穿上试了一下，把头发在脑后盘了个利落的庆龄髻，婆婆开门进来，见了，眼睛湿湿的："朵朵，难为你了！"

朵渔笑着抱了抱婆婆，她已经不再是那个坚硬倔强的朵渔了，她学会了表达爱。她说："妈，我要漂漂亮亮地再做您的儿媳妇！"

前一晚，朵渔已经打电话通知了所有人，连同付北兴和沈家宁。她说："这是我重生的重要日子，希望你们都能盛装出席！"沈家宁沉吟了半天，说："朵渔姐，祝你幸福！"朵渔笑了，笑得无声无息，她说"谢谢"，那两个字像是软软地落到水面上，被水轻轻地带走了。放下电话，她在原处坐了好久。

站在镜子前，看着打扮好的自己，仍然很漂亮，眉宇间有淡淡的哀愁，朵渔咬了咬牙，努力换一副表情，她打电话给韩彬："吃早饭了吗？要听小汐的话，打扮得帅帅的哦！"

临出门前，朵渔又翻了翻皇历：红鸾星动，易嫁娶！

朵渔的嘴角挂着甜美的微笑。颜樱和康堤开车来接她，两个人一路上拌嘴，朵渔却看出他们的幸福。

颜樱很没羞地问朵渔她老公帅不帅，朵渔笑而不答，开车的康堤白了颜樱一眼：“赶紧的，给老公擦擦汗！”颜樱乖乖拿了纸巾擦汗。

朵渔张口结舌：“你们……也……”

颜樱大大咧咧：“我家小男人爱撒娇！”康堤的目光凌厉地扫过来，颜樱赶紧投降：“我错了，我错了，大哥，你最了不起了！”

朵渔被这对活宝给逗得笑逐颜开。

韩彬已经穿着一身白西装跟小汐、佟童等在民政局门口了。韩彬很虚弱，但依旧满脸是笑。那笑容漾在水肿的一张脸上，虚虚浮浮的，像烟雾飘在海上。朵渔很想伸手把那样的笑容或者是水汽从韩彬脸上抹去，终于还是忍住了。

韩彬的官司判三缓四，还有些民事赔偿。朵渔说：“只要人没事，钱都是人挣的！”

沈家宁、付北兴、老墨、纪琴、小丹和佟童也在。大家都穿得时尚光鲜。

纪琴的眼睛一星期前，神奇地重见了光明。

端端生日，老墨带着纪琴和端端去了游乐园。老墨去买冷饮时，端端围着纪琴坐的长椅跑着玩，突然摔倒，“哇”一下哭起来，纪琴忙跑过去抱起端端，问：“怎么了，让妈妈看看，摔哪儿了？”老墨拿着冰激凌回来，看到纪琴正给端端抹眼泪，手里的冰激凌“啪”地掉到了地上，三步并作两步走到纪琴面前，捧住纪琴的脸，手在她面前晃：“琴，琴，你能看到了？”

这便是母爱的力量吧。

老墨跟罗美珍办理了离婚手续，他也办好了去西藏援建的手续，过了国庆节就走。李金玲找了个退休老干部，纪琴病中，她来过好几次，给纪琴熬了鸡汤，说了很多后悔的话。老墨决定去西藏，她还特意让老墨给纪琴捎话，以后纪琴上班，她愿意帮助带端端，毕竟那也是她的孙子。

付北兴的公司重新开张了，不大，装修设计的活重又交给了纪琴。

纪琴正慢慢适应着一个人的生活。

签字时，韩彬瞟了朵渔一眼，朵渔恍然想起一年前那一天，自己也是坐在这里，同样的两个人，签同样的字……韩彬叫了声“朵渔”，朵渔“嗯”了一声，朵渔说：“签吧！我可不想总做前妻！”说完，她把自己签名那张拿给韩彬。韩彬低下头签字时，没有了一气呵成的流畅，倒是专注认真得像一年级的小学生。

身边响起了掌声，朵渔的心里一酸，咬着唇把眼泪忍回去，上一回签下去，至少他还是好好的，这一次……

韩彬脸上虚虚浮浮的笑又现了出来，说：“真麻烦！”

朵渔故作轻松：“真失败，白白闹了个二婚的名头，结果跟的是同一个人！”身后的众人都笑了。

朵渔的目光瞟过沈家宁的脸庞，沈家宁微微地笑着，却难掩心里的失落。朵渔的心刺痛了一下，目光闪过去。

从民政局出来，阳光如水银泻地，白花花的，晃得朵渔头有些晕，她紧紧地挽着韩彬的臂弯，再次想起离婚时的感受：这是个神奇的门槛，男男女女从这里进进出出，演绎着现实世界里的悲欢离合。

小丹和小陆站在朵渔和韩彬面前，小丹瞟了一眼小陆，脸微微红了一下：“朵朵姐，韩彬哥，刚才，我们俩也领证了！朵朵姐，之前的事，希望你不记恨我！”

朵渔搂了一下小丹，说：“以后咱们一起庆祝结婚纪念日！”

有风吹过，朵渔的荷叶摆长裙轻轻抖动，朵渔赶走心里的那丝丝悲怆，爱她的人和她爱的人都在身边，幸福其实很简单，不是吗？

颜樱招呼大家上车时，拍着手宣布：“本人升格做准妈妈。还有，夫唱妇随，不日，我要跟康堤去香港了，以后，去香港玩，我做东！”

众人又是一阵欢呼。

那晚，韩家高朋满座，汪律师、齐大夫也被朵渔请了来。韩彬一直在笑，说：“各位都是我的救命恩人，我希望以后，你们仍可以替我照顾朵渔！”